주석으로 쉽게 읽는
고정욱 삼국지 1

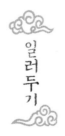

일러두기

1. 《고정욱 삼국지》는 기존의 여러 《삼국지》 번역본들을 비교, 대조하여 작가의 시각에서 현대적인 문장으로 재해석해 평역한 새로운 《삼국지》입니다.

2. 《삼국지》 원본의 장황하고 불필요한 사건이나 서술, 시, 관직, 인물명 등은 과감히 생략하여 쉽고 빠르게 읽을 수 있도록 구성하였습니다.

3. 주석과 고 박사의 '여기서 잠깐' 코너를 통해 역사와 문학, 그리고 사상과 철학 및 지식을 쉽게 배울 수 있도록 하였습니다.

4. 지리적 배경에 대한 이해를 돕기 위해 간략한 지도를 주석에 삽입하였습니다.

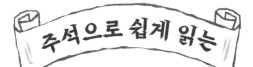

주석으로 쉽게 읽는

고정욱
삼국지

①

일어서는 영웅들

고정욱 편역

애플북스

차
례

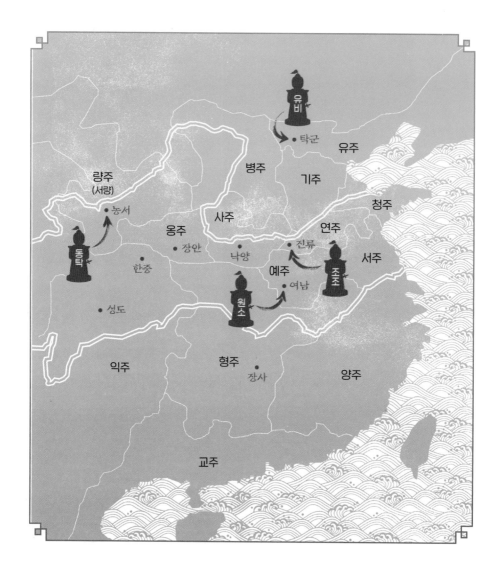

《삼국지》의 무대인 한(漢, 기원전 206~220)나라는 진나라 이후 중국의 첫 통일 왕조란 다. 한 왕조는 고조 유방에 의해 건국되었어. 그러다가 섭정이었던 왕망이 세운 '신'에 의해 잠시 맥이 끊겼어. 그러니까 장안을 수도로 했던 전한(서한, 기원전 206~8)과 낙 양을 수도로 정한 후한(동한, 25~220)으로 나뉘지. 이 한나라는 통틀어 약 400년간 지 속되었어. 중국 역사상 가장 강대했던 시기라고 알려져 있어. 오늘날 중국 민족의 이름 을 한족이라 하는 것도 한나라에서 유래했어. 우리가 아는 수많은 고사와 사자성어가 이때 일어난 사건을 기반으로 만들어진 것들이란다.

1 복숭아밭에서의 맹세

　해가 뉘엿뉘엿 지는 벌판에 말을 타고 가는 장사치 하나가 있었다. 남루한 옷을 입고 지친 모습으로 서둘러 어딘가를 가는 중이었다. 그의 이름은 유비! 옷은 허름하지만 귀가 어깨까지 닿을 정도로 늘어지고 팔이 유달리 길어 두 손끝이 무릎에 닿을 지경이었다. 그러나 환한 얼굴과 옥처럼 깨끗한 피부, 크고 맑은 눈은 그를 평범한 장사치로만 볼 수 없게 만드는 위엄이 있었다.

　'해 지기 전에 유주에 닿아야 내일 집에 들어갈 수 있으렷다.'

　유주는 요동과 닿아 있는 중국 북쪽 지역으로 도읍이었던 낙양에서 볼 때 한나라의 중심지에서 제법 멀리 떨어진 변방이다.

마음이 급한 유비가 말의 옆구리를 야무지게 걷어찼다.

"이랴!"

지친 말을 재촉하여 달리는 유비는 이때까지도 미처 알지 못했다. 자기 앞에 놓여 있는 절체절명의 위기를.

유비는 한나라 6대 황제 경제의 아들인 중산정왕 유승의 후손으로 자는 현덕이다. 과거에 조상이 죄를 지어 벼슬을 잃은 뒤 흘러흘러 유주 탁현의 커다란 뽕나무 밑까지 밀려와 살게 되었다. 원래 크지 않은 뽕나무가 누각처럼 신령하게 자란 곳이었다. 그래서 누각 같은 뽕나무마을이라 하여 마을 이름까지 누상촌이 되었다.

어려서 아버지를 여읜 뒤 홀어머니를 지성으로 봉양하던 유비는 몰락한 왕족의 삶이 대개 그러하듯 짚신 삼고 돗자리 짜는 일을 생업으로 삼으며 소박하게 살고 있었다. 보름 전 모처럼 이웃 촌에서 제사를 지낸다고 하여 잘됐다 싶어 돗자리와 짚신을 가져가 팔고 집으로 돌아오는 길이었다.

나지막한 언덕을 넘어서자 앞쪽에서 먼지가 안개구름처럼 뽀얗게 일었다. 말을 탄 무리가 유비를 향해 달려왔다.

"아뿔싸!"

멀리서 봐도 누런 두건을 뒤집어쓰고 누런 깃발을 휘날리는 한 떼의 군사였다. 말로만 듣던 황건군† 무리였다. 유비가 재빨리 말을 돌려 길을 벗어나려 했다. 하늘의 도움으로 황건군이 미처 자신을 발견하지 못했기를 바라며 자작나무 숲으로 들어가 거침없이 채찍을 휘둘렀다. 얼굴과 몸에 잔가지와 덩굴이 회초리처럼 감겼다 떨어졌다. 그때마다 살갗이 떨어져 나가는 듯한 고통이 밀려왔지만 귓가를 때리는 황건군의 말발굽 소리에 상처를 돌아볼 겨를이 없었다.

"게 섰거라!"

숲의 어둠 속에서 험상궂은 모습을 한 황건군 병사들이 불쑥 나타나 잽싸게 올가미를 던졌다.

"히히힝!"

목에 올가미가 걸린 유비의 말이 허공으로 앞발을 치켜올렸다가 모로 쓰러졌다. 그 서슬에 유비가 저만치 튕겨 나가 정신을 잃었다.

"이놈! 어서 일어나지 못해?"

"죽은 거 아니야?"

"죽진 않았는데."

떠드는 말소리에 잠시 후 유비가 정신을 차렸다. 장정들이 둘러싸고 자신을 내려다보고 있었다. 그때 뜨듯하고 지린내 나는 물줄기 몇 가닥이 얼굴에 떨어졌다. 그들이 자신에게 오줌을 갈기고 있었다.

"큭큭큭!"

여기서 잠깐!!

황건군은 후한 말기에 봉기해 수십 년간 끈질긴 항쟁을 벌인 농민군을 말해. 우리나라로 치면 동학군인 셈이지. 황제는 힘을 잃고 나라가 어지러워져 농민들이 굶주림과 핍박의 나락으로 내몰리게 되었을 때야. 하북성 거록 출신으로 뛰어난 인재였던 장각이 도교적 교단인 태평도를 앞세워 세상을 바로잡고자 농민들을 모아 군사를 일으켰지. 머리에 누런 두건을 쓰고 있어 누런 두건의 군대라는 뜻의 '황건군' 또는 누런 두건을 쓴 도적이라는 뜻의 '황건적'이라 불렸어. 여기서 적이라고 부르는 건 어디까지 한나라 조정의 시각이야. 우리가 굳이 그걸 따를 필요는 없지. 그래서 이 책에서는 그들을 황건군이라 부르기로 했어.

장각

장각에 대한 스토리를 좀 자세히 설명해 줄게. 장각은 원래 과거에 합격하여 입신양명하겠다는 꿈을 가졌던 수재였어. 하지만 부패한 조정 관리들로 인해 꿈이 좌절되고 말아. 이때 대중들에게 널리 퍼진 도교를 받아들인 뒤 한 노인의 도움으로 깨달음을 얻게 되었지. 수년 간의 수련을 거친 그는 책 세 권을 품에 끼고 속세로 내려와 태평도를 만들었어. 부적과 약물을 나눠 주고 기도를 하자 병이 낫는 이가 속출했지. 그 소문을 듣고 사방에서 제자들이 몰려왔고 환자들이 들끓었다고 해. 백성들에게 장각은 선지자나 다름없었던 거야.

재미있다는 듯한 황건군 졸개들의 웃음소리가 들려왔다.

"이, 이게 무슨 짓이오?"

유비가 화들짝 놀라 인상을 찡그리며 일어났다. 말에서 떨어질 때 바위에 긁힌 관자놀이에서 피가 흘렀다. 유비는 아무것도 모르고 숲으로 숨어들었다가 잠복하고 있던 황건군 일당에게 붙잡히고 만 것이다. 유비의 목젖까지 칼날이 다가왔다. 조금이라도 움직였다가는 그대로 목이 달아날 판이었다.

"어디 갔다 오는 웬 놈이냐?"

비굴하지만 자세를 낮추는 것만이 살길이다 싶었다. 유비는 땅바닥에 배를 바짝 깔고 엎드렸다. 두려움에 온몸이 덜덜 떨렸지만 용기를 잃지는 않았다.

"저, 저는 누상촌에 사는 무지렁이 돗자리 장수로 이름은 유비라 하옵니다."

"저놈의 몸을 뒤져라!"

무리의 우두머리인 듯한 자가 지시했다. 씻지 않아 누린내 나는 병사가 유비의 몸을 거칠게 더듬었다. 돗자리와 짚신을 판 은자 닷 냥이 품속에 있었다. 그들은 갈고리처럼 손을 뻗어 단숨에 은자를 낚아채 갔다. 황건군 일당이 유주의 경계까지 들어왔다는 말은 들었지만 이렇게 가까이까지 온 줄은 미처 몰랐다.

"됐다! 저자는 내다 목을 쳐라!"

부조리한 조정에 맞서 세상을 바로잡겠다고 들고일어난 농민들이 황건군이었다. 황건군의 지도자인 장각은 중국 고유의 종교인 도교와 밀

접한 관계가 있는 인물로, 백성들의 병을 치유하는 방법으로 태평도를 전파하다 자신을 따르는 백성이 많아지자 그들을 앞세워 반란을 일으켰다. 세상을 바꾼다는 명분을 내세웠지만 황건군은 시간이 갈수록 원래의 목적을 잃고 도적 떼로 전락해 갔다.

"사, 살려 주시오. 난 아무 죄도 저지르지 않았소!"

유비가 애원했지만 소용없었다. 법과 기강이라고는 안중에도 없는 그들에게 죄가 있고 없고는 상관이 없었다.

"잔말 말고 이리 와!"

얼굴에 마른버짐이 잔뜩 핀 병사가 거칠게 유비의 멱살을 잡고 숲을 돌아들어 한적한 곳으로 끌고 갔다. 그는 한 손에 이빨 빠진 검을 들고 있었다. 유비의 목을 칠 검이었다. 유비는 문득 고향에 홀로 남은 노모의 얼굴이 떠올랐다. 무슨 수를 써서든 살아야 했다.

"이보시오. 살려만 주면 무슨 일이든 하겠소. 제발 살려 주시오!"

그때 멀찍이 떨어져 그 모습을 지켜보던 하급 장수가 어슬렁어슬렁 다가왔다.

"그 녀석, 팔이 길고 귀가 큰 걸 보니 고분고분 일 잘하게 생겼군. 짐을 지고 다니게 해라. 안 그래도 군량미며 병장기며 갖고 다녀야 할 짐이 산더미 아니더냐."

"운 좋은 줄 알아, 이놈의 돗자리 장수야!"

검을 든 병사가 손으로 목을 치는 척하다 마지못해 유비의 멱살을 놓았다. 유비는 그 자리에 푹 주저앉았다. 얼마나 두려웠던지 다리에 힘이 풀려 서 있을 수가 없었다.

그렇게 죽음 직전에 겨우 살아난 유비는 어디서 노략질했는지 모를 비단과 청동 그릇 따위를 등에 지고 날라야 하는 황건군의 짐꾼 신세가 되었다.

"자, 서둘러 돌아가자!"

숲을 빠져나와 해가 진 구릉을 한참 오르내리자 너른 평야가 나왔다. 그곳에 황건군의 영채가 있었다. 어설프게 목책을 두른 영채 안에서 병사들이 모닥불을 피워 솥을 걸고 한창 저녁 식사를 하거나 술판을 벌이는 중이었다.

황건군은 유비를 짐꾼 수십 명과 함께 나무로 둘러친 허술한 옥사에 가두었다. 감시병 몇이 그들을 둘러싸고 여차하면 달려들 듯 노려보고 있었다.

유비는 웅크리고 앉아 날이 어두워지기를 기다렸다. 노역하는 자들은 제대로 먹지도 못해 뼈대가 앙상하게 드러났고, 생기 잃은 퀭한 눈을 허공에 두고 있었다.

"언제부터 이들에게 끌려다녔소?"

유비가 낮은 소리로 옆에 있는 콧수염이 긴 사내에게 물었다.

"한 보름쯤 되었소이다."

"나는 유주 사람인데, 그쪽은 고향이 어디요?"

"기주요."

기주라면 유주와 붙어 있는 남쪽 땅이었다.

"도적의 기세가 온 나라를 휩쓸어 참으로 큰일이오."

곁에 있던 중늙은이가 한숨을 내쉬며 말을 받았다.

"그렇긴 하지만 우리 같은 힘없는 민초들이 무얼 할 수 있겠소?"

유비는 밤하늘에 빛나는 별들을 바라보며 자신의 삶을 돌아보았다. 황건군의 손에 죽는 게 운명이라면 어쩔 수 없겠지만 홀로 된 노모를 험한 세상에 남겨 둘 일이 무엇보다 걱정이었다. 그리고 어지러운 세상에 사내로 태어나 기개 한 번 떨치지 못하고 허망하게 죽는다는 사실도 받아들이기 어려웠다. 속에서 무언가가 울컥 끓어올랐다.

"그렇다고 이렇게 넋 놓고 있어서야 되겠소? 그러니까 도적과 씩은 관리들이 함부로 날뛰는 것이오. 비록 한 사람 한 사람의 힘은 약하지만 그 힘을 합치면 무엇이 두렵겠소? 수많은 사람이 나부터 나선다는 마음을 먹을 때 없던 힘도 생기는 법이잖소?"

유비가 나지막한 소리로 힘주어 말했다. 그렇지만 유비 또한 전에는 이런 생각을 해본 적이 없었다. 그저 큰 변고 없이 노모를 모시고 조용히 목숨을 유지하며 살 수만 있다면 그도 나쁘지 않다고 생각한 것이 고작이었다. 그러나 막상 죽음을 눈앞에 두고 보니 생각과 마음이 조금씩 변하기 시작했다. 자신처럼 억울한 상황에서 죽어 간 사람이 얼마나 많을까 싶었다.

어지러운 세상을 바로잡고 힘이 약해진 황실을 복구하는 것은 큰 뜻을 가진 영웅이라면 마땅히 해야 할 일이었다. 패업†이 바로 그것이다. 오늘 황건군을 직접 만나 그들의 실상을 눈으로 보니 남의 일인 줄로만 알았던 그 일이 황실의 후예인 자신이 해야 할 일이라는 계시를 받은 것만 같았다. 그 순간 유비는 다시 태어났다. 이대로 들판에서 황건군의 짐이나 나르다 죽을 순 없었다. 대장부로 태어난 이상 군사를 기르고 세

력을 키워 천하에 떨쳐일어나야만 했다. 그러
자 유비의 가슴속에 잠자고 있던 영웅의 기상
이 꿈틀거렸다.

"이보시오, 오늘밤에 나와 함께 이곳을 탈출
합시다."

유비가 콧수염 사내에게 은밀히 제안했다.

"탈출하다 걸리면 찍소리도 못하고 그 자리
에서 죽소."

콧수염 사내가 손사래를 쳤다. 유비는 누구
에게랄 것도 없이 나직이 말했다.

"이래 죽으나 저래 죽으나 죽는 건 마찬가
지 아니겠소? 밤이 깊어지면 도망칠 틈새를
봅시다."

유비의 말에 눈에 생기라곤 전혀 없는 노인
은 묵묵히 고개를 가로저었고, 옆에 있던 중년
사내는 그저 눈을 끔벅이기만 했다.

유비는 하늘을 보며 어린 시절을 떠올렸다.
집 앞에 오래된 뽕나무가 한 그루 있었다. 뽕
나무는 굵고 단단한 밑동에 마당을 뒤덮을 정
도로 넓게 가지가 뻗어 마치 유비의 집을 보호
해 주는 보호수 같았다. 어린 시절 유비는 뽕
나무 정기를 이어받아 꼭 훌륭한 사람이 되겠

여기서 잠깐!!

패업은 제후가 강력한 힘을 바탕으
로 나라를 안정시키는 일을 말해.
과거 중국은 통일 왕조가 들어서
면 넓은 땅을 믿을 만한 신하들에
게 나누어 주어 각자 왕이 되어 다
스리게 했단다. 그러나 왕이 된 제
후들은 영토를 늘리려는 욕심에 다
른 나라와 전쟁을 벌이곤 했지. 그
러다 보면 황제의 권위는 약해지고
제후들 간의 치열한 투쟁만 남게
돼. 그런 시기가 '춘추 전국 시대'란
다. 이때 가장 힘센 제후가 황제 밑
에서 힘으로 실질적인 리더십을 발
휘하는 것을 패업이라 불러. 패업
을 이루기만 해도 황제나 다름없는
막강한 권력을 지니기에 그것은 모
든 영웅들의 목표가 될 수밖에 없
었어.

다고 생각했다. 그런 야망을 가졌기에 이웃 친척들의 도움으로 당대의 최고 선비인 정현†과 노식†에게 글을 배우고, 공손찬†과 같은 영웅들과 동문수학할 기회를 가질 수 있었다. 나라를 구하겠다는 큰 꿈을 품은 유비였지만 가난한 집안 형편으로 영웅들과 어깨를 겨루며 끝까지 공부를 마치지는 못했다. 결국 중도에 공부를 접고 집으로 돌아와 생업에 몰두할 수밖에 없었다.

밤이 깊어지자 술을 먹고 취한 황건군 병사들이 하나둘 곯아떨어졌다. 유비는 잠을 자는 척 눈을 감고 도망갈 틈새를 보았다. 새벽닭이 울 무렵, 드디어 보초병 한 명만 남겨 놓고 나머지는 여기저기 쓰러졌다. 보초병도 연신 하품을 베어 물었다. 가장 피곤하고 졸릴 때가 해 뜨기 직전이 아닌가. 유비는 허술한 옥문을 연 뒤 바닥에 있던 노끈을 주워 단단히 움켜쥐고 보초병의 등 뒤로 다가갔다.

"에잇!"

벼락처럼 노끈으로 목을 걸어 잡아당기며 힘을 주었다. 보초병은 온몸을 버르적거리다 곧 기절했다. 유비는 칼을 주워 들고 재빨리 목책 쪽으로 달려갔다.

"같이 갑시다!"

뜻밖에 누워 있던 중년 사내가 나지막한 소리를 내며 따라왔다. 노인을 포함한 다른 이들은 도망치다 죽을 것을 두려워해 꼼짝하지 않았다. 유비는 중년 사내와 함께 어둠을 헤치고 말을 묶어 놓은 곳으로 자세를 낮춰 다가갔다.

"자, 이 말에 오르시오."

사내를 먼저 말에 태운 유비는 다른 말에 올랐다. 발굽 소리를 죽이고 영내를 빠져나오고 나서야 이윽고 채찍질을 했다.

"이랴!"

말이 달리기 시작하고 한참이 지났는데 황건군 무리가 쫓아오는 기색이 없었다. 언덕을 올라설 때쯤에야 황건군이 뒤늦게 추격해 오는 모습이 보였다. 횃불을 들고 달려오는 무리를 보고 유비가 말했다.

"나는 고향 탁현 쪽으로 갈 것이오. 노형은 어디로 갈 생각이오?"

"나 역시 고향으로 가야지요. 가는 데까지 가다가 죽겠지만······."

"부디 잘 가시오. 죽는다는 소리는 하지 마시고."

유비의 말에 사내가 숲 쪽으로 눈길을 돌리며 말했다.

"아니오. 대인께서는 분명 큰일을 하실 분이오. 저 숲으로 들어가시오. 나는 벌판 쪽으로 달리겠소. 저들이 나를 쫓아올 테니, 바라건대 몸을 보전해 대업을 이루시오."

말릴 새도 없이 사내는 허허벌판을 향해 말

정현은 유교 경전을 두루 공부하고 어지럽게 뒤섞인 각종 설들을 정리한 다음 자신의 주석을 종합함으로써 경학을 집대성한 한나라 학자야. 그의 저서와 학문은 정학으로 불렸지. 유학을 마치고 고향으로 돌아가 연구와 교육에 힘썼는데, 제자가 수천 명에 이르렀을 정도로 명성이 자자했어.

노식은 후한 말의 대신으로 유비와 같은 탁현(하북성 탁주) 사람이야. 북중랑장이 되어 군사를 거느리고 황건군의 난을 진압하는 공을 세웠어. 나중에 상서로 임명되지만 동탁의 횡포에 저항하다 벼슬을 잃는단다. 정의롭지만 융통성이 부족해 민심을 얻지 못한 것 같아.

공손찬은 후한 말의 장군으로 유주 요서군 영지현 사람이야. 활을 잘 쏘는 이들을 뽑아 백마를 타고 다니게 한 부대인 백마의종을 조직하고 동북방에서 위세를 떨쳐 이민족들로부터 백마장사라 불렸지. 원소와의 세력 경쟁에서 밀려 말년에는 수세로 일관하다 패망하고 말아. 유비를 후원하고 유비가 중앙 정계로 나가는 데 큰 도움을 주기도 해.

을 몰았다. 유비도 황급히 숲속으로 몸을 숨겨 언덕으로 올라갔다. 황건군 추격대가 사내를 쫓아 벌판으로 달려가는 모습이 희미하게 보였다. 한참 뒤 거리가 점점 좁혀지더니 결국 사내는 비 오듯 쏟아지는 화살에 맞아 말에서 떨어지고 말았다. 유비는 침통한 마음을 억누르고 탁현을 향해 힘껏 채찍을 휘둘렀다.

유비는 해가 중천에 뜰 때쯤 집으로 들어왔다. 먼지투성이에 몰골이 엉망이 된 아들을 보고 노모가 물었다.

"행색이 어찌 그 모양이냐?"

"오다가 도적을 만났습니다."

자초지종을 들은 노모는 천천히 고개를 끄덕였다.

"다행이구나. 그래, 앞으로 어쩔 셈이냐?"

"어머니, 한평생 돗자리를 짜면서 어머니를 봉양하는 것도 나쁘지 않겠다 여겼지만 이제 그럴 수는 없게 되었습니다. 도적이 코앞까지 다가와 제 뜻과 상관없이 목숨이 남의 손에 넘어가게 생겼습니다. 이럴 바에야 대장부로서 세상에 나가 큰 뜻을 펴 보고 싶습니다."

유비는 결심했다. 굳은 마음을 가지고 일을 감행하면 용기가 백배가 되지만, 주저하고 망설이면 두려움이 커지는 법이다.

"이제 네가 세상 앞에 나설 때가 되었구나. 실력을 기르고 때가 오기를 기다렸는데 더는 웅크리고 있을 수 없는 지경이 되었으니, 부디 사내대장부로서 나라를 위해 힘을 쓰도록 해라."

그 말은 어미는 생각하지 말고 큰일을 하라는 뜻이었다.

당시 유주 태수 유언은 방문을 붙여 황건군에 맞설 의병을 모집하고 있었다. 마을 곳곳에 건장한 장병을 모집한다는 방문이 나붙었다. 황건군에 대해 막연하게 알고 있던 마을 사람들에게 유비가 구사일생으로 살아남은 이야기는 영웅담처럼 전해졌다.

노모는 장롱 깊은 곳에서 한 자루 검을 꺼냈다.

"이건 우리 집안 대대로 전하는 왕가의 보검이다. 이 검을 가지고 세상에 나가거라. 어미가 줄 수 있는 게 이것밖에 없구나."

검을 받은 유비는 밖으로 나와 칼을 뽑았다. 마치 물속에 있던 용이 승천하듯 칼이 햇빛을 받아 샤르릉 울음소리를 냈다. 군데군데 녹이 슬어 흉한 몰골의 칼을 보며 유비는 다시 한 번 몸 바쳐 대업을 이루리라 결심했다.

그러나 그가 가지고 있는 것은 고작 낡은 검 한 자루뿐이었다. 그것 말고는 아무것도 없었다. 고개를 돌려봐도 마당에 돗자리 짜는 틀만 보였을 뿐이다. 이상은 원대하나 현실은 초라하기 짝이 없었다.

뽑은 칼을 들어 허공을 가르는데 싸리문을 열고 기골이 장대한 자가 성큼 안으로 들어섰다.

"이곳에 유공이라고 살고 있소?"

대문 쪽을 돌아본 유비가 흠칫 놀랐다. 키가 팔척(약 184cm)에 머리는 산발한 채 눈을 부릅뜬 사내가 서 있었다. 얼굴은 온통 호랑이 수염으로 뒤덮고 목소리는 낡은 집을 쩌렁쩌렁 울렸다. 유비보다 어려 보이는 그자는 한눈에 보아도 영웅호걸이 분명했다.

"뉘십니까?"

"나는 장비라는 사람이오! 자는 익덕이라 하지요. 이곳 탁현에서 비루한 일을 하며 먹고살고 있소."

장비라면 유비도 이름을 들은 적이 있었다.

"귀공께서 도적에게 잡혀 죽다 살아났다 들었소. 맞소이까?"

"맞습니다."

"도적놈들에게 한번 잡히면 빠져나오기 힘들다던데, 어찌 그 호랑이 입에서 살아 나오셨소?"

"나는 한나라 황실의 종친으로 이름은 비, 자는 현덕입니다."

"어쩐지……. 보통 분이 아닐 거라 생각했소. 자세한 이야기를 듣고 싶어 왔소이다."

유비는 이 사람을 그냥 보내선 안 되겠다는 생각이 들었다.

"안으로 드시지요."

두 사람은 마주앉아 이야기를 나누었다. 유비는 황건군의 실태와 자기가 살아온 이야기를 차근차근 들려주었다.

이야기를 듣고 난 장비가 말했다.

"공과 같은 영웅을 가까운 곳에 두고도 몰랐다니, 나는 정말 한심한 사람이오."

장비는 우악스러운 손으로 유비의 손을 덥석 잡았다.

"아닙니다. 나는 영웅이 아닙니다. 그저 이대로 살다 헛되이 죽을 수는 없다고 뒤늦게 깨달은 사람일 뿐입니다."

"내게 얼마 안 되는 재산이 있소. 그것으로 장정들을 모아 의병을 모집하는 태수를 찾아갑시다. 우리도 한번 대업을 이뤄 봅시다. 천하의 영웅들이 너나없이 큰 꿈을 향해 나가는데, 우리라고 어찌 이런 촌구석에만 머물러 있어야 한단 말이오?"

유비는 천군만마를 얻은 기분이었다.

"장공이 그리 도와준다면 나로서는 아쉬울 것이 없소이다."

그때 노모가 술상을 봐 왔다.

"손님이 오셨는데 변변히 대접할 것이 없구나."

장비가 황급히 노모에게 예의를 갖추었다.

"잠시만 기다리십시오. 솥도 발이 세 개가 있어야 튼실히 서는 법입니다. 뜻을 같이할 사람이 하나 더 있습니다."

장비는 데려온 심부름꾼 아이에게 말했다.

"빨리 가서 형님을 모셔오너라!"

어린아이가 말했다.

"훈장님 말씀이시지요?"

"그렇다. 한 식경 안으로 형님을 모셔오지 않으면 종아리 맞을 줄 알아라!"

말이 떨어지기 무섭게 아이는 부리나케 마을을 향해 달렸다.

유비가 물었다.

"누구를 이르시는 겝니까?"

"유공에 버금가는 멋진 호걸을 한 사람 알고 있소이다."

두 사람이 한동안 호연지기를 나누며 이야기를 주고받을 때였다. 말한 마리가 기운차게 달려와 유비의 집 앞에 멈추더니 한 사내가 안으로 들어섰다. 등장만으로도 찬바람이 이는 그 사내는 키가 장비보다 더 큰

구척(약 2m) 장신에 수염이 두 자(약 50cm)나 되었다. 얼굴은 시뻘건 대춧빛이었고, 입술은 연지를 칠한 듯 붉었다. 봉황의 눈에 꿈틀거리는 눈썹이 귀신도 두려워할 형상이었다.

"동생이 무슨 일로 나를 불렀는가?"

"형님, 이리 오슈!"

장비가 그를 안내했다. 유비도 자리에서 일어나 예를 갖추었다.

"어서 오십시오. 처음 뵙겠습니다."

유비가 자기를 소개하자 사내도 예를 갖췄다.

"내 성은 관입니다. 이름은 우, 자는 운장이라 합니다. 하동 혜량 사람입니다. 강호를 떠돌다 이곳에 파묻혀 때를 기다리고 있었습니다."

관우의 근본은 자세히 알 수 없었으나 유비는 그의 기개와 목소리를 듣고 영웅의 풍모를 갖추고 있음을 단번에 알았다. 하지만 일을 치르고 단 하루도 지나지 않았는데 이렇게 훌륭한 인재들이 주위에 모이자 의아한 생각마저 들었다. 그렇다고 달리 설명할 길이 있는 것도 아니었다. 그저 조상의 음덕이라 여길 수밖에 없었다.

노모가 차린 술상을 가운데 놓고 세 사람은 비분강개하며 어지러이 돌아가는 세상을 한탄했다.

"도적들이 나라를 쥐락펴락하는데 우리가 할 수 있는 일이 없다니, 괴로운 심정을 어찌 말로 다 하겠소? 그래도 하늘이 뜻이 있어 우리 세 사람을 만나게 했으니 이참에 죽어도 같이 죽고 살아도 같이 사는 의형제를 맺읍시다."

신이 난 장비가 침을 튀기며 열변을 토하자 유비와 관우도 같이 뜻을

모았다.

"그것 좋겠소이다."

"혼자보다는 여럿이 힘을 합치는 것이 백 번 더 낫지요."

"그러면 말이 나온 김에 당장 내일 의형제의 예를 갖춥시다. 마침 우리 집 뒤뜰 복숭아밭에 꽃이 흐드러지게 피었소. 그곳에서 하늘과 땅에 우리의 뜻을 알리고 제사를 올려 의형제를 맺은 다음 천하를 향해 나갑시다. 어떻습니까?"

유비와 관우는 두말할 것 없이 찬성했다. 모든 경비는 장비가 대기로 했다. 그날 밤이 이슥하도록 세 사람은 천하의 대세를 이야기하며 향후의 일을 도모하느라 크게 취하고 말았다. 이들은 영웅이었다. 영웅은 자신이 할 수 있는 일을 해내는 사람이다. 보통 사람은 할 수 있는 일을 하지 않으면서 할 수 없는 일만을 바란다는 차이가 있다.

다음 날 오후, 장비의 집 뒤뜰 복숭아밭에 세 사람이 모였다. 유비가 만든 최상급 돗자리를 깔고, 흰말과 검은 소를 잡아 정갈하게 제물을 마련했다. 그리고 향을 올리고 절을 하며 맹세했다.[†]

"저희들 유비, 관우, 장비 세 사람은 비록 성은 다르지만 오늘부터 형제가 되기로 하였습니다. 우리 세 사람은 힘을 합하여 어지러운 세상을 바로잡고 도탄에 빠진 백성을 구하고 정의를 실현하며, 황제의 은혜에 보답하고 백성들을 편안케 하고자 합니다. 사필귀정이라, 모든 것을 바로잡는 데 저희 세 사람의 목숨을 바치겠사오니, 우리는 한날한시에 태어나지 못했어도 같은 날 같은 시에 죽기를 바랍니다. 천지신명은 이 마음을 굽어살펴 의리를 배반하거나 은혜를 저버리는 자가 있으면 죽음으로 응징하여 주소서!"

그들은 간절한 마음을 하늘에 알리고 의형제를 맺었다. 가장 나이가 많은 유비가 큰형, 관우가 둘째, 장비가 막내가 되었다.

그때 세 사람에 대한 소문을 들었는지 복숭아밭 주변에 수백 명이나 되는 장정이 몰려와 웅성거렸다.

"여기서 장군들이 의병을 모집한다 들었소."

"우리도 함께하고 싶소이다!"

장정들은 한시라도 빨리 세 사람을 따라 전쟁에 나서겠다고 저마다 의욕을 보였다.

"장정들이여, 우리는 도적을 무찌르고 세상을 구하기 위해 앞으로 나갈 것이오! 죽기를 두려워하는 자는 물러서고, 죽음을 각오하고 세상을 바로잡을 자는 앞장서도록 하시오!"

"와아!"

장정들의 함성이 하늘을 찔렀다.

병사들에게는 무기가 필요했다. 장정들이 각자 가져온 칼과 창이 있었지만, 그들이 마련한 병장기는 초라하기 짝이 없는 것들이었다. 오합지졸이 따로 없었다. 게다가 당장 삼백 명의 장정을 먹이고 재우고 훈련하는 것도 여간

도원결의(桃園結義)는 원래 복숭아밭에서 형제의 의리를 맺는다는 뜻이지.《삼국지》의 고사가 유명해져 요즘에는 친구 또는 단체 간에 의형제를 맺거나 의기투합하는 것을 이르는 말로도 쓰여. 그렇지만 도원결의가 역사서에 나오지는 않는단다. 그러나 결의가 없다고 이들의 우정이 거짓은 아니지. 정사인《삼국지》〈관우전〉을 보면 유비, 관우, 장비가 형제처럼 지냈다고 묘사하고 있거든. 〈장비전〉에는 장비가 유비를 형님처럼 대우하고 따랐다고 전하기도 해. 말하자면 이들은 정으로 뭉친 형제라는 거야. 이들의 우정이 부각된 것은 이야기가 쓰인 원말 명초 당시 농촌 인구가 도시로 유입하여 모두들 외롭고 고독했던 사회적 분위기가 작용했다고 해. 감정을 나누고 깊은 얘기를 나눌 사람이 필요했던 것이지.

해서는 감당하기 힘든 일이었다.

"일단 내가 가진 걸로 먹이고 훈련을 시킵시다."

장비가 재물을 가져와 식량을 해결하고 허름한 천으로나마 군복을 만들어 입혔다. 그러나 멀리서 보면 황건군과 크게 다를 바 없는, 아니 그들보다 못한 남루한 농민군에 불과했다.

다음 날부터 장비와 관우는 장정들을 훈련시키며 병사로 조련하기 시작했다.

"어허, 말이 있어야 해. 말도 없이 어찌 도적과 싸운단 말인가?"

이들을 이끌어야 할 지휘관 격인 유비는 고민이 한두 가지가 아니었다. 그런데 하늘이 이들 삼 형제를 돕는 것이 분명했다.

그 무렵 마을 입구를 지키던 부하 장병이 달려와 급하게 알렸다.

"장군, 지금 상인들이 말 떼를 몰고 마을 앞을 지나고 있습니다."

듣던 중 반가운 소리였다. 유비가 관우, 장비와 함께 황급히 달려가 상인의 행렬을 만났다.

"잠깐만 멈추십시오. 그대들은 어디서 와서 어디로 가는 손님이시오?"

그들은 사막이나 초원처럼 교통이 발달하지 않은 지방에서 특산물을 교역하는 대상이었다. 그런데 그 규모가 자못 컸다. 일행은 우두머리가 둘인데 한 사람은 장세평, 또 한 사람은 소쌍이었다. 유비 일행이 지극한 예의를 갖춰 맞이하자 그들도 말에서 내려 예의를 갖췄다.

"저희는 해마다 북쪽으로 가서 말을 파는 장사꾼입니다. 그런데 이번에는 황건적의 난리 때문에 갈 수가 없어서 도중에 돌아오는 길입니다."

말을 듣는 순간, 유비는 길이 있겠다 싶었다.

"잠깐 짬을 내주십시오. 저희 삼 형제가 모시고 싶습니다."

유비, 관우, 장비는 두 상인에게 자신들의 처지를 있는 그대로 보여 주었다. 나라 돌아가는 꼴을 지켜보자니 도무지 참을 수 없어 세상을 향해 떨쳐나섰다는 사실도 밝혔다. 향후 계획도 주저하지 않고 알렸다. 이들을 만난 것이 다시없이 좋은 기회라고 여겨 한마디 한마디에 힘을 실어 말했다.

이야기를 듣고 난 두 상인은 크게 감동했다. 더 생각할 것도 없다는 듯 장세평이 말했다.

"좋습니다. 장군들의 뜻이 우리를 감동시켰습니다."

"그, 그게 정말이오?"

"우리가 갖고 있는 모든 재산을 내놓겠습니다. 어차피 이 말들은 팔지 못해 데려가면 건초만 먹어 치울 테니 골치입니다."

그들은 말 오십 필과 함께 갖고 있던 금과 은, 철 등을 모조리 의병을 일으키는 데 써 달라며 내놓았다.

삼 형제는 꿈인가 생시인가 싶었다. 도원결의를 맺자마자 사방에서 도움의 손길이 다가왔다. 이는 하늘이 돕는다고 볼 수밖에 없었다.

살림이 넉넉해진 삼 형제는 대장장이들에게 무기를 만들라고 전했다. 유비는 두 자루가 한 쌍을 이루는 쌍고검†을 만들었다. 어려서부터 무예를 갈고 닦은 뒤 노식의 휘하에서 검술을 익혔기에 가장 요긴한 물건을 만든 것이다. 관우는 무게가 팔십 근이 넘는 청룡언월도†를 만들었고, 장비는 자루 끝이 뱀처럼 구불구불한 장팔사모†를 손에 쥐었다.

보통 사람은 들지도 못할 무거운 창을 그들은 한 손으로 휙휙 돌리고 자유자재로 놀렸다. 투구와 갑옷을 만들어 입히고 병사들을 조련하는 동안 그 수가 오백 명 가까운 규모로 늘었다.

어느 정도 진용을 갖춘 뒤 유비와 관우, 장비는 군사를 이끌고 유주 교위인 추정을 만나러 갔다. 추정이 태수에게 보고하자 태수 유언이 버선발로 달려 나왔다.

"오, 그대들이 나라를 구하겠다고 달려와 이 몸이 얼마나 고마운지 모르겠소!"

삼 형제를 안으로 들게 해 이야기를 듣고 난 유언은 하늘의 도우심에 연신 탄복했다. 그리고 무엇보다 유비가 자기와 같은 한나라 종친이라 반가운 마음이 더욱 컸다.

"촌수를 따져 보니 그대가 나의 조카뻘이 되는구려."

유비에 대한 유언의 각별함이 더 깊어졌다. 멀지 않은 곳에서 황건군에게 잡혔다가 죽을 뻔했던 사정을 털어놓자 유언이 분개하며 결의를 다졌다.

"안 그래도 도적들의 움직임을 눈여겨보던 참이었소. 그대들이 제 발로 걸어와 큰 힘을 보태니 무도한 폭도들을 잠재우는 것쯤 시간문제 아니겠소."

그로부터 며칠 지나지 않아 삼 형제에게 첫 출정 기회가 주어졌다. 황건군 대장 정원지가 오만 군사를 거느리고 탁현으로 쳐들어왔기 때문이다. 유비를 잡아갔던 황건군은 그들이 미리 보낸 척후병이었다. 황건군 본진이 탁현을 노리고 쳐들어오자 유언은 유비에게 교위 추정이 이끄는 관군과 합세해 도적을 물리치라고 지시했다.

"그대들의 기개를 떨칠 좋은 기회가 왔소."

"꼭 기대에 부응하겠습니다!"

그동안 좀이 쑤셔 견디기 힘들었던 삼 형제와 의병들은 당당하고 힘찬 걸음으로 적을 향해 나아갔다.

"꼭 살아 돌아오셔야 해요!"

"도적들을 굴비처럼 엮어 와!"

고을 백성들이 빼곡하게 나와 병사들을 격려하고 응원했다. 행군하는 장정들은 하나같이 그들의 가족이자 친지였다.

관군과 황건군이 서로 마주한 곳은 대흥산 아래 벌판이었다. 유비는 그들이 말이 좋아 황건군이지, 사실 머리에 누런 수건을 쓴 도적에 불과하다는 사실을 잘 알고 있었다.

"적은 수가 많다 뿐이지, 훈련도 제대로 못 받은 도적 무리요. 우리가 기죽을 까닭이 없소이다."

하지만 교위 추정은 처음 마주하는 대군이라 몸이 움츠러들었다.

"마, 많아도 너무 많소이다."

쌍고검의 '고(股)' 자는 '넓적다리'라는 뜻이야. 다시 말해 두 자루의 칼이라는 뜻이야. 《삼국지연의》의 다른 장면에 나오는 칠성보도나 의천검, 청강검과 같은 명품은 아니야. 그저 쓸 만한 칼로서 유비가 지휘관 역할을 하면서 사용한 것이란다.

❧

청룡언월도는 관우만큼 명성을 얻은 무기야. 칼날은 반달 모양이고 칼등에 용을 새긴 기다란 형태로, 일종의 전시용 칼이라 할 수 있어. 정사에 의하면 관우는 이 칼을 사용하지 않았다고 해. 모(矛)와 극(戟)과 칼을 썼다는데 전시용인 이 칼을 쓰려고 만들었다고 하는 건 작품이 극적인 구성을 중요시하는 소설이기 때문이지.

❧

장팔사모는 길이가 1장 8척인 창이라는 뜻이야. 오늘날의 기준으로 보면 5미터 40센티미터가 된다는 말이야. 일반적인 전쟁용 창의 길이가 3미터 내외이고 유럽 기사들의 창인 랜스가 5미터 내외인 것을 감안하면 상당한 크기란다.

당시 중국에서 전쟁을 할 때는 장수가 먼저 말을 타고 나가 적장과 겨룬 다음 그 결과에 따라 군사들이 백병전을 벌이는 형식으로 전투가 진행되었다.

오만 명의 황건군과 오천 명의 관군이 진을 치고 벌판에 마주했다. 군사 규모로는 상대도 안 되는 싸움이었다. 하지만 사기는 유비의 군사가 훨씬 드높았다. 관우와 장비가 좌우에서 보필하고 유비가 먼저 적진을 향해 나아갔다. 싸움에 앞서 말로 기선을 제압하기 위해서였다.

"나라를 배반한 도적들아, 너희들은 어찌하여 뻔뻔하게도 이리 처들어왔느냐? 무기를 내려놓고 항복하지 않으면 목숨은 물론 시체도 못 찾게 될 줄 알아라. 순순히 항복한다면 목숨만은 살려 줄 테니 고향으로 돌아가 농사를 짓고 본업에 충실하라!"

유비의 말에 황건군 대장 정원지가 크게 화를 냈다. 보아하니 유비가 이끄는 부대 역시 정식 관군도 아닌 오합지졸 같은데 큰소리를 쳤기 때문이다.

"저자의 목을 베어라!"

"제가 다녀오겠습니다!"

정원지의 부장인 득무가 앞으로 나섰다. 말을 달려 창칼을 휘두르며 달려오는 득무를 본 장비가 말했다.

"저런 애송이는 내가 나가 손가락으로 목을 따 오겠소이다."

장비가 장팔사모를 휘두르며 달려 나갔다. 먼지를 일으키며 전속력으로 달려온 말 두 마리가 서로 교차하는 순간이었다. 득무는 장비가 번개처럼 휘두른 장팔사모의 제물이 되고 말았다. 한 방에 승부가 난 것이다. 기세등등했던 적의 장수가 피투성이가 되어 땅바닥에 굴러떨어졌다. 유비의 오백 군사는 목이 터져라 함성을 질렀다.

"우아아!"

기선을 제압하고 승기를 잡은 것이다.

"내 저놈을!"

발끈 성이 난 정원지가 직접 달려들었다. 장비가 길을 터 주자 이번에는 관우가 나섰다.

"네놈은 내가 맡으마!"

청룡언월도를 젓가락 돌리듯 가볍게 놀리는 관우를 보고 정원지가 말을 멈추고 꽁무니를 빼려 했다. 핏발 선 눈으로 팔십 근 언월도를 휘두르는 모습에 지레 기가 질린 것이다. 하지만 때는 늦었다. 관우가 한 발 앞서 도망치는 그의 목을 날려 버렸다.

"대장이 당했다! 도망가자!"

장수 둘이 순식간에 목이 달아나자 황건군은 사기가 바닥에 떨어지고 대오가 여지없이 무너졌다. 오합지졸의 속성이 원래 그랬다. 오만 명의 수가 아무 소용이 없었다. 그들은 걸음아 날 살려라 도망치거나 칼과 창을 내던지고 두 손을 든 채 벌벌 떨었다. 그들 역시 얼마 전까지 농사를 짓던 평범한 촌부들이었다. 분위기에 휩쓸려 군사인 척하며 각지를 누비고 다녔을 뿐이다.

첫 싸움에서 관군과 유비의 오백 군사는 크게 이겼다. 무수한 포로들을 앞세워 돌아오자 태수 유언이 크게 기뻐하며 성 밖까지 나와 그들을 맞았다.

"장하오! 근래에 이렇게 기쁜 일은 처음이오."

유언은 유비 일행을 후한 상으로 영접했다. 개선장군이 되어 돌아온 유비, 관우, 장비 역시 뿌듯함을 느꼈다. 도원결의한 삼 형제의 출발은 하늘과 땅의 도움으로 순조롭고 통쾌하게 시작되었다.

2
무명의 설움

첫 승리를 거둔 유비, 관우, 장비는 한껏 기세가 올랐다. 그들이 꿈꾸는 대업에 한발 다가간 것만 같아 뿌듯하기도 했다.

"형님, 천 리 길도 한 걸음부터라고 하지 않았소. 이 기세를 몰아 도적 떼를 싹 쓸어버리고 큰 공을 세웁시다."

장비가 술을 한잔 마신 뒤 한껏 달아올라 유비와 관우 앞에서 신나게 떠들어 댔다.

"허허, 아우 말이 맞네."

유비가 너그럽게 장비의 주정을 받아 주는 동안 관우는 말없이 장비를 바라보았다. 유비는 술을 더 마시러 간다고 나서는 장비의 뒤를 바라보다가 밤하늘을 쳐다보았다. 그에겐 앞날이 더 걱정이었다.

"백 번 승리하다가도 한 번 실패하면 끝나는 것이 전쟁터의 법칙! 다음에 더 큰 공을 세우지 않으면 우리가 무슨 이름을 얻겠는가?"

"형님, 저와 장비가 있지 않습니까? 나라를 바로 세우기 위해 나선 몸, 실패하면 죽음만이 있을 뿐입니다."

평소에 과묵한 관우가 유비의 고뇌가 느껴졌는지 나지막하게 위로를 건넸다.

"그래, 그대들 같은 아우가 곁에 있는데 뭐가 걱정이겠는가. 나도 이미 한 차례 죽었다 살아난 몸, 우리도 가서 술이나 한잔 하세. 공은 나중에 또 세울 수 있겠지."

삼 형제는 이렇게 고향을 떠나온 병사들과 함께 달콤한 휴식을 취했다.

공을 세울 두 번째 기회는 생각보다 빨리 왔다. 태수 유언이 다음 날 유비를 급하게 불렀다.

"태수님, 부르셨습니까?"

유비가 정중히 예의를 갖추고 유언 앞에 섰다.

"유공! 청주 태수 공경에게서 기별이 왔는데, 청주성이 도적들에게 포위당했다고 하오. 이를 어쩌면 좋겠소?"

유언의 말은 청주성으로 가서 싸우라는 의미였다. 청주성은 오늘날의 산동성 지역에 해당한다. 황하 남쪽 지역으로 땅이 아주 넓고 비옥했다. 자기가 직접 나서서 싸울 수 없으니 대신 삼 형제가 나서서 공을 세우면 좋지 않겠냐는 제안이었다. 게다가 깊은 속내에는 오백여 명의 군사가 군량을 축내며 성안에 머무는 것이 재정적인 부담이 된다는 셈이 없지 않았다. 물론 출정은 유비가 간절히 원하는 일이었다. 군사를 모아 싸우기로 한 이상 계속 싸워야 했기 때문이다. 말이 쉬지 않고 줄기차게 달려야 하는 것과 같은 이치였다.

"제가 가겠습니다. 나라를 위해 죽기를 각오한 몸, 어딘들 못 가겠습니까?"

"고맙소. 교위 추정에게 오천 군사를 얹어 줄 테니 그대는 관우, 장비와 더불어 위기에 빠진 청주를 구해 주시오. 관군이 처한 어려움을 헤아려 큰 공을 세우기 바라오."

유언의 간절한 기원을 뒤로하고 유주의 오천 군사와 유비의 오백 군사는 청주성으로 나아갔다. 십여 일을 달려 도착했을 때 성은 황건군에 의해 철통같이 포위되어 있었다.

"장군! 청주성은 이미 황건군에게 포위되었고, 성문은 굳게 닫혀 있습니다!"

척후병이 적의 동향을 살피고 돌아와 유비에게 보고했다. 그 시각 황건군도 정탐을 통해 구원병이 온 것을 알고 대군을 휘몰아 공격해 왔다. 언뜻 보아도 수적으로 싸움이 되지 않는 형국이었다.

"일단 물러납시다."

교위 추정의 제안에 따라 유비 군은 적이 쫓아오지 못할 만큼 멀찍이 물러나 영채를 세우고 동태를 주시했다. 연일 대책을 논의했지만 뾰족한 수가 나오지 않았다. 확연히 드러나는 병력의 차이도 문제였지만, 포위망을 뚫고 청주성으로 들어가 협공을 제안해도 잔뜩 겁을 먹은 성안

군사들이 호응을 하지 않았다.

"형님! 당장 가서 무찌릅시다. 내 이 장팔사모로 몽땅 쓸어버리겠소."

장비는 몸이 근질근질해 말리지 않으면 용수철처럼 튀어나갈 기세였다.

"도적의 수가 너무 많아 평지에서 정공법으로 싸워서는 도무지 승산이 없어."

그때 관우가 한 가지 꾀를 냈다.

"미리 군사를 매복시켜 놓고 발 빠른 기병으로 선제공격을 해서 싸움을 이끌면 이길 수 있습니다."

병법을 공부한 관우가 작전을 짰다. 자신이 천 명의 군사를 거느리고 골짜기 왼쪽에 드러나지 않게 진을 치고, 장비가 천 명의 기병을 거느리고 오른쪽 산속에 숨어 있기로 한 것이다.

"그런 다음 형님이 먼저 싸움을 걸면 저들은 분명 기세를 올리며 맞싸우려 할 것입니다. 그때 후퇴하는 척하면서 적군을 저와 장비 사이로 유인하십시오. 그때 세 방향에서 한꺼번에 공격하는 겁니다."

처음으로 써 보는 복병 전략이었다.

"지금 시점에 딱 들어맞는 계책일세."

다음 날 유비와 추정이 군사를 거느리고 황건군 진지 앞으로 가서 적군을 유인하는 전략을 썼다. 대오를 허술하고 엉성하게 갖추고 적진을 향해 다가가자 기다렸다는 듯 황건군이 몰려왔다.

"애송이 토벌군이다. 찍소리도 못 하게 요절내자!"

바로 전투가 벌어졌다. 접전이 시작되자 구름 같은 먼지가 일어 하늘을 가릴 지경이었다. 잠시 싸우다 유비가 급하게 후퇴 명령을 내렸다.

"그만 후퇴하라! 후퇴해!"

관군은 적당히 싸우는 척하다 뒤로 빠지며 복병이 숨어 있는 계곡을 향해 후퇴했다.

"관군들 도망가는 꼴 좀 봐라! 한 놈도 놓치지 마라!"

황건군은 말이 군대지 사실 도적 떼와 다름없었다. 민가를 노략질하거나 관가를 공격해 얻은 각종 병장기와 값나가는 귀중품이 그들에게 주어지는 유일한 보상이었다. 한 발이라도 먼저 달려가 좋은 물건을 차지하지 못하면 헛고생이 되고 만다. 황건군은 눈에 불을 켜고 아우성을 치며 유비의 뒤를 쫓아왔다. 좌우가 어딘지 살피지도 않고 쫓아온 그들이 정신을 차렸을 때는 이미 관우와 장비가 매복한 계곡 깊숙이 들어오고 말았다. 뭔가 일이 잘못되었다는 것을 깨달았을 무렵 좌우에서 우레와 같은 소리를 지르며 복병이 쳐내려왔다.

"도적놈들을 모조리 쓸어버려라!"

관우와 장비가 기세등등하게 좌우에서 치고 들어오자 황건군은 당황하여 정신을 차리지 못했다.

"복병이다!"

"어서 후퇴하라!"

급하게 후퇴 명령을 내렸지만 때는 늦었다. 그저 맥없이 장비의 장팔사모와 관우의 청룡언월도의 제물이 되고 말았다. 어디 그뿐인가. 꽁지빠지게 도망간 줄 알았던 유비와 추정이 되돌아와 반격을 시작했다. 훈련다운 훈련을 제대로 받은 적 없는 황건군은 세 방향에서 공격을 받자 순식간에 오합지졸이 되었다.

전쟁은 기 싸움이다. 유비의 군사들은 대오가 무너진 황건군이 사방으로 흩어지자 기세를 몰아 청주성까지 쫓아갔다. 이때 망루에서 원군의 전투를 지켜보던 청주 태수 공경은 이런 상황에서 손가락이나 빨고 있을 만큼 어리석은 자가 아니었다.

"이때다. 어서 나가 협공하라!"

뒤늦게 성문이 열리자 기다렸다는 듯 청주성 군사들이 쏟아져 나와 황건군의 뒤를 공격했다. 들판은 피와 살이 튀는 살육의 장이 되었다. 철통같이 포위만 하고 있으면 청주성이 함락될 줄 알고 긴장을 풀고 있던 황건군은 갑자기 나타난 유비의 군사와 협공하여 치고 들어오는 공경의 군사들에게 짓밟혀 오갈 데를 잃고 헤매었다. 황건군의 대패였다.

"으하하하!"

대승을 거둔 청주 태수 공경은 큰 잔치를 베풀었다. 목숨이 경각에 달렸던 그가 승전의 주인공이 되었기 때문이다. 군사들에게 술과 음식이 배불리 돌아갔고, 금은보화가 상으로 내려졌다. 무명에 불과했던 유비는 청주 태수 공경과 주연의 상석에 앉아 인사를 나누었다. 놀라운 신분 상승이었다. 유비는 자신의 배경과 처지, 여기까지 오게 된 사연을 담담하게 말했다. 공경은 유비를 극진히 대접했다.

며칠 뒤, 더는 청주성에 머물 이유가 없어진 유비가 공경에게 유주로 돌아가겠노라고 말했다. 공경은 유비를 따로 불러 물었다.

"유공은 다시 고향으로 돌아가 생업에 종사할 생각이시오?"

"그렇지 않습니다. 이미 고향을 떠나온 몸, 도적을 몰아내지 못하면 시체로 들판의 먼지가 될 뿐입니다."

죽기를 각오한 유비의 심정을 공경도 이해했다. 이런 난리 통에 두각을 나타내는 자는 영웅이 될 테고, 패배하는 자는 역사의 뒤안길로 사라질 것이기 때문이다.

"얼마 전에 그대의 스승이신 노식 선생이 기주의 광종 지역에서 도적떼 수괴인 장각과 싸우고 있다는 소식을 들었소."

유비는 깜짝 놀랐다. 노식 선생이 황제의 명을 받아 군사를 이끈다는 말은 소문으로 들었지만 어디에 있는지는 알지 못했다.

"그게 정말이십니까? 안 그래도 자세한 소식을 못 들은 지 오래됐습니다."

공경은 노식의 처지를 자세히 알려 주었다.

유비는 노식을 찾아가기로 마음을 굳혔다. 그러자 추정이 마음에 걸렸다. 그는 야망이 없는 사람이라, 유주 태수 유언의 명령을 수행했으니 다시 유주로 돌아가면 그만이었다. 하지만 유비 자신은 달랐다. 천하의 대업을 이루기 위해 죽기를 각오하고 고향을 떠난 몸이었다. 유언 밑에 돌아가 어정쩡한 상태로 식량이나 축낼 수는 없었다.

결국 유비는 추정과 헤어졌다. 추정은 군사들을 거느리고 유주로 떠나고, 유비는 자신의 오백 군사를 데리고 중랑장 노식에게 가서 힘을 보태며 기회를 엿보기로 했다. 유비의 군사들은 청주성을 떠나 광종으로 말머리를 돌렸다.

이때 존경받는 선비였던 노식은 나라의 부름을 받아 황건군과 대치하며 지루한 싸움을 이어 가고 있었다. 그런 시기에 뜻밖에 제자인 유비가 돕겠다고 찾아왔다. 그 기쁨이야 오죽했으랴.

"스승님! 오랜만에 인사드리옵니다."

유비의 정성 어린 인사를 받은 노식이 말했다.

"지금 나는 적을 포위한 채 이러지도 저러지도 못하고 있네. 여기는 자네의 도움이 크게 필요하지 않아. 차라리 내가 군사를 보태 줄 테니 영천으로 가서 그곳의 도적을 무찌르는 것이 좋겠네."

영천은 서주 옆의 예주 지역이었다.

스승은 자신을 찾아온 제자가 무엇을 원하는지 알고 있었다. 큰 공을 세워 이름을 날리고 자신의 세력을 확장하는 것이 필요하기에 기회를 주려 한 것이다.

군사를 일부 나눠 받은 유비는 영천을 향해 달려갔다. 영천 역시 관군과 황건군의 전투가 벌어지고 있었다. 이때 황건군의 장수는 장각의 동생인 장보와 장량이었고, 관군은 황보숭†과 주준†이 이끌었다. 황건군은 여기저기에서 민심을 잃어 불리한 처지에 빠진 데다 관군의 기세에 밀려 멀리 떨어진 벌판에 풀을 엮어 영채를 구축해 놓고 있었다. 그 모습을 본 황보숭은 주준과 함께 불로 적을 공격하는 화공전을 펼치기로 결정했다.

깊은 밤, 적진을 향해 일제히 불화살이 날아갔다. 아닌 밤중에 화공을 받은 황건군들은 불길 속에서 우왕좌왕하며 갑옷도 챙겨 입지 못한 채 도망치기에 바빴다. 관군은 기세를 놓치지 않으려고 바로 적진을 치고 들어갔다. 그런 중에도 장보와 장량은 남은 군사들을 거느리고 용케 도망을 갔다.

그러나 뛰는 놈 위에 나는 놈이 있는 법이다. 때마침 나타나 그들의 앞을 막아서는 장수가 있었으니, 바로 조조였다. 그는 패나라 초현 사람으로 원래 하후씨 집안 출신이었지만 아버지 조숭이 환관인 중상시 조등의 양자로 들어가는 바람에 조씨 성을 갖게 되었다. 그런 조조가 기도위가 되어 오천 군사를 이끌고 구원군으로 온 것이다.

조조의 급습으로 황건군은 돌이킬 수 없는 패배를 떠안았다. 유비가 싸움터에 도착했을 때가 바로 그 무렵이었다.

"형님! 어서 갑시다. 저기 불길이 보입니다."

성질 급한 장비가 서둘렀다. 얼마나 큰 화공이었는지 하루 전부터 영천 쪽 하늘이 불타오르며 검은 연기가 치솟았다. 하지만 막상 도착했을 때는 한바탕 싸움이 끝난 뒤였다. 벌판 가득 흩어진 황건군 패잔병을 관군이 소탕하고 있었다.

"일단 싸움터에 왔으니 관군에게 도움 될 일이 있는지 알아보자."

유비가 군사를 이끌고 장수의 막사를 찾아가자 황보숭과 주준이 맞아 주었다.

황보숭은 후한의 대신으로 영제 때 북지 태수를 지낸 사람이야. 정사에 의하면 그는 동탁에게 죽을 위험에 빠지지만 나중에 순조롭게 벼슬을 얻어 태위 자리까지 오르는 것으로 알려져 있지.

주준은 황건군의 난이 일어나자 우거기장군이 되어 난을 진압하는 공을 세워. 나중에 동탁이 제거된 뒤 황제를 위협하는 이각과 곽사를 만류하다 옥에 갇히고 말지. 훗날 풀려나긴 하지만 분한 마음에 병이 생겨 세상을 떠난단다.

"지원을 와서 고맙긴 하나 한발 늦었소이다."

"도움이 못 돼 송구합니다. 저는 유비라 하옵니다."

유비는 자신이 영천에 오게 된 사연을 들려주었다. 이야기를 듣고 난 황보숭이 말했다.

"그대같이 공을 세우려는 이에게 이곳은 마땅한 싸움터가 아니오. 장보와 장량이 도망쳐 아직 살아 있소이다. 그들은 분명히 그대들이 떠나온 광종에 있는 장가에게 도망쳤을 것이오. 다시 그리 가서 노식 장군을 돕는 것이 좋겠소."

그야말로 맥 빠지는 일이었다. 기껏 밤낮을 가리지 않고 부지런히 달려왔는데 아무 성과 없이 다시 스승이 있는 광종으로 돌아가야 했다. 그렇다고 이곳에서 남의 공을 구경이나 하며 지낼 수도 없는 노릇이었다. 유비는 다시 광종으로 돌아가는 게 맞다고 여겼다.

"휴, 다시 돌아가 스승님을 도와야겠다. 이럴 줄 알았으면 그냥 그곳에 있을 걸 그랬구나."

동생들과 의논하자 관우가 말했다.

"하늘이 도와야 공을 세울 수 있는 것 아니겠습니까? 갈 길이 정해졌으니 어서 돌아갑시다."

유비가 맥 빠진 군사들을 이끌고 온 길을 되짚어 광종으로 갈 때였다. 죄수를 호송하는 수레가 그들을 향해 다가왔다. 앞서가던 척후병이 달려와 유비에게 보고했다.

"저 수레에 노식 선생이 타고 계신다고 합니다."

"뭐라고? 스승님이?"

소스라치게 놀란 유비는 도무지 믿을 수 없어 급히 말을 타고 달려갔다. 광종에서 군사들을 이끌고 적과 싸워야 할 스승이 수레, 그것도 죄수나 타는 수레를 타다니, 있을 수 없는 일이었다. 하지만 가까이 다가갈수록 자기 눈을 의심하지 않을 수 없었다. 정말 수레에 노식이 죄수복을 입은 채 앉아 있었다.

"스승님! 대체 이게 어찌 된 일이옵니까? 으흐흐흑!"

말에서 내린 유비가 통곡했다.

"유비 자네로군. 어허!"

노식은 긴 탄식부터 날렸다.

"장각을 포위해 다 이긴 싸움이었는데, 그만 그자가 사악한 술법을 쓰는 바람에 허망하게 패하고 말았네. 그런 데다 조정에서 격려차 내려보낸 관리가 내게 뇌물을 요구하지 않았겠나. 그럴 수 없다고 거절하자, 모함을 당해 억울하게 오라를 받았다네."

듣고 있던 장비가 흥분해 큰 눈을 더욱 부라렸다.

"뇌물이요? 그게 무슨 뚱딴지같은 말씀이십니까?"

"나도 그렇게 얘기했네. 군량도 없는데 무슨 돈이 있어서 뇌물을 주겠냐고. 그러자 그자가 앙심을 품고 조정에 올라가 나를 모함했네. 내가 도적이 무서워 성에 틀어박혀 싸움을 않고 있다고 말일세. 그 말을 듣고 황제께서 진노하셔서 이렇게 잡혀가는 처지가 되었다네."

유비는 가슴이 찢어질 것만 같았다.

"그러면 누가 스승님의 자리를 이어받았습니까?"

"중랑장 동탁이 지휘권을 받았다더군."

"뇌물을 받고 부정을 저지르는 자가 천하에 득시글거리건만 죄는 박복한 사람에게 얽매여 든다더니, 참으로 안타깝습니다."

말을 듣고 있던 장비가 갑자기 장팔사모를 꼬나들었다.

"호송하는 놈들부터 싹 다 없애고 선생을 다시 우리 군의 장군으로 모십시다!"

흥분한 장비가 길길이 날뛰자 유비가 막았다.

"장비야, 어찌 이러느냐? 공도 세우기 진에 역적이 되고 싶은 게냐? 스승님을 위해서도 그건 안 될 말이다."

"아니, 형님! 노식 선생 같은 분이 어찌 뇌물이나 밝히는 소인배 때문에 죄인이 돼야 한단 말입니까? 이 나라가 어찌 되려고 이러는 겁니까?"

"조정에서도 다 생각이 있을 것이다. 함부로 날뛰지 마라!"

유비가 예를 갖춰 스승에게 하직 인사를 하자, 두려움에 떨던 호송 관원들은 그제야 후들거리는 다리를 겨우 추슬러 수레를 몰고 갔다.

허탈해진 유비, 관우, 장비는 한참 동안 그 자리에 서 있었다. 따라오던 오백의 군사들도 말을 잃었다.

"형님, 이제 어찌하면 좋습니까?"

관우가 물었다.

"스승님은 잡혀가시고 후임인 동탁이라는 자는 우리가 잘 알지도 못하는데, 거기 가서 무엇을 할꼬?"

그때 장비가 손바닥을 털며 말했다.

"형님, 이럴 바엔 차라리 탁현으로 돌아갑시다. 거기 가서 다시 앞일을 의논하는 게 좋겠습니다."

유비로서도 달리 방도가 없었다.

"그러자꾸나. 쓸데없이 이리저리 부대끼다 얻는 것도 없이 귀한 병사만 잃겠구나."

탁현에서부터 따라온 병사들을 이끌고 유비와 아우들은 떠나온 고향을 향해 북쪽으로 나아갔다.

그렇게 며칠이 지나 산모퉁이를 돌 무렵이었다. 앞서가던 척후병이 다급하게 달려와 보고했다.

"대열 앞쪽에서 전투가 벌어졌습니다. 동탁이 이끄는 관군과 도적의 싸움입니다."

"어서 가 보자!"

황급히 지대가 높은 곳에 올라가 사방을 살펴보았다. 수만 명의 군사가 힘을 못 쓰고 쫓겨 가고 있었다. 황건군이 기세를 드높이며 관군을 짓밟는 모습이었다. 그들의 깃발을 자세히 보니 '천공장군'이라 쓰여 있었다. 바로 황건군의 우두머리 장각이었다. 황건군의 세력이 약해졌다고는 하나 장각이 이끄는 본진은 여전히 힘이 있었다. 한동안 전투를 치르지 못해 늘어졌던 유비의 군사들은 다시금 의욕이 생겼다.

"빨리 내려가 도적들을 쳐부수자!"

"우리가 장각을 무찔러 공을 세우자!"

군사들의 함성에 관우와 장비도 두 주먹을 불끈 쥐었다.

"형님! 하늘이 우리를 돕는 것 같습니다."

유비의 군사들은 바람처럼 달려 황건군 진영을 휘저었다. 별다른 힘을 쓰지도 않고 오합지졸 관군들을 물리치던 황건군은 갑자기 달려온 기세등등한 군사들을 보고 어리둥절했다.

"저자들은 누구냐?"

"모르겠습니다. 대체 어디서 나타난 거지?"

동탁의 군대를 무찌르고 승기를 틀어쥐려는 순간 정체불명의 군대가 나타난 것이다. 황건군이 유비 군의 기습을 받아 허둥대는 틈을 타 쫓기던 관군도 전열을 가다듬어 반격을 시작했다. 여기에 관우와 장비가 협공하자 황건군은 견디지 못하고 오십 리 밖으로 멀찍이 물러났다. 위기에 빠진 동탁을 구한 유비, 관우, 장비가 영채로 돌아왔다.

한숨 돌린 동탁이 유비를 불러 감사함을 전했다.

"덕분에 크나큰 위기에서 벗어났소이다. 지금 어떤 벼슬에 계신 뉘신지요?"

유비가 공손한 태도로 말했다.

"저는 아직 벼슬이 없습니다. 나라를 구하기 위해 오로지 두 주먹으로 일어난 의병일 뿐입니다."

그 순간 동탁은 표정을 바꾸었다. 자신이 무지렁이 같은 의병들의 도움을 받았다는 사실에 자존심이 상한 것이다.

"아, 그렇소? 난 그것도 몰랐구려."

생명의 은인을 만난 것처럼 예를 갖추던 동탁이 갑자기 거만한 자세를 보이자, 유비는 조용히 예를 갖추고 돌아 나왔다. 동탁의 무례함을 따지기 전에 무명의 설움이 더 크다는 것을 알았기 때문이다.

"형님! 어떻게 되었습니까?"

성미 급한 장비가 다그치듯 물었다.

"장군! 저희에게도 벼슬 하나씩 준답니까?"

"저희도 드디어 관군이 되는 겁니까?"

유비의 병사들이 저마다 한마디씩 물었다. 여기저기 떠돌던 병사들은 사실 춥고 배고팠다. 관군에 편입된다면 등 따숩고 배불리 먹으며 전쟁을 할 수 있겠다 싶어 내심 기대를 하고 있었다.

그러나 동탁을 만나고 온 유비 얼굴을 보는 순간 장비는 모욕을 당하고 나왔다는 것을 눈치챘다. 유비가 동탁과의 만남을 간단히 설명하자 더욱 기가 막혔다.

"동탁 저놈의 목을 당장 비틀어 버리고 말 테다!"

장비가 창을 움켜쥐자 유비가 말렸다.

"아서라, 아우야!"

"형님! 이렇게 무례할 수 있소? 물에 빠져 허우적거리던 놈을 기껏 살려 줬더니, 뭐야? 벼슬이 뭐냐고? 개돼지도 이보다는 무례하게 굴지 않을 것이오!"

흥분해서 날뛰는 장비를 유비와 관우가 간신히 진정시켰다.

"동탁은 조정에서 보낸 황제의 장수고, 우리는 한낱 백성에 불과한데 어찌 그런 소리를 함부로 지껄이느냐?"

동탁은 원래 하동 태수였는데 성품이 교만하고 겁이 많은 인물이다. 그래서 조금만 큰 소리가 나도 깜짝깜짝 놀라곤 하는데, 바깥에서 장비 목소리가 쩌렁쩌렁 울리자 등골이 오싹하고 입술이 타들어 가는 듯했다. 그들의 활약상을 이미 보았기 때문이다. 그나마 말리는 유비가 있어서 겨우 안도의 한숨을 내쉴 수 있었다.

"저자를 살려 두면 우리가 그 밑에 들어가야 한단 말입니까? 허허, 형님들이나 그렇게 하시오. 나는 못 합니다. 어찌 사람 아닌 것에게 명령을 받는단 말입니까? 나는 가겠소!"

장비가 팔을 걷어붙이자 관우가 나무랐다.

"아우야, 형님을 두고 어디를 간단 말이냐? 너는 도원결의를 정녕 잊었단 말이냐?"

그 말에 장비가 발길을 멈추자 유비가 말했다.

"아우야, 하늘과 땅에게 우리는 한 형제가 되기로 하지 않았더냐? 네가 떠난다면 나도 가야겠다. 같이 가자꾸나."

"형님도 간단 말입니까?"

"그래. 네가 간다는데 내가 어찌 안 가겠느냐?"

유비와 함께 관우도 장비를 따라나섰다.

무명의 설움이 이런 것이었다. 관우가 한숨 지으며 말했다.

"아, 동탁이나 조조나 다 귀족 자제들만의 세상입니다. 우리는 언제나 그런 자들과 어깨를 나란히 하겠습니까?"

유비도 무명의 설움을 톡톡히 느끼고 있었다. 세 사람은 황건군과 싸우기 위해 영천의 황보숭과 주준에게 가기로 했다. 이때까지만 해도 유비는 자신이 훗날 걸출한 영웅이 되어 그들과 어깨를 나란히 하리라는 생각은 꿈에도 하지 못했다.

3

드디어 벼슬을 얻다

삼 형제는 밤새도록 말을 달려 주준을 찾아갔다.

"유 장군이 오셔서 얼마나 반가운지 모르겠소."

이미 유비의 공이 크다는 소문을 들은 주준은 전과 달리 진정으로 유
비 일행을 반겼다.

"이렇게 환대하시니 몸 둘 바를 모르겠습니다."

"도적을 물리치는 데 그대들 같은 영웅이 꼭 필요하오. 우리 함께 장
보라는 우두머리 놈을 칠 계략을 짭시다."

그들은 막사에 들어가 전황을 살폈다.

"조조가 곡양에서 황보숭을 도와 장량과 큰 싸움을 벌인다고 하오. 우리는 장보를 공격해 그들이 힘을 합치지 못하게 막는 것이 좋겠소."

"맞습니다. 그리하시지요. 적의 수는 어느 정도입니까?"

"오만 정도라고 들었소."

수적으로 불리했지만 실전을 경험한 유비로서는 해볼 만하다는 생각이 들었다. 며칠 뒤 유비, 관우, 장비는 주준의 군사와 함께 황건군이 장악하고 있는 지역으로 나아갔다. 그런데 정작 맞닥뜨려 보니 장보의 형세가 결코 만만치 않았다. 군사도 오만 정도라 했으나 그보다 훨씬 많은 팔만에서 구만 정도는 되어 보였다.

"유 장군이 먼저 나서 주시오."

"명을 받들겠습니다!"

유비가 쌍고검을 들고 적진으로 나아가 외쳤다.

"도적놈들아! 이제라도 늦지 않았다. 죄를 뉘우치고 항복하면 목숨만은 구할 것이다!"

그러자 인상이 험악한 장수가 달려 나왔다. 부장인 고승이었다. 고승이 유비를 만만하게 보고 외쳤다.

"네 이놈! 거기 그대로 섰거라. 내가 저승으로 보내 주마!"

그때 장비가 앞으로 나섰다.

"형님은 들어가슈. 내 저 버릇없는 녀석을 단칼에 해치우겠소."

장비와 고승의 한판 싸움이 벌어졌다. 양편 군사들이 손에 땀을 쥐려는데 싱겁게도 장비가 몇 합 만에 고승의 목을 베어 버렸다. 전쟁은 역시 기세였다. 유비가 적장의 목이 떨어지기를 기다렸다 보란듯이 외쳤다.

"도적을 무찔러라!"

함성을 높이며 관군이 황건군을 밀어붙였다.

"와아아!"

흙먼지가 구름처럼 일었다. 기병과 보병의 기세가 거친 파도처럼 출렁거렸다. 그런데 황건군 진영에서 전황을 살피던 장보가 전세가 불리해지자 바로 머리를 풀어 헤쳤다. 이어 향불을 피운 뒤 칼끝을 땅에 대고 요사스러운 주문을 외며 술법을 쓰기 시작했다.

"쿠쿠쿵!"

난데없이 하늘이 먹물처럼 검어지면서 천둥이 치고 섬광이 번쩍였다. 동시에 검은 기운이 허공에서 스멀스멀 땅으로 내려왔다.

"적장이 귀신을 부른다!"

그 말은 거짓이 아니었다. 하늘에서 내려온 검은 옷에 검은 말을 탄 군대가 악귀처럼 기분 나쁘게 마구 달려들었다. 유비의 군사들이 당황하여 허둥거렸다.

"귀신이다! 도망가자!"

그들은 정말 귀신 군사들이었다[†]. 관군은 후퇴하느라 서로 짓밟고 치고 깔아뭉개는 아수라장을 연출했다. 결과는 대패였다.

여기서 잠깐!!

난데없는 귀신과 악귀의 출현에 놀랐을 거야. 하지만 《삼국지연의》는 시대를 거쳐 이어지고 읽히는 동안 민담 요소가 많이 삽입되었단다. 독자들의 흥미를 자아내기 위해 흥미로운 것이라면 무엇이든 삽입한 흔적이 바로 이 대목에 두드러지게 나타나고 있는 거지. 황건군 수장인 장보가 그만큼 신성한 존재라는 걸 보여주기 위한 장치로 귀신을 부르는 에피소드가 등장한 거야. 생뚱맞긴 해도 당시 이 이야기를 즐긴 사람들은 손에 땀을 쥐며 흥미진진하게 듣지 않았겠니?

주술로 불러온 귀신 군대에게 패배한 뒤 유비는 남은 군사를 정비해 주준과 함께 후속 대책을 마련하느라 애썼다.

"장보가 쓰는 요사스러운 술법을 막을 방법이 없겠습니까? 달리 어떤 방책을 써야 할지 모르겠습니다."

주준이 고개를 끄덕이더니 꾀를 냈다.

"나도 저들이 저런 술법을 쓰는 것은 처음 보았소. 하지만 너무 걱정 마시오. 술법은 술법으로 막으면 되는 법! 신을 받들어 모시는 신관이 말해 준 비법을 알고 있소."

막사 안의 장수들이 동시에 주준의 얼굴을 쳐다보았다.

"무슨 비법입니까?"

"돼지와 양과 개 등 짐승의 피를 뿌리면 웬만한 술법은 다 막을 수 있을 거라 했소."

"과연 그 방법이 통할까요?"

"술법에는 술법으로 응하는 수밖에 없지 않겠소?"

"일단 해보죠! 도적을 물리치는 일인데 무슨 짓인들 못 하겠습니까?"

장비와 관우가 각각 군사 천 명을 이끌고 민가로 가서 돼지와 양과 개 등 가축을 구해다 잡아 피를 받았다. 유비의 군사들이 가죽부대에 담은 피를 가지고 언덕 위에 매복한 채 적이 사정거리 안으로 들어오기를 기다렸다.

다음 날 장보가 군사들을 이끌고 와 기세등등하게 싸움을 걸었다.

"겁쟁이 관군 놈들아! 어서 낯짝을 내보여라. 우리는 천지신명이 돕는 의로운 군대다!"

"기다려라! 오늘이야말로 너희들 제삿날인 줄 알아라."

곧바로 벌판에서 양쪽 군대가 맞부딪쳤다. 얼마 지나지 않아 황건군이 유비의 군대에 밀려 뒤로 물러났다. 그때 장보가 다시 요사스러운 술법을 부리며 주문을 외웠다. 삽시간에 어제와 같은 시커먼 구름이 몰려오고 검은 기운이 땅으로 내려앉았다.

"퇴각이다! 뒤로 물러나라!"

유비가 슬그머니 군사들을 후퇴시켰다. 장보가 술법으로 불러들인 검은 군대가 유비 군을 스르르 뒤쫓았다. 그들은 관우와 장비의 군대가 좌우에 매복한 지점까지 잠식해 들어왔다. 그때 유비의 신호에 따라 군사들이 가축의 피를 냅다 허공에 뿌렸다.

"이거나 먹고 떨어져라!"

"옜다! 악귀야, 물러가라!"

빗물처럼 뿌려지는 시뻘건 핏물에 검은 군대가 한꺼번에 땅바닥에 떨어졌다. 자세히 살펴보니 그것들은 종이와 짚으로 만든 제웅으로 하나같이 부적이 붙어 있었다.

"이런 낭패가 있나."

술법이 깨지는 것을 본 장보는 더 버틸 힘을 잃고 말머리를 돌려 도망치려 했다. 전세는 돌이키기 힘들었다. 관우와 장비가 이미 치고 들어왔고, 관군의 협공에 장보의 무리들은 수를 헤아릴 수 없을 만큼 큰 피해를 입고 도망치기에 바빴다.

"장보를 놓쳐서는 안 된다. 어서 쫓아라!"

유비가 지공장군 깃발을 매달고 달려가는 말을 향해 연속으로 활을 쏘았다. 그중 하나가 장보의 팔에 꽂혔다.

"으윽!"

장보는 왼팔을 부여잡은 채 뒤도 안 돌아보고 양성을 향해 전속력으로 달려갔다.

"어서 성문을 닫아라!"

양성에 들어가 성문을 굳게 잠근 장보는 두 번 다시 밖으로 나오지 않았다. 주준의 군사들은 성을 둘러싸고 쉴 틈을 주지 않고 공격하면서 주변 정세를 살폈다. 이제 적은 독 안에 든 쥐였다.

그때 전령이 달려와 보고했다.

"황보숭 장군이 도적들과 여러 차례 싸워 승리를 거두었답니다."

"동탁은 어찌 되었느냐?"

"동탁은 싸울 때마다 져서 조정에서 벌써 황보숭 장군의 군대로 편입시켰다고 합니다. 그리고 좋은 소식이 한 가지 더 있습니다."

"무엇이냐?"

"황보숭 장군이 장량의 목을 베었다 하옵는데, 큰 도적 장각은 이미 병으로 죽었답니다. 그래서 장각의 시체가 든 관을 부수고 부관참시하여 머리를 낙양으로 보냈으니 도적 무리가 거의 다 소탕된 셈이라는 전갈이옵니다."

그 말을 들은 주준은 낯빛에 초조함이 묻어났다.

"이렇게 돌아가서야 쓰나. 우리도 얼른 서둘러야겠다."

그때 유비가 전령에게 물었다.

"내 스승님이 어찌 되었다는 소식은 없느냐?"

"스승님이 뉘시온지요?"

"중랑장 노식 장군이시다."

"아, 황보숭 장군께서 군을 이끄는 우두머리 장수인 거기장군에 오르신 다음 조정에 노식 공의 무고함을 알리는 상소를 올렸습니다. 그래서 원래의 벼슬을 되찾고, 지금 군사를 거느리고 도적을 무찌르고 계신다 들었습니다."

유비는 스승의 무사함에 안도의 숨을 내쉬었다. 그와 동시에 뿌듯한 기운이 치솟았다. 곤경에 처했던 스승이 다시 돌아와 자신이 공만 세운다면 얼마든지 힘이 돼 줄 수 있었기 때문이다.

"우리 힘껏 양성을 쳐서 공을 세웁시다."

주준이 유비의 손을 잡았다.

"그러지요. 최선을 다하겠습니다."

유비는 각오를 다졌다. 처음 탁현을 떠나올 때처럼 세상을 바로잡겠다는 큰 뜻을 잊지 않으려 다시금 마음을 다잡았다.

전쟁은 뜻대로 되는 것이 아니었다. 관군에 포위되어 위급해진 성안에 있던 장보의 부하 장수 엄정이 장보를 살해한 뒤 머리를 베어 들고 항복했다. 마침내 주준도 도적을 평정하고 승전했다는 소식을 조정에 알릴 수 있었다.

그러나 아직도 황건군 잔당이 사방에서 노략질을 일삼아 그들을 소탕하는 것도 적지 않은 일이었다. 조정에서도 명령이 내려왔다. 황건군 잔당을 완전히 소탕하고 민심을 다독이라는 내용이었다.

그 무렵 황건군의 잔당들이 완성을 점거했다. 주준은 유비 삼 형제에게 성의 서북쪽을 치라고 명했다. 그러자 황건군 장수 한충이 정예 병사들을 거느리고 나와 맞섰다. 주준은 예정대로 성의 동남쪽을 공격했다. 동과 서에서 동시에 공격하자 군사들을 돌려 막으려던 한충은 성안으로 쫓겨 들어갔다. 한충이 성문을 굳게 닫아걸자 주준과 유비는 성을 철통같이 둘러싸고 시간을 벌었다. 아무 준비 없이, 원군이 온다는 기약도 없이 성에 고립된 채 하염없이 버틴다는 것은 시간이 흐를수록 죽음에 가까이 다가간다는 의미 말고 다른 뜻이 없었다. 얼마 지나지 않아 양식이 떨어지자 적장 한충이 사람을 보내 항복하겠다는 뜻을 전해 왔다.

"유 장군, 저들이 항복하겠다고 하지만 나는 받아 줄 수 없소. 이대로 완전히 섬멸해 공을 세우도록 합시다."

주준의 말에 유비가 고개를 저었다.

"아닙니다. 다시 한 번 살펴십시오. 지난날 고조께서 천하를 얻으신 건 항복을 권하고 항복한 자들을 받아 주신 덕분입니다. 그런데 장군께선 어찌하여 한충을 받아 주지 않으려 하십니까?"

"그때와 지금은 상황이 다르잖소? 당시에는 진나라가 망해 가고 나라의 주인이 없어 천하가 크게 어지러울 때라, 귀순하는 자를 받아 상을 주고 세력을 키우고자 했던 것이오."

"지금과 무엇이 다릅니까?"

"지금은 천하가 통일되어 있고 도적 무리들이 자기들 욕심으로 일어난 것 아니오. 저들을 용서해 주었다간 역적이 되어도 언제든지 살아남을 수 있다는 본보기가 되지 않겠소? 이로울 때는 못된 짓을 하고 불리할 때는 항복한다면 결코 옳은 일이 아니오. 후세에도 부끄러운 이름을 남길 뿐이오."

가슴속에 이미 큰 그림을 그리고 있는 유비가 다시 말했다.

"장군의 말씀이 맞습니다. 도적을 용서하면 안 되지요. 그러나 궁지에 몰리면 쥐도 고양이를 문다고 했습니다. 항복하겠다는데 안 받아 주면 저자들은 이래 죽으나 저래 죽으나 마찬가지라 죽을힘을 다해 저항할 것입니다. 저들이 죽을 각오로 덤빈다면 우리가 손쉽게 성을 함락한다는 보장이 없습니다. 게다가 성안에는 무고한 수만 백성이 있지 않습니까. 차라리 도망갈 길을 터 주시지요. 그것이 우리 군사의 희생을 줄이고 적도 용서하지 않는 길이 될 것입니다."

유비가 타협안을 내놓았다. 항복을 받아들여 용서해도 안 되지만, 그렇다고 그냥 놔둘 수도 없는 상황에서 나온 절충안이었다. 공격을 하면서 퇴로를 열어 주면 수뇌부는 도망가고 성안에 있는 무고한 백성들은 그대로 남아 항복할 것이기 때문이다.

"그거 좋은 생각이오."

주준은 유비의 말에 따라 동남쪽 군사를 철수한 후 서북쪽을 공격했다. 한충은 항복이 받아들여지지 않자 성을 버리고 주준의 군대가 철수한 동남쪽으로 도망쳤다. 유비의 예상이 그대로 들어맞은 것이다. 그제야 주준과 유비의 장수들이 추격하여 활로 한충을 쏴 죽였다. 나머지 황건군 무리들은 뿔뿔이 흩어졌다. 승리를 눈앞에 둔 상황이었다.

그러나 그들은 조홍과 손중이라는 또 다른 황건군 잔당이 뒤늦게 완성을 도우러 오는 것을 알지 못했다.

"황건적 무리가 또 왔습니다."

병사들은 다시 무기를 들었다. 하지만 지칠 대로 지친 병사들을 이끌고 사기 충만한 적을 맞아 싸우기란 역부족이었다.

"후퇴하라!"

주준이 명령을 내렸다. 다 잡은 대어를 눈앞에서 놓치고 만 것이다. 황건군은 완성에 다시금 입성했다.

"좋은 작전이었는데 마무리가 아쉽소."

"적의 원군이 나타날 줄은 몰랐습니다."

"장군의 허물이 아니오."

주준과 유비가 십 리 떨어진 곳에 진을 치고 다시 싸울 준비를 하며 서로 위로했다.

"우리 원군은 대체 어디 있단 말입니까?"

유비가 답답한 듯 푸념하자 마치 그 말을 듣기라도 한 것처럼 동쪽에서 한 떼의 군사가 다가왔다.

"원군이 오고 있습니다!"

척후병이 달려와 보고했다. 주준이 황급히 예를 갖추고 그들을 맞이하러 나갔다. 군사를 이끌고 달려온 장수는 강동의 손견†이었다. 외모를 보니 얼굴이 크고 몸집은 범과 같으며 허리는 단단하여 장수의 기개가 넘쳐 났다.

"어찌하여 이곳까지 오신 것이오?"

손견이 예를 갖추며 말했다.

"황건군이 난리를 일으킨 것을 보고 강동의 정병 천오백 명을 거느리고 도와주러 왔습니다."

그도 겉으로는 정의와 질서를 바로잡는다는 명분을 내세웠지만 사실 이 기회에 천하의 영웅들과 함께 기회를 잡으려 했던 것이다. 다른 점이 있다면 그의 군사가 유비의 군사보다 세 배나 더 많다는 사실이었다.

"어서 오시오. 이렇게 훌륭한 장수가 도와주려 한다니, 용기백배해야겠소."

유비는 늠름한 손견의 풍모를 보자마자 큰 인물임을 본능적으로 알 수 있었다.

주준은 장수들과 전략 회의를 한 다음 날 작전을 개시했다.

"손 장군은 남문을 치시오. 유 장군이 북문을 담당하고 내가 서쪽을 치겠소."

"동쪽을 비우자는 작전이군요."

"이미 전세는 기울었소. 우리가 이긴 싸움에 군이 악에 받친 도적들과 맞대응해 피해를 키울 필요 없소이다. 동쪽으로 도망가는 적을 쫓아가 마무리하면 되지 않겠소."

"그렇게 합시다."

손견은 야망에 불타는 자였다. 성미도 급해 누구보다 빠르게 일을 처리하는 걸 즐겼다. 남들과 공을 다투느니 직접 해결하길 좋아했다.

손견은 오군의 부춘 사람으로《손자병법》으로 유명한 손무자의 후손이라고 해. 군현의 낮은 벼슬아치로 세상에 나왔는데 주준을 따라 황건적을 진압하는 데 공을 세웠지. 중평 4년(187) 장사 태수에 임명되고, 반란을 진압하여 그 공으로 오정후에 봉해져. 훗날 그의 아들 손권이 황제에 올라 시호를 무열황제로 추서하지.

하지만 노련한 장수는 성급하지 않고, 사람 부리는 데 능숙한 사람은 언제나 겸손한 법이다.

손견이 부하 제장들에게 말했다.

"적을 쫓자고 하는데, 우리는 쫓을 게 아니라 아예 성으로 들어가 적장의 목을 베어 버리자. 그러면 승리는 우리의 공로가 되는 것이다."

"알겠습니다!"

말이 떨어지기 무섭게 손견의 군사들이 남문을 치고 들어갔다. 쏟아지는 화살을 막으며 성을 기어올라 적들을 쓰러뜨렸다. 손견이 가장 앞장서서 지휘했다. 그야말로 용맹한 장수의 표본이었다.

사방을 헤젓고 다니는 손견을 보고 황건군 장수 조홍이 달려왔다.

"네 이놈, 새파랗게 어린 녀석이 겁이 없구나!"

그러나 조홍은 처음부터 상대가 되지 않았다. 손견은 조홍을 단번에 거꾸러뜨리고 닥치는 대로 칼을 휘둘렀다. 그 모습을 보고 놀란 손중이 앞뒤 가리지 않고 북문 쪽으로 달아났다. 그곳에는 유비의 군대가 버티고 있었다.

"네 이놈, 기다리고 있었다!"

손중은 제대로 싸워 보지도 못한 채 유비 군의 화살에 맞아 쓰러졌다. 그때 서문을 부수고 들어온 주준의 대군까지 가세해 성안은 아수라장이 되었다. 여기저기 쓰러진 적이 수만 명에 이르렀다. 애초의 작전은 적을 성에서 몰아내자는 것이었는데, 성급하고 용맹한 손견의 활약에 힘입어 아예 성을 초토화하고 접수하게 된 것이다.

개선은 화려했다. 주준은 의병인 유비와 손견의 군사들을 거느리고 낙양으로 들어갔다. 황제는 기뻐하며 벼슬을 내렸다. 주준은 거기장군에 봉해졌다.

"폐하, 이번 승리는 소인의 공만이 아니옵니다. 손견과 유비의 공이 크옵니다. 그들에게도 적절한 벼슬을 내려 주시옵소서."

"알아서 조치하겠다."

황제의 명에 따라 장수들은 물러나 기다렸다. 그러나 공적을 가려 상을 주는 논공행상[†]에 있어서도 지체가 변변치 못한 유비가 불리했다. 반면에 손견은 지역의 귀족으로서 그럭저럭 연줄이 있었다. 조정에 있는 몇몇 대신의 영향력으로 손견에게 별군사라는 벼슬이 주어졌다. 그러나 유비에게는 아무런 기별도 없었다.

"형님, 이럴 수가 있소? 적의 목을 수도 없이 베었건만 손견만 벼슬을 받고 형님은 못 받은 까닭이 뭐요?"

장비가 길길이 뛰자 관우가 옆에서 말했다.

"아무 연줄이 없는 무명의 설움이지."

관우가 긴 한숨을 내쉬었다. 유비 또한 말없이 하늘만 바라볼 뿐이었다. 몰락한 황족으로 오랫동안 시골에 묻혀 살았던 것이 이런 결과

논공행상이라는 말은 그대로 해석하면 공로를 논해서 상을 준다는 뜻이야. 《한비자(韓非子)》에 나오는 말인데, 이걸 공정하게 해내면 공평하기에 뒤탈이 없지만, 자칫 원칙에 어긋나면 그때는 문제가 되지. 이야기 속에서도 열심히 싸운 유비에게 아무런 상을 주지 않기에 사건이 벌어지는 것만 봐도 알 수 있어.

로 돌아왔다고 생각하니 동생들을 비롯해 자신을 믿고 따른 군사들에게 미안한 마음이 들어 착잡했다.

"바람이나 쐬러 가자꾸나."

세 사람은 기분도 전환할 겸 성안을 거닐었다. 그때 인파를 헤치고 개선하는 장군의 행렬이 보였다. 낭중 장균의 행차였다. 그는 조정에서도 공명정대하기로 소문난 사람이었다. 유비가 좋은 기회라고 생각해 장균의 행차를 따라가 공손히 말했다.

"낭중께 긴히 드릴 말씀이 있습니다."

장균은 비범한 사내들이 할 말이 있다고 하자 행렬을 세우고 그들의 사연을 들었다. 세 사람이 그동안 무슨 싸움에서 어떤 공을 세웠는지 이야기하자 장균이 깜짝 놀랐다.

"그대들은 성내를 벗어나지 말고 기다리고 계시오. 내가 곧 조정에 아뢰겠소."

장균은 공로를 세운 사람들이 제때 제대로 보답을 못 받으면 다시 그들이 불만을 가지고 황건군과 같은 형태로 도발할 수 있다는 것을 잘 알고 있었다.

장균이 조정에 들어가 황제에게 아뢰었다.

"폐하! 황건적이 들고일어나게 된 근원을 따지면 장각이 벼슬길에 나서지 못하고 부정부패로 인해 이 세상에 억울함을 가졌기 때문입니다. 지금 십상시† 무리가 함부로 벼슬과 관직을 팔아 나라를 혼란에 빠뜨리고 있습니다. 당장 십상시의 목을 베어 남문 밖에 걸게 하시고, 도적 토벌에 공로가 있는 자들에게 빠짐없이 상을 내리겠다고 천하에 공표하십시오. 그러면 나라의 규율과 법도가 바로잡힐 것이옵니다."

충심에서 우러나온 열변이었다. 그러자 뒤에서 고개 숙인 채 듣고 있던 십상시가 나서서 말했다.

"폐하, 속지 마시옵소서! 간신 장균이 폐하를 속이고 저희를 모함하고 있사옵니다. 저희는 지은 죄가 없사옵니다."

삼십 대의 젊은 황제였던 영제는 십상시의 말에 현혹되어 명을 내렸다.

"장균을 내보내시오!"

장균은 충신으로서 의로운 말을 했지만 그 때문에 궁에서 쫓겨나고 말았다.

십상시는 그날 밤 따로 모여 의논했다.

"우리가 목숨을 길게 보전하려면 장균 같은 자들의 말도 조금은 듣는 척해야 하오."

"맞소. 대놓고 무시해도 좋을 게 없다고 생각하오."

"도적을 무찌른 공로가 있는데 아직 대접을 못 받은 자들이 불만을 품고 있는 것 같소. 그런 자들에게 일단 작은 벼슬이라도 주고 나중에 다시 뺏든지 합시다."

여기서 잠깐!!

십상시는 송나라 범엽이라는 사람이 쓴 역사책 《후한서》와 《삼국지연의》에 나오는 용어로 장균이 가장 먼저 쓴 말이라고 해. 후한에서 주로 어린 황제가 즉위할 때면 황제 주변의 환관들이 권력을 장악했어. 장양, 조충, 하운, 곽승 등 열 명의 횡포가 특히 심해서 이들을 '십상시'라 불렀지. 이들의 부모형제들은 넓은 봉토를 가지고 높은 벼슬을 했고, 힘과 위세가 엄청났다고 해. 이들에 의해 길러진 영제는 그들을 부모처럼 따랐으니 말 다 했지. 정사인 《후한서》에 등장하는 십상시와 《삼국지연의》에 나오는 십상시는 이름과 숫자가 약간 차이가 나. 정사에는 12명인데 '연의'에서 10명으로 줄였어. 이들이 환관이 된 건 조등(조조의 부친 조숭의 양부)이 인정해 주었기 때문이야. 그래서 조등은 살아 있는 동안 십상시에게 절대적인 우위를 보였다고 해.

십상시에게 조정의 수많은 벼슬과 관직은 그 자체가 돈벌이 수단이었다. 그들은 돈을 받고 벼슬을 내주면서 어마어마한 부를 축적했다. 유비와 같이 뇌물을 바치지 않고 이름도 힘도 없는 자에게 내줄 벼슬은 따로 없었다.

결국 한참 만에 유비에게 기별이 왔다.

"유비 현덕을 기주에 있는 중산부 안희현의 현위에 임명하노라!"

유비에게 변방에 있는 작은 고을의 현령을 보조해 치안을 담당하는 현위 벼슬이 내려졌다. 그래도 공이 있다고 조정에서 벼슬을 내준 것을 고맙게 생각한 유비는 정중하게 황제의 칙서를 받들었다.

"그동안 모두 수고 많았다. 도적 떼를 물리쳤으니 고향으로 돌아갈 사람은 돌아가 생업에 전념토록 하라."

아무리 힘들고 어려워도 참고 기다리면 기회와 보상이 오는 법이다. 유비는 전쟁 중에 수확한 약간의 금은보화와 재물을 함께 고향을 떠나온 병사들에게 고르게 나누어 주고 그들을 고향으로 돌려보냈다. 그리고 자신을 따라가겠다는 이십여 명만 거느리고 관우, 장비와 함께 부임지인 안희현으로 출발했다.

4
대붕의 뜻

유비가 부임한 안희현은 아주 작은 마을이었다. 고을 치안을 책임지는 현위로서 유비는 백성들에게 지극한 정성을 다했다. 어려운 일이 있으면 굽어살피고 도왔으며, 재물을 탐하거나 노동력을 착취하는 일이라곤 없었다. 자연히 유비의 덕을 칭송하는 소리가 끊이지 않았다.

"이번에 오신 현위는 명관이시네그려."

"아무렴. 우리 고을에 오래오래 계셨으면 좋겠어!"

유비가 부임한 이후 고을의 규율과 법도가 바로 서고 백성들의 얼굴에서 흐뭇한 웃음이 떠나지 않았다. 유비는 관우, 장비와 함께 자신의

유비

유비는 독서나 글쓰기를 그다
지 즐기지 않았어. 오히려 말 같
은 동물들을 좋아했고 화려한 의
복이나 음악에 관심이 많았다고
해. 그래서 어려서부터 명마(名
馬)를 감별할 줄 알았지.
성품은 항상 강인했고, 말수가
적었어. 남을 공손히 예의바르게
대했고, 감정을 겉으로 드러내지
않기로 유명했어.

녹봉으로 청렴하게 생활하며 같이 먹고 같이 잠을 잤다. 관청에 나가 업무를 볼 때면 두 동생이 항상 곁에 서서 그를 지켰으며, 하루 종일 있어도 피곤해하거나 잠시도 허튼 구석을 보이지 않았다. 자신의 삶은 물론이고 다른 사람들의 삶까지 아름답게 만들려고 마음을 비우고 정성을 다하는 유비의 모습처럼 아름다운 것은 없었다.

그렇게 몇 달이 지났을 때 십상시의 간계가 시작되었다. 불만을 잠재우려 일단 공로 있는 자들에게 벼슬을 내렸는데, 시간이 지나 원성이 잠잠해지자 그들을 쫓아내고 뇌물을 바치는 자들에게 그 자리를 내주는 못된 버릇이 도진 것이다. 황건군의 난을 평정하는 데 공을 세운 자들을 재심사해 그릇된 부분이 있으면 바로잡겠다며 독우†가 안희현으로 내려왔다.

"독우가 온다 하니 맞이하러 가세."

거리낄 것 없는 유비, 관우, 장비는 근엄하게 관복을 차려입고 성 밖으로 나가 독우를 영접했다. 예를 갖춰 그의 방문을 환영했지만, 독우는 심드렁한 얼굴로 말안장에 앉아 거만하게 아래를 내려다볼 뿐이었다.

탐관오리인 독우(督郵)는 사람 이름이 아니야. 우리나라로 치면 암행어사와 비슷한 관리지. 군에 속해 현을 감독하는 일을 담당했어. 그런데 이때는 고양이에게 생선 가게를 맡긴 격으로 이들이 고을에 나가서 오히려 부정부패를 조장하는 일이 흔했어. 아마 독우라는 자리도 뇌물을 바치고 얻었기 때문에 자신이 들인 밑천을 뽑으려 더더욱 못된 짓을 한 것 같아.

'아니, 저 때려죽일 놈이 말에서 내리지도 않아?'

성미 급한 장비 속이 부글부글 끓었다. 자신은 어떤 대우를 받아도 그만이지만 유비가 능욕당하는 것만은 참을 수 없었다. 그럴 때마다 장비를 말리는 게 관우였는데 이번에는 그마저 도저히 참을 수 없다는 표정이었다.

"형님, 저자가 분명히 뭔 트집을 잡을 겁니다."

유비가 차분하게 관우와 장비를 다독였다.

"아니다. 내가 누군지 잘 몰라 곁을 안 주는 것일 게야. 곧 풀어질 테니 사소한 일로 대사를 그르치지 마라."

성으로 들어와 관원 숙소에 이르렀을 때도 독우는 여전히 거만을 떨었다. 마루에 오른 뒤 유비를 따라 올라오게 하지 않고 섬돌 아래 그냥 세워 둔 것이다. 예의를 갖추려면 당연히 올라오라 하여 마주 앉아 이야기를 나누어야 했다.

독우가 거만한 눈빛으로 유비를 바라보다 물었다.

"유 현위는 어느 고장 출신이오?"

유비가 읍하고 대답했다.

"저는 중산정왕의 후예로서 탁현에서 의로이 일어난 병사들을 이끌고 도적과 삼십여 차례 싸웠습니다. 그때 공을 세웠다 하여 이렇게 관직에 몸담고 있습니다. 송구합니다."

독우가 다짜고짜 소리쳤다.

"이놈! 네 주제에 감히 황실의 친척이라고 뻔뻔하게 거짓말을 해 대는 것이냐? 조정에서 온 조서를 못 보았단 말이냐? 너희 같은 놈들을 정리하려고 내가 온 것이다. 가짜 공을 내세워 벼슬을 차지하고 앉은 버러지 같은 놈들⋯⋯."

관우와 장비는 할 말을 잃었다. 트집을 잡기로 작정한 자와 맞서 싸울 수는 없었다. 유비는 그저 고개를 끄덕였다.

"예예, 알겠습니다. 차후에 천천히 말씀하시지요. 먼 거리 오시느라 피곤하실 테니 오늘은 이만 물러가겠습니다."

유비가 머리를 조아리고 나서 관청으로 돌아왔다. 벼슬을 처음 하는 터라 독우를 대하는 일도 서툴렀다.

"이를 어쩌면 좋으냐? 나를 탐탁지 않게 보는구나."

그때 밑에 있던 관리가 조심스럽게 말했다.

"나리, 독우가 저러는 것은 뇌물을 바라고 하는 수작입니다. 두둑하게 챙겨 주시면 조서를 좋게 써서 올릴 것입니다. 안 그러면 탐관오리라고 거짓으로 보고할 게 뻔합니다."

"허어, 큰일이로군. 자네도 알다시피 내가 사사로이 재물을 취한 적이 없는데, 어찌 저자에게 뇌물을 준단 말이냐?"

"그러게 말입니다. 나리께서 딱하게 되셨습니다."

"아무튼 알려 주어 고맙네."

그런데 엉뚱하게도 유비에게 조언을 했던 바로 그 관리에게 불똥이 튀었다. 다음 날 아침, 독우가 관청에 들자마자 그 관리를 잡아들인 뒤 문을 닫아걸었다.

"네 이놈, 유 현위가 백성들의 재물을 탐한 사실을 낱낱이 고하라! 죄를 덮거나 거짓을 고하는 날엔 뼈도 못 추릴 것이다."

없는 죄를 만들라는 것이었다.

"현위께서는 청렴결백하기 짝이 없는 분입니다. 백성들의 재물을 취한 적이 없습니다. 길을 막고 사람들에게 물어보십시오!"

"뭐라고? 네놈이 현위한테 착 달라붙어 단단히 한몫을 챙긴 모양이구나. 여봐라, 저자를 묶고 이실직고[†]할 때까지 매우 쳐라!"

독우의 명령에 관원들이 관리를 묶어 놓고 매를 치기 시작했다.

그 소식을 들은 유비가 한걸음에 달려왔다. 그러나 독우는 문을 열어 주지 않았다.

"그 관리는 아무 죄가 없습니다. 당장 풀어 주십시오!"

유비가 문 밖에서 소리 높여 외쳤다. 그래도 유비의 잘못을 밝히라고 추궁하는 매질은 계속 이어졌다.

"아악! 나리, 살려 주십시오!"

관리의 비명이 담장을 넘어왔다. 당장 문을 부수고 들어가 말리고 싶었지만 독우가 관리 감독 권한을 갖고 있었기에 그럴 수도 없었다.

"아아, 어쩌면 좋을꼬?"

유비는 머리를 싸매고 처소로 돌아왔다. 독우가 바라는 게 무엇인지 알기 때문이다. 유비가 돌아간 뒤 마을의 노인들을 비롯한 백성들이 몰려와 문 밖에서 독우에게 간청했다.

"나리, 저희 현위는 어진 분입니다. 없는 죄를 만들지 말아 주십시오!"

"죄 없는 관리를 풀어 주십시오!"

그렇게 아우성을 쳐도 독우는 눈썹 하나 까딱하지 않고 관리를 문초했다. 뒤늦게 소식을 들은 장비가 말을 타고 달려왔다.

"이게 대체 어찌 된 일이오?"

마을의 노인들이 장비에게 하소연했다.

"장군, 독우께서 현위 나리에게 뇌물죄를 뒤집어씌우려고 아래 관리를 매로 다스리고 있습니다. 저희가 현위께선 죄가 없다고 소리쳐 고했지만, 들었는지 말았는지 알 수도 없고요."

그렇잖아도 독우가 탐탁지 않았던 장비는 분노가 폭발했다.

"뭣이야? 우리 형님을 뇌물죄로 엮으려 한다고? 내 이 자식을 당장 물고를 낼 테다."

말에서 내린 장비는 발길질 한 번으로 관청의 문을 걷어차 부숴 버렸다. 그리고 안으로 들어가 말리려 드는 문지기들을 한 손으로 집어던지고 독우 앞으로 다가갔다. 독우는 단 위에 거만하게 앉아 심문하는 중이었다.

"너는 뭐냐?"

장비의 소란에 놀란 독우가 눈을 크게 뜨고 물었다.

"이런 도둑놈! 그건 네가 알아 뭐 하게?"

"공무를 집행하는데 감히 겁도 없이 끼어들어? 네놈은…… 그러고 보니 어제 현위 뒤에 있던……."

사극을 보면 많이 나오는 말, 이실직고(以實直告)는 그대로 해석하면 뜻이나 사실을 바른대로 말한다는 뜻이야. 원님들이 이 말로 호통치는 것은 대개 과학적인 수사 기법이 발달하지 않아 관의 위세를 빌려 빠르게 자백하게 만들려 했기 때문이라고 볼 수 있단다.

뒤늦게 얼굴을 알아본 독우가 말을 끝내기도 전에 장비가 단 위로 뛰어 올라가 독우를 마당으로 패대기쳤다.

"아흐흐!"

비명조차 제대로 못 지르는 독우를 질질 끌고 관청 문 앞으로 간 장비가 그를 말 묶는 기둥에 단단히 묶었다.

"이놈아, 이거 놔라! 아프다!"

한순간에 벌어진 일이라 독우는 꿈인지 생시인지 분간이 가지 않았다. 그사이 옆에 있는 버드나무 가지를 한 움큼 꺾어 온 장비가 독우를 후려치기 시작했다.

"너 같은 놈은 맞아야 정신을 차린다. 뇌물로 더럽혀진 몸뚱이, 내가 나뭇가지로 깔끔하게 씻어 주마!"

무예로 튼실하게 몸이 다져진 장비가 버드나무 가지를 사정없이 내리쳤다. 독우의 온몸에 회초리 자국이 벌겋게 그어졌다. 매질을 당할 때마다 독우가 이 사이로 앓는 소리를 내뱉었다.

"아으, 살려 주오! 죽을죄를 졌소!"

"잘됐네. 그럼 내 손에 죽어 봐라!"

빗발치듯 내리치는 장비의 매질에 죽는 소리를 하던 독우는 급기야 정신을 잃었다. 그런데도 장비는 분노가 사그라들지 않았다.

그때 동헌에 앉아 걱정하던 유비에게 하인이 달려와 말했다.

"큰일 났습니다! 장 장군이 사람을 죽이고 있습니다."

"장비가 누굴 죽인다고 이 난리냐?"

"독우를 묶어 놓고 매질을 하고 계십니다."†

화들짝 놀란 유비가 얼른 관청 문 앞으로 달려갔다. 하인의 말대로 독우는 사지가 축 늘어져 죽었는지 살았는지 알 수 없었다. 유비가 버드나무 가지를 뺏어 던지고 소리를 높였다.

"이게 뭐 하는 짓인가?"

"형님, 놔두슈! 이놈은 백성을 갉아먹는 좀도둑이오! 내가 아예 없애 버리겠소!"

"뒷일을 어찌 감당하려고 이런 일을 벌여?"

그때 독우가 간신히 정신을 차렸다.

"유공, 제발 나 좀 살려 주시오!"

유비가 얼른 독우를 풀어 주었다.

"이를 어찌하면 좋을꼬?"

가장 냉정하게 사태를 파악한 사람은 뒤따라온 관우였다. 관우가 보기에 이대로 독우를 풀어 준다 해도 유비가 죄를 면하기는 어려웠다. 앙심을 품은 독우가 조정에 거짓 보고를 할 것이 뻔했다. 장비가 넘지 말아야 할 선을 이미 넘어 버린 것이다. 처벌은 목숨을 내놓는 것이다. 고분고분 잡혀가서 목을 내놓기엔 가슴에 품은 뜻이 애절했다.

관우가 차분하게 유비에게 말했다.

"형님, 그동안 죽을 고비를 숱하게 넘기고

여기서 잠깐!!

독우가 안희현에서 매를 맞은 일은 정사에 기록된 사실이야. 거짓이 아닌데 놀랍게도 역사 기록에는 유비가 때린 것으로 되어 있단다. 자애로운 주인공 유비가 어떻게 그럴 수 있었을까? 아마도 부드러운 영웅의 이미지를 지키기 위해 《삼국지연의》에서는 장비가 악역을 맡은 것 같아.

싸웠지만 겨우 현위 벼슬을 얻었습니다. 게다가 버러지 같은 독우 따위에게 치욕까지 당하셨습니다. 차라리 벼슬자리를 내놓고 고향으로 돌아가 다음 기회를 노립시다."

유비도 체념한 듯 고개를 끄덕였다. 달리 방도가 없었다.

"알았다. 가서 내 인수를 가져와라."

현위 인수를 담은 주머니를 가져오자 유비가 그것을 독우의 목에 걸며 말했다.

"네가 백성들에게 끼친 해를 생각하면 당장이라도 죽여 마땅하다. 하지만 너도 명색이 조정의 명을 받고 온 관리이니 목숨은 살려 주마. 이 자리를 누군가에게 팔아먹겠지만, 이 인수를 가지고 돌아가거라. 나는 이제 떠난다."

그날로 유비, 관우, 장비는 미련 없이 고을을 떠났다. 안희현에 다시 돌아올 일은 없어졌다. 권세와 명리의 호화로움은 가까이하지 않는 이가 깨끗하다. 가까이할지라도 물들지 않는 이가 더 깨끗하다. 권모술수를 모르는 사람은 고상하지만 이를 알고도 하지 않는 사람이 더 고상한 법이다. 유비가 바로 그러했다.

독우는 며칠 동안 몸을 추스른 뒤 정주로 돌아가 안희현 현위에 대한 보고를 했다. 태수는 조정에 이런 사실을 알렸고, 조정에서는 각처에 방문을 보내 유비와 관우, 장비를 체포하라는 영을 내렸다.

이때 유비 삼 형제는 대주로 가서 유회†라는 집안사람에게 몸을 맡기고 있었다. 유회는 유비가 어떤 사람인지, 인품이 어떤지 잘 알기에 숨겨 준 채 그런 사실을 아무에게도 알리지 않았다.

유비의 경우에서 볼 수 있듯이, 당시에는 공을 세워 벼슬에 올랐다 해도 십상시에게 뇌물을 안 주거나 밉보이면 죽거나 벌을 받거나 관직에서 쫓겨나야 했다. 십상시가 권력을 틀어쥐고 제멋대로 반대 세력을 제거했기 때문이다. 황보숭이나 주준과 같은 강직한 충신들도 십상시의 모함으로 파직당하고 말았다.

이때 황제였던 영제†는 충신은 멀리하고 조절 등 십상시에게 둘러싸여 놀아나기 일쑤였다. 그는 엄청난 권력과 부귀영화를 누리는 십상시에게 환관직 이외의 벼슬을 이중으로 내려 주었다. 그러자 더욱 기세등등해진 십상시는 권력을 남용하여 나라가 점차 어지러운 수렁으로 빠져들었다. 그런데도 충신들은 어떻게든 나라를 바로잡으려 애썼다.

하루는 황제가 십상시와 함께 질탕하게 잔치를 벌였다. 그때 황제가 잘못하는 일이 있으면 곧이곧대로 충고하는 직위인 간의대부 유도가 들어와 큰 소리로 통곡했다.

"으흑흑! 나라의 존망이 위태로운 시국에 폐하께서는 어찌하여 간교한 환관들과 술을 들고 계십니까? 부디 도탄에 빠진 백성들의 고통

유회라는 인물은 《삼국지연의》를 쓴 나관중이 만든 소설의 허구 인물인 것 같아. 유비를 후원하고 돕는 인물로 그려지지만 사실 대주라는 지명도 실제로는 없어. 동양 고전 소설의 구조에서는 주인공이 위기에 빠지면 아무 대가 없이 도와주는 은인이 곧잘 나오곤 하는데 이런 원리에 충실한 인물이 창조된 걸로 보면 될 거야.

～

이때의 무기력한 황제였던 영제는 중국 후한의 제12대 황제로, 장제의 현손이야. 황제로 자리를 지킬 때 잇따른 재해와 작은 반란들이 있었어. 한마디로 혼란기의 황제였던 셈이지. 재위 시절 황건군의 난으로 영웅들이 제각각 위세를 떨치는 시대가 열리니, 그게 바로 삼국 시대로 이어지게 되지.

을 굽어살피소서!"

그 모습을 본 황제가 십상시에게 물었다.

"나라가 위태롭다니, 저게 무슨 소리요?"

그러자 십상시가 모두 관을 벗고 엎드려 통곡했다.

"유도 공이 저희를 미워하여 저렇게까지 말씀하시니 저희들은 죽을 수밖에 없습니다. 바라옵건대 미천한 목숨을 살려 주시어 고향으로 돌아가게 해주신다면 더할 나위가 없겠습니다."

십상시가 비통한 척 눈물을 뚝뚝 떨구자, 연륜이 깊지 않은 영제는 측은한 마음이 들어 버럭 화를 냈다.

"내 곁에서 시중드는 이들이 무슨 죄가 있단 말이냐? 당장 저자를 끌어내 목을 베어라!"

무사들이 달려들자 유도가 큰 소리로 부르짖었다.

"소인의 목이 달아나는 것은 조금도 두렵지 않으나 사백 년 동안 이어진 한나라 황실이 종막을 알리는 것을 보려니 그저 슬프고 안타까울 뿐입니다."

무사들이 유도를 끌고 나가 형을 집행하려 할 때 사도 진탐†이 나서서 황제에게 간언했다.

"폐하, 충신을 아끼셔야 하옵니다. 왜 십상시는 그냥 두시고 충신을 죽이려 하십니까?"

영제가 말했다.

"유도는 나의 신하들을 헐뜯고 짐을 모독했다. 죽여야 마땅하다."

"폐하, 바로 보시옵소서! 백성들이 저마다 십상시라면 갈아 마셔도 시원치 않다고들 하옵니다. 그런데도 폐하께서는 저자들을 떠받들며 공도 없는데 열후에 봉하셨습니다. 어찌 이런 것을 보지 못하시옵니까? 이대로 가다간 사직이 쓰러지고 말 것이옵니다."

"십상시가 어찌 공이 없다 말할 수 있소? 짐을 잘 보필하는 것도 신하 된 도리이자 큰 공 아니오?"

황제와 말이 통하지 않자 진탐은 바닥에 머리를 짓찧으며 목 놓아 통곡했다. 영제가 노하여 명했다.

"저자들을 옥에 가두어라!"

결국 유도와 진탐은 황제에게 십상시를 경계하고 벌하라고 간언하다 죽임을 당했다. 이렇게 십상시는 황제의 눈을 가리고 정세를 제대로 알리지 않아 나라를 점점 혼란에 빠뜨렸다. 예로부터 선비는 어리석은 자를 보면 말 한마디로써 깨우쳐 주고, 위급해서 허둥대는 사람을 만나면 말 한마디로써 구해 주어야 한다. 하지만 이런 공덕도 다 소용없었다.

이 무렵에도 얼마 남지 않은 황건군 잔당이 노략질을 일삼아 조정에서는 능력 있는 장수

진탐은 간의대부의 한 사람으로 충정심이 깊기로 유명해. 하지만 정사인《후한서》에는 이때 진탐이 이미 해직된 상태였다는 거야. 그렇다면 작가가 극적 효과를 높이기 위해 충신으로 직언을 잘하던 진탐을 스토리 안에 끌어들인 것으로 볼 수밖에 없어.

들에게 벼슬을 주어 반란 세력을 지속적으로 토벌토록 했다. 그중 한 사람이 손견이다. 손견을 형주에 속한 장사군의 태수로 임명하고 남쪽 지역을 맡기자, 그는 오십 일이 안 되어 강하를 평정했다.

유우[†]에게도 조정의 명이 내려왔다. 유주 목사가 되어 군사를 이끌고 어양으로 가서 반란 세력인 장거와 장수를 치게 한 것이다.

이때 대주에서 유비를 보호하고 있던 유회가 유우에게 편지를 보내 유비를 천거했다.

도적을 치려면 실전 경험이 많은 장수가 필요합니다.
유비와 관우, 장비는 당대 최고의 무예를 가진 이들입니다.
이들과 함께한다면 반드시 공을 세울 것입니다.

유우가 기뻐하며 당장 유비를 불러 도위로 삼아 도적을 치게 했다. 실전 경험이 풍부한 유비 형제들은 순식간에 적의 선봉을 꺾어 버렸다. 내분까지 겹쳐 반란 세력이 무너지자 유주에 속한 어양 땅이 평정되었다. 유우는 조정에 상소를 올려 유비의 공을 알렸다.

유비는 이전에도 황건적 평정에 공이 큰 자였습니다.
그런데 억울하게 모함을 받아 지금 수배당하는 신세가 되었지만 이번 황건적 토벌에도 큰 공을 세웠습니다.
이번 기회에 반드시 그릇된 사실을 바로잡아 응당한 벼슬을 내려야 합니다.

이때 노식 선생 밑에서 같이 공부한 공손찬도 유비의 공로를 알리는 표문을 올렸다. 유비의 공로가 만만치 않다는 것을 알게 된 조정에서는 독우를 매질한 일로 명한 수배령을 풀고, 별부사마†라는 직함과 함께 유비를 청주에 속한 평원 현령에 봉했다.

평원 현령이 된 유비는 비로소 군자금이나 병마를 제대로 갖춘 한 고을의 수장이 되었다. 그렇다고 성취감에 들뜨지는 않았다. 나라의 혼란은 시작에 불과했기에 그저 자신이 등장해야 할 때를 기다리며 조용히 실력을 갈고 닦을 뿐이었다.

유우는 황족이니 유비와 친척인 셈이야. 동해의 담현 사람으로 인품이 훌륭했다고 전해져. 《후한서》에 따르면 한때 원소가 그를 새 황제로 내세우려 했지만 거절했다고도 해. 너그럽고 인자한 인물로 알려져 있는데, 나중에 공손찬과 싸우다 죽는 걸 보면 좀 이상하지? 아마도 황제 자리를 거절한 건 어디까지나 자신의 상황이 유리하지 않기 때문인 것 같아. 《삼국지연의》에는 특별히 유비를 도와준 사람으로 소개되고 있지만 곧 사라지고 말지.

~

드디어 유비가 별부사마라는 벼슬다운 벼슬을 하나 얻게 되었어. 삼국 시대에 육품에 해당하는 벼슬이지. 별군사마라고도 하는데, 이는 《삼국지연의》에서 잘못 쓴 직책이야. 아무튼 구품이던 유비가 육품으로 승진한 것은 자신의 꿈을 향해 앞으로 나가고 있음을 의미한다고 볼 수 있어. 유비의 행적이 흥미진진하게 펼쳐질 기틀이 되는 직위라고 할 수 있지.

5
조조의 등장

　유비, 관우, 장비가 힘을 기르고 있다지만, 그들은 아직 변방의 하급 관리에 불과해 어지러운 세상을 바로잡기에는 역부족이었다. 그동안 관군과 영웅들의 활약으로 황건군의 난이 웬만큼 평정되었다. 그렇지만 여전히 잔당들이 산발적으로 지방을 어지럽혀 조정에서는 그들의 진압에 힘을 쏟아야 했다. 그런데도 영제는 여전히 십상시에 둘러싸여 정사는 신경 쓰지 않고 방탕한 생활을 이어 갔다.

　영제는 황제가 된 뒤 송씨를 황후로 책봉했다. 송씨는 점잖은 여인이라 방탕한 생활을 즐기는 영제의 성에 찰 리 없었다. 왕이 황후를 멀리하자 환관과 후궁들이 송씨를 모함했다. 여기저기서 험담을 해 대는 바람에 송 황후는 억울하게 죽임을 당하고 말았다.

그 후 영제는 황후를 새로 맞아들였다. 그 여인이 바로 나라를 더욱 혼란에 빠뜨리는 장본인인 하 태후다. 하 태후는 본래 백정 집안의 딸로 미모가 뛰어나 입궁한 뒤 황제의 총애를 받아 아들을 낳고 권력을 갖게 되었다. 황후에 오른 그녀에게 하진이라는 오빠가 있었다. 돼지를 잡는 백정이었지만 태후에 오른 여동생 덕분에 낭중으로 시작해 대장군까지 벼락출세한 인물이다.

중평 6년(189), 영제가 몸이 쇠약해져 중병이 들었다.

"하 장군, 내가 죽은 다음에 나라를 부탁하오."

영제는 어이없게도 수많은 대신을 놔두고 백정 출신인 하진을 불러 뒷일을 부탁했다. 그러나 여기에 복병이 있었으니, 바로 영제의 친모인 동 태후였다. 영제의 병이 위중하자 동 태후는 후궁이던 왕 미인이 낳은 황자 유협을 태자로 봉하려 했다. 이런 심중을 알아챈 십상시의 한 사람인 건석이 동 태후에게 접근했다.

"태후마마, 근심이 있어 보이옵니다."

"내가 사랑하는 황자 협을 황제로 올리고 싶으나 힘이 없구려."

눈치 빠른 건석이 말했다.

"협 황자 앞에는 걸림돌이 있습니다."

"나도 알고 있네."

"대장군 하진을 제거해야 합니다."

태후는 그 말을 옳다 여겼다.

"내게 어찌 그럴 힘이 있단 말인가?"

"대장군 하진이 무서운 건 병권을 쥐고 있기 때문입니다. 구실을 만들어 궁으로 불러들이면 호위하는 군사 없이 혼자 들어올 테니 그때 기회를 잡으시면 됩니다."

곰곰이 생각하던 동 태후는 결단을 내렸다.

"하진을 불러 제거하는 것이 좋겠다."

하진은 집에 있다가 동 태후의 부름을 받았다. 긴밀히 의논할 게 있나 싶어 궁으로 들어가려는데, 아직 죽을 운명이 아니었는지 측근 수하가 앞을 막아섰다.

"장군, 궁에 들어가지 마십시오. 건석이 장군을 없애려 하옵니다."

"뭐? 환관 놈이 나를 죽이려 한다고?"

"장군을 제거하고 협 황자를 태자에 앉히려 합니다. 동 태후와 함께 일을 꾸미고 있습니다."

"내 그놈을 가만두지 않겠다."

하진은 궁 앞에서 발길을 돌려 집으로 돌아갔다.

황건군의 난 이후 하진은 대장군에 봉해졌다. 그와 동시에 영제가 하진을 견제하려고 십상시가 황실 경비병을 이끄는 여덟 개의 교위인 서원팔교위를 설치했다. 내시인 건석이 상군교위였고, 원소는 사예교위, 조조는 전군교위였다. 팔교위 장군들은 대부분 건석이 통합 지휘했다. 이들을 믿고 동 태후가 하진을 제거하려 한 것이다.

집에 돌아온 하진이 부하들을 불러 모았다.

"환관 놈이 나를 죽이려 드니 그대들의 의견을 듣고 싶소. 나는 이참에 십상시를 모조리 때려죽여야겠소."

그 말을 듣고 하진의 부하들이 벌써부터 칼에 힘을 주며 들썩거렸다. 그때 하진의 뜻에 동조해 모인 젊은 장수들 가운데 하나가 일어나 의견을 냈다.

"환관들은 예로부터 큰 세도를 갖고 있었습니다. 조정 안 곳곳에서 황제의 시중을 든다는 명목으로 세력을 뻗쳐 놓아 그들을 한꺼번에 죽이기는 결코 수월치 않습니다. 게다가 이 많은 인원이 함께 움직이면 반드시 말이 샙니다. 누설되면 너나없이 온 집안이 끔찍한 화를 당할 테니 조심해서 행해야 할 일입니다."

신중론을 편 이는 조조였다. 그는 십상시의 친위군인 서원팔교위 가운데 전군교위의 직책을 맡고 있었지만 뜻은 하진과 같이했다. 어려서부터 시 쓰며 노는 것을 좋아한 조조는 꾀가 많고 임기응변에 능해 따라올 자가 없었다.

하루는 공부하지 않고 노는 조조를 본 숙부가 야단을 쳤다.

"아끼고 아껴 공부해도 부족한 게 시간인데 너는 어찌 그리 허송세월을 하는 게냐?"

숙부의 잔소리가 듣기 싫었던 조조는 일부러 그 앞에서 쓰러져 발작을 일으켰다.

"앗, 얘야! 어허!"

놀란 숙부가 황급히 아이가 쓰러졌다고 소리치자 사람들이 달려왔다. 그런데 조조는 언제 그랬냐는 듯 벌떡 일어나 시치미를 뗐다.

"누가 쓰러졌다고 그러세요? 저는 멀쩡합니다."

"아까 네가 쓰러지지 않았느냐?"

"숙부께서 헛것을 보신 모양입니다."

조조는 이렇게 천연덕스럽게 거짓말을 하여 숙부를 곤경에 빠뜨린 적도 있었다.

조조는 꾀와 재주가 넘치는 아이였다. 그의 넘치는 재능을 알아본 사람들은 그 재능이 오히려 화가 될까 우려를 나타내기도 했다. 동시에 그런 재주를 높이 산 사람도 여럿 있었다. 조정의 대신이었던 규헌은 조조를 두고 이렇게 말했다.

"천하가 어지러울 때에는 하늘이 준 재주를 타고난 자만이 나라를 구할 터인데, 앞으로 천하를 편안하게 할 사람은 자네뿐일세."

남양의 하옹도 비슷한 말을 했다. 천하를 평정할 사람은 조조뿐이라고 말이다. 사람의 관상과 운명을 잘 보기로 장안에 이름을 날린 허소라는 점쟁이도 조조를 보고 이렇게 말했다.

"그대는 잘 다스려지는 치세라면 능력 있는 신하일 것이고, 어지러운 난세라면 간사한 영웅이 될 것이오!"

그 말을 듣고 조조가 기뻐하며 웃었다. 간사한 일이라도 해서 천하를 얻겠다는 야망을 갖고 있었기 때문이다. 사실 조조는 황건군을 평정하는 데 큰 공을 세웠다. 그래서 당시 젊은 장수로서 야망을 가진 자로 널리 알려져 있었다. 그랬던 그가 십상시 세력을 과소평가하지 말라고 하진에게 고한 것은 환관의 집안이라는 위치와 함께 전군교위로서 그들의 실정을 잘 알았기 때문이다. 그들의 만만치 않은 실력을 누구보다 잘 꿰고 있었기에 그런 말을 한 것이다.

그러나 하진은 조조를 꾸짖었다.

"너 같은 애송이가 어찌 조정의 대사를 안다고 나서느냐?"

하진의 질책에 조조는 더 말해 봐야 소용없다는 것을 깨닫고 입을 다물었다.

하진은 벼락출세한 인물이라 집안 배경이 볼품없고 경제력도 과시할 정도는 아니었다. 황제의 총애를 받은 여동생 덕분에 어쩌다 최고 권력을 얻었지만, 황제를 방패 삼아 무소불위의 권력을 휘두르는 환관들을 제거하는 일에 내심 겁을 먹고 있었다. 원소를 앞세워 한꺼번에 제거하는 것도 방법이겠다 싶었지만 아무래도 자신이 없어 주저하고 있었다.

그럴 즈음 중병을 앓던 영제가 죽고 말았다.

"황제께서 세상을 떠나셨습니다."

조정에 심어 둔 간자가 급히 하진에게 알렸다.

"그런데 왜 천하에 공표하지 않는 게냐?"

"건석이 십상시와 함께 국상을 숨기고 거짓 조칙을 내리려 하고 있습니다. 대장군께서 궁중으로 들어오시면 제거한 다음 황자 협을 황제로 내세우려고요."

예나 지금이나 정보를 먼저 아는 것은 중요한 일이었다. 이미 황제의 죽음을 알고 있는 하진에게 뒤늦게 관리가 나와 통보했다.

"황제께서 붕어하셨습니다."

그 자리에 있던 신하들이 모두 엎드려 통곡했다.

"아이고! 아이고!"

"하진 대장군은 얼른 궁으로 들어와 후사를 정하는 데 몰두하라는 동

태후 마마의 명입니다."

하진이 칼을 짚고 일어나자 물러났던 조조가 다시 나서서 말했다.

"일이 이렇게 된 지경이라 더는 어쩔 수 없습니다. 새 황제를 세우신 다음 환관들을 처치하십시오."

조조는 상황이 바뀌었기에 새로운 제안을 했다. 새 황제도 정해지지 않은 상태에서 환관부터 제거할 수는 없었다. 급한 일은 새 황제를 옹립하는 것이기 때문이다. 황제도 없는 상황에 환관들을 죽이면 큰 혼란이 일어날 것이 불을 보듯 뻔했다.

하진이 고개를 돌려 말했다.

"함께 가서 새 황제를 세우고 역적들을 토벌하자!"

그때 한 사람이 카랑카랑한 목소리로 말했다.

"뭐, 그럴 필요까지 있습니까? 제게 군사 오천만 주시면 황궁으로 들어가 황제를 세우고 환관들을 모조리 없앤 뒤 조정을 깨끗이 물갈이하겠습니다."

좌중을 돌아보니 사도 원봉의 아들인 원소였다. 원소 역시 십상시 밑에 있는 서원팔교위 소속으로 사예교위라는 직함을 맡고 있었다. 조조처럼 그 역시 시대에 불만을 느껴 하진 편에 가담한 상태였다.

"오, 그래? 그대가 나와 함께 궁에 들어가 골치 아픈 일을 해결하도록 하세."

원소는 갑옷을 입은 뒤 오천 명의 군사를 거느리고 하진을 옹위하여 궁으로 들어갔다. 영제가 이미 관에 들어가 있는 상황이라 하진은 거칠 것이 없었다. 새 황제로 하 태후 소생의 변을 옹립하고, 장례식은 장례

식대로 진행했다. 원소는 군사들을 재빨리 움직였다.

"환관들을 모두 잡아 죽여라!"

드디어 궁궐에서 끔찍한 살육이 벌어졌다. 여기저기서 환관의 목이 날아갔는데 정작 십상시는 보이지 않았다.

"빨리 건석을 잡아라! 그자를 잡아야 우리가 대세를 잡는다."

중상시들이 앉아서 당할 리 없었다. 그들이 몰려간 곳은 다름 아닌 내전이었다. 환관이란 환관은 모두 죽임을 당하는 끔찍한 상황에 목숨 줄을 살려 줄 사람은 오로지 하 태후뿐임을 간파한 것이다. 하지만 하 태후는 건석을 살려 줄 의지가 없었다.

"태후마마, 살려 주십시오!"

환관들이 모두 내전으로 들어가 하 태후에게 무릎을 꿇고 목숨을 구걸했다.

"태후마마, 대장군을 죽이려 한 자는 건석입니다. 저희가 아닙니다."

"맞습니다. 그자 때문에 저희까지 죽는다면 너무 억울합니다. 원소가 지금 저희를 죽이려 하니 불쌍한 저희를 살려 주소서!"

새 황제가 탄생하는 마당에 피바람 부는 궁전을 못마땅하게 생각하고 있던 태후는 하진을 불렀다.

"대장군을 들라 하라!"

이때 건석은 이미 같은 환관으로 십상시 중 한 명인 곽승의 손에 죽고 난 뒤였다. 내분으로 다투다 일어난 일이었다. 이들은 이익은 서로 나눠도 환난 중에 단결하기는 어려운 집단이었다.

하진이 들어오자 하 태후가 말했다.

"오라버니, 우리가 원래 미천한 신분이었는데 이렇게 권세를 누리는 것은 장양을 비롯한 십상시 덕분 아닙니까? 건석이 죽은 마당에 다른 환관들까지 죽일 필요는 없다고 생각합니다."

팔랑귀인 하진은 그 말도 맞다고 생각했다. 자신을 죽이려 했던 건석이 이미 죽었으니 다른 환관들이 충분히 겁을 먹었을 거라 생각했다. 내전 밖으로 나온 하진은 어리석게도 나머지 환관을 살려 주라는 명을 내리기에 이르렀다.

"건석이 죽었으면 됐다. 그자는 일족을 멸할 테지만 다른 환관들을 죽일 필요까지는 없다."

환관들의 목을 치느라 온몸에 피 칠갑을 하고 나타난 원소가 목소리를 높였다.

"장군, 그 처사는 잘못된 것입니다. 이참에 썩은 뿌리를 도려내지 않으면 반드시 후환이 따릅니다."

그러나 이미 마음을 정한 하진이었다.

"이미 결정했다. 선황의 장례도 치러야 하고 새로이 황제도 모셔야 하는데 굳이 피를 부를 필요는 없느니라."

결국 십상시의 제거는 우유부단한 하진 때문에 완결을 짓지 못하고 말았다. 환관들은 정치권력 세계에서 살아남는 길은 뇌물과 아첨과 모함뿐이라는 것을 더욱 절절이 느꼈다.

장양과 단규를 비롯한 십상시 무리는 영제의 어머니인 동 태후를 부추겼다. 하 태후에 맞설 유일한 인물로 동 태후를 내세운 것이다.

동 태후는 어린 황제인 소제 대신 수렴청정†을 한다는 명분으로 황실

정치 전면에 나서서 자신이 사랑하는 협 황자를 진류왕에 봉하고, 국구(황후의 오라버니)인 동중을 표기장군에 올렸다. 동 태후의 행동이 눈에 거슬렸던 하 태후는 잔치에 참가한 동 태후에게 말했다.

"부녀자들이 나서서 정사에 참여하는 것은 사리에 어긋나니 조정의 큰일은 대신과 원로들에게 맡기는 것이 좋겠습니다."

그러자 동 태후가 발끈했다.

"백정 집안의 천것이 무얼 안다고 함부로 지껄이느냐?"

모욕적인 말을 들은 하 태후는 이런 사실을 바로 하진에게 알렸다.

"오라버니, 우리를 천것들이라 멸시하니 그런 말을 듣고는 살 수가 없습니다."

하진은 수하들과 논의한 결과, 더 큰 일이 벌어지기 전에 동 태후를 없애는 것이 좋겠다는 결론에 이르렀다. 결국 동 태후를 궁 밖으로 쫓아낸 뒤 사람을 시켜 독살하고, 금군을 시켜 동중을 압박했다. 그러자 동중은 자결하고 만다.

상황이 이쯤 돌아가자, 끈 떨어진 연이 된

황제가 어린 나이로 즉위했을 때 직접 나라를 통치하긴 어려워. 그래서 대신 다른 사람이 나라를 다스려 주는 걸 수렴청정이라고 해. 발을 늘여 놓고 얼굴을 가린 채 통치한다고 해서 유래한 말이야.

장양과 단규의 십상시 무리는 금은보화로 힘 있는 자들에게 연줄을 놓았다. 그리고 운 좋게도 다시 황제의 총애를 받는 자리로 돌아갔다.

돌아가는 상황을 지켜보던 원소는 이를 갈았다. 원소가 하진을 찾아와 권했다.

"대장군, 동 태후를 내세우려다 실패한 장양과 단규가 아직도 버릇을 못 고치고 나라를 어지럽히고 있습니다. 환관들을 마저 제거하지 않으면 반드시 큰 화를 당할 것입니다. 지금이라도 늦지 않았습니다. 결단을 내리십시오."

그러나 하진은 고개를 저었다.

"그 일은 급하지 않으니 천천히 하자."

대화를 엿듣고 있던 자가 이런 사실을 장양 무리에게 알렸다. 장양은 자신들의 목숨이 위험하다는 것을 알고 하진의 동생 하묘에게 뇌물을 보내고 도움을 청했다.

"저희 목숨이 경각에 달렸습니다. 제발 살려 주십시오."

뇌물로 한통속이 된 하묘는 궁으로 들어가 하 태후를 만났다.

"누님, 형님께서 새로 등극한 황제를 보좌하여 나라를 안정시키는 게 우선인데도 어이없게 살벌한 일만 준비하고 있습니다. 또 십상시를 죽이려 한다 하니 나라가 시끄러워지지 않겠습니까?"

"그게 정말이냐?"

"예, 항간에 그런 소문이 자자합니다."

하 태후는 하진을 궁에 불러들였다.

"오라버니, 또 환관들을 죽이려 한다는 소문이 있습니다."

"수하 장수들이 나라를 어지럽히는 환관들을 없애야 한다고 해서 지금 생각 중에 있습니다."

하 태후가 펄쩍 뛰었다.

"환관들이 궁궐을 관리하고 다스리는 건 나라의 오래된 법도입니다. 선황께서 돌아가신 지 얼마 안 됐는데, 선황을 모시던 신하들을 다 죽이시면 종묘가 어찌 되겠습니까? 오라버니께서 직접 황제를 보필하실 겁니까?"

듣고 보니 그 말도 틀린 말이 아니었다.

"예, 태후마마! 알겠습니다. 그럴 리가 있겠습니까?"

원소에게 설득되어 언젠가는 십상시를 제거하려던 하진은 또다시 마음이 흔들렸다.

하진의 마음을 꿰뚫기라도 하듯 원소가 물었다.

"대장군, 어찌 되었습니까? 이제라도 가서 놈들을 칠까요?"

"그게…… 태후께서 허락하지 않으신다."

원소는 이미 눈치채고 있었다. 하진이 머뭇거리고 있다는 것을. 하진의 눈에 나라의 안정은 없었다. 있다면 오로지 본인의 부귀영화를 오래오래 지속하는 것뿐이었다.

"그렇다면 방법이 있습니다."

원소는 하진이 결코 결단을 내리지 못한다는 것을 알고 새로운 방법을 제안했다.

"무슨 방법이 있다는 게냐?"

"장군께서 직접 나서기 싫으시면 전국 각지의 뜻있는 영웅들을 불러 모으십시오.”

“그게 무슨 소리냐?”

“낙양으로 제후들을 올라오라 하여 그들로 하여금 환관들을 제거하게 하십시오. 그렇게 되면 태후께서도 어쩌지 못하실 것입니다.”

하진으로서는 미처 생각 못 한 새로운 방도였다.

“오, 그러면 나도 골치 아플 일이 없겠구나.”

“맞습니다. 남의 손으로 코를 푸는 것입니다.”

“그거야말로 차도살인†이로다!”

하진은 곧장 편지를 써서 전국의 제후들을 낙양으로 부르려 했다. 그때 오늘날의 비서 격인 주부 진림이 말렸다.

“장군, 안 됩니다. 속임수를 쓰는 것은 위험합니다. 장군께서는 이미 황제 다음가는 최고의 권력을 가지셨습니다. 병권을 손에 넣어 무엇이든 하실 수 있습니다. 환관들을 죽이는 것쯤 아무 문제도 안 됩니다. 군사를 동원해 명령만 내리면 됩니다. 그런데 어찌하여 호랑이 같은 영웅들을 도움으로 불러올리려 하십니까? 그들이 낙양으로 들어오면 반드시 딴마음을 품을 것입니다. 만에 하나라도 그들이 창날을 돌려 장군을 겨누면 어찌시렵니까? 오히려 수습할 수 없는 환란만 일으키게 됩니다. 통촉하십시오, 장군!”

날카로운 지적이었다. 당시에는 패권을 차지하려는 수많은 영웅들이 난무하던 시절이었다. 그들을 궁으로 불러들였다가 자칫 잘못하면 하진에게도 돌이키지 못할 일이 벌어질 수도 있었다. 그러나 어리석은 하진은 그런 수를 내다보지 못했다.

"그것은 겁 많은 자들이나 하는 소리다. 내가 어찌 지방의 조무래기 영웅 따위를 두려워한단 말이냐?"

그때 옆에서 날카로운 쇳소리로 웃는 자가 있었다.

"하하하, 장군!"

돌아보니 조조였다.

"또 자넨가?"

하진은 비록 수하 장수이긴 하나 늘 바른 소리를 하며 날카롭게 핵심을 찌르는 조조를 껄끄러워했다.

"이런 일은 아주 쉽습니다."

"자네에게 무슨 계책이 있다는 것인가?"

"장군, 제 말을 들어 보십시오. 예로부터 환관은 늘 해악을 끼치는 존재였습니다. 무소불위한 황제를 측근에서 모시면서 총애를 받아 자연스럽게 권력을 갖게 되기 때문입니다. 따라서 환관이라는 자들의 힘을 빼놓으려면 황제의 최측근, 즉 그들의 우두머리만 제거하면 될 일입니다. 우리 힘으로 얼마든지 가능한 일을 어찌 지방 제후에 천하의 영웅들까지 불러모은단 말입니까? 나중에 그들을 제압하는 일

차도살인(借刀殺人)은 남의 칼을 빌려 사람을 죽이는 계책을 말해. 내가 직접 나서서 싸우지 않고 남이 문제를 해결하게 하니까 힘을 쓰지 않고 일을 쉽게 도모할 수 있지. 제나라 환공이 회나라를 공격하려 했어. 그때 회나라의 인재들에게 나중에 벼슬을 주겠다고 소문을 퍼뜨리니까 회나라왕이 이들을 제거하고 말았지. 그러자 인재가 사라진 회나라를 멸망시키는 건 식은 죽 먹기가 되었지. 계략을 잘 써서 목적을 달성하는 것을 차도살인이라고 해.

이 더 큰일이 되고 오히려 뜻했던 일을 망칠 수 있습니다."

조조의 말에 하진은 자존심이 크게 상했다. 자기가 어리석다는 얘기로밖에 들리지 않았기 때문이다.

"맹덕! 그대도 이 기회에 한자리 차지하고 싶은가?"

"그럴 리가 있습니까? 저는 오직 장군을 위해 드리는 충언입니다."

"필요 없다. 썩 물러가라!"

조조는 그 자리에서 물러났다. 그러면서 한탄했다.

"천하를 안정시키려 했더니 오히려 어지럽게 하는 자가 바로 하진이로구나!"

조조는 자신에게 아직 때가 오지 않았음을 깨달았다. 하진은 자기 고집대로 조서를 써서 사자를 시켜 은밀히 각지의 제후에게 보냈다. 하진은 욕심이 많고 자기 분수에 맞지 않는 지위에 있으니 그 행위가 바르다 해도 결코 안전할 수 없었다.

6
동탁의 야망

"나리, 큰일 났습니다. 강족 군사들이 쳐들어옵니다!"

동탁의 집안에 아우성이 일었다. 내실에서 나온 동탁이 거만하게 웃으며 말했다.

"감히 어떤 자가 내 땅에 쳐들어온단 말이냐? 나를 찾는 손님인 게지."

"저기 보십시오! 저게 어디 손님 행차입니까?"

동탁은 하인이 가리키는 곳을 바라보았다. 강족이 사는 서북쪽 땅에서부터 뿌연 먼지가 구름처럼 일면서 동탁의 집을 향해 다가왔다. 분명히 엄청난 군마가 몰려오고 있었다.

동탁이 불룩 나온 배를 내밀고 집 밖으로 나섰다. 말을 탄 강족[†]의 두령이 선두에서 달려오고 무리가 뒤따르는 모습이었다. 옛날에 동탁이 집에 불러 술을 먹이고 잔치를 벌였던 바로 그자였다.

"형님, 여기까지 나오셨군요."

말에서 내린 두령이 황급히 머리를 숙였다.

"아니, 동생이 어쩐 일인가?"

"형님이 저번에 베풀어 주신 은혜를 갚고자 이렇게 왔습니다."

동탁은 농서 지방의 부유한 토호 출신이다. 어려서부터 주위의 시중을 받으며 풍족하게 자랐는데, 성격이 난폭하고 잔혹하기로 유명했다. 그와 동시에 체격이 건장하고 무예가 뛰어나 주변으로부터 큰 인물이 될 거라는 얘기를 많이 들었다.

동탁의 집은 서북쪽의 강족 거주지와 붙어 있었다. 어려서부터 그는 한족이 아닌 강족과 어울려 지내며 교류했다. 야만적이고 폭력적인 동탁의 성질을 강인도 잘 알았기에 되도록 그와 친하게 지내려 했다. 그래서 동탁에게 형님 동생 하며 뇌물을 바치거나 술 한잔 기울이는 것은 특별한 일이 아니었다. 그런 강인 세력을 언젠가 이용할 날이 있으리라 생각한 동탁은 수시로 부하를 보내 그들의 동태를 살폈다. 물론 재물도 아낌없이 쓰고, 초대해 대접할 때에는 소와 돼지를 양껏 잡고, 금과 은을 듬뿍 챙겨 주었다. 그것은 다 자기편을 들며 지지하고 옹호하라는 뜻이었다. 그리하여 오늘도 강인의 한 두령이 은혜를 갚겠다며 천여 마리의 소를 끌고 찾아온 것이다.

"이 소들을 형님께 바칩니다."

"으허허, 뭐 이런 걸 다 끌고 왔는가?"

"아닙니다. 저를 동생으로 챙겨 주시고 늘 가까이 보살펴 주시니 그 은혜는 목숨을 바쳐도 갚을 수 없습니다."

동탁이 그를 이끌고 들어가 질펀하게 잔치를 벌였다.

이처럼 동탁은 농서 지방의 풍운아로 성장했다. 주변에 있는 건달들을 불러 모아 먹이고 재우면서 자신의 휘하로 거느렸다. 그들은 당연히 동탁에게 충성했다. 그렇게 규합한 이들이 무시할 수 없는 세력으로 커 나갔다. 게다가 황건군의 난이 일어났을 때 동탁은 작은 승리를 여러 차례 거두었다. 용맹한 성격 그대로 공로를 세우자 승진을 거듭해 벼슬이 하동 태수까지 올라갔다. 안하무인이라고 했던가? 이쯤 되자 동탁의 눈에 이 세상 그 무엇도 거리낄 것이 없었다.

"동탁의 앞을 막을 자, 그 누구더냐?"

그러나 영웅은 큰 무대에서 놀아 봐야 아는 법이다. 본격적으로 전쟁이 벌어져 황건군을 토벌하러 나갔을 때 동탁은 산발적으로 게릴라전을 벌이는 황건군을 진압하는 데 실패하

《삼국지》에는 한족만 등장하는 것 같지만 그렇지 않아. 여기 나오는 강족도 있어. 서융족 가운데 양을 기르는 자들을 강족이라 불렀는데 사람 인(人)과 양 양(羊)의 뜻을 따라 강(羌)이라 썼지. 농경 민족이 아닌 유목 민족이라 힘센 자가 수령이 되었고, 강자는 약자를 멸시하고, 한군데 머물지 않고 떠돌아다니며 약탈을 했다고 해. 남자는 전쟁터에서 죽는 것을 자랑스러워했다고 하니 호전성은 안 봐도 알 수 있어. 그렇지만 이는 한족이 강족을 핍박했기 때문이기도 해. 심한 수탈에 맞서 싸우다 보니 그런 이미지가 만들어진 거지. 이런 핍박을 수천 년간 받으면서 동화되어 오늘날에는 소수 민족이 되고 말았어.

고 말았다. 그럴듯하게 진용을 갖추고 병사 수로 승부를 거는 동탁은 변칙적인 전투에 적응하지 못한 것이다. 대장군 황보숭이 능력을 발휘해 가는 곳마다 적을 효과적으로 소탕할 때 동탁은 이렇다 할 공을 세우지 못했다. 그런 데다 급기야 갖고 있던 벼슬도 떨어져 맥없이 고향으로 돌아갈 수밖에 없었다.

"뭐라고? 조정에서 내게 벌을 내린다고?"

동탁은 소문을 듣고 깜짝 놀랐다. 조정에서 죄를 묻는다는 첩보가 제비처럼 날아들었다. 이런 정보는 뇌물로 구워삶은 환관과 그 떨거지들에게서 나왔다.

"벌을 받아선 안 된다. 어찌하면 좋겠느냐?"

동탁의 집에서 밥이나 얻어먹는 식객들이 의견을 냈다. 그중에 머리 쓰는 자들이 말했다.

"조정은 뭐라 해도 십상시가 꽉 틀어쥐고 있습니다. 십상시에게 큰 뇌물을 쓰십시오."

"그거 괜찮은 생각이다."

뇌물 쓰는 일에는 이골이 난 동탁이었다. 입이 떡 벌어질 만큼 과하다 싶은 귀한 물건들을 십상시에게 올려 보냈다.

뇌물의 효과는 바로 나타났다. 동탁은 죄를 면하게 되었다. 그뿐이랴, 오히려 환관들이 그에게 높은 벼슬을 주어 서주 지역의 이십만 대군을 통솔하는 지위까지 올라갔다.

"으하하하, 천하는 곧 나의 것이 될 것이야!"

그 뒤로도 동탁은 주변 세력가들과 끊임없이 싸워 영역을 확장했다.

부하 장병의 수도 몰라보게 늘었다. 힘이 강해지자 동탁은 세상이 손바닥에 올려놓은 동전만 하게 보였다. 그 무렵 조정에서는 동탁이 조정의 지휘 세력에서 벗어날까 두려워하는 지경이 되었다.

어느 날 하진이 내린 비밀 조서가 동탁에게 도착했다. 환관들을 제거하려 하니 뜻이 있으면 군사를 끌고 도읍으로 올라오라는 내용이었다.

"얼씨구!"

동탁은 무릎을 치며 기뻐했다. 안 그래도 야심을 품고 있었던 차에 군사를 움직이라는 조서가 내려오자 신명이 난 것이다.

동탁은 데리고 있던 장수와 병사들을 이끌고 부리나케 낙양으로 향할 준비를 했다. 사람이 허심탄회해지면 천지간의 도(道)와 합치되는 것이요, 야욕이 있으면 도에서 멀어진다는 말 그대로 그의 운명은 진창으로 들어서고 말았다. 그의 부하들 가운데에는 이각, 곽사 같은 용맹하면서 교활한 장수들이 있었다. 물론 동탁의 머리 역할을 하며 꾀를 내는 모사 이유도 함께했다. 다른 장수들은 전쟁에서 한몫 차지할 생각뿐이었지만 이유는 그래도 머리가 돌아갔다.

"장군, 조서를 받긴 했으나 기다렸다는 듯 덥석 출병하는 것은 명분이 없습니다."

듣고 보니 그 말도 맞는 듯했다.

"어찌하면 좋으냐?"

"조서에 애매한 부분들이 많으니 대의명분과 입장을 표문으로 올려 밝히시지요. 그래야 나중에라도 명분을 얻어 큰일을 할 수 있습니다."

"오, 그대 말이 맞다."

동탁은 신하들을 시켜 그럴싸한 글을 써서 낙양으로 보냈다.

　신이 엎드려 곰곰이 생각해 보았습니다. 오늘날 종묘사직이 어지러워진
데는 이유가 있습니다. 자고로 환관 무리가 하늘의 법도를 무시하고 겁 없
이 설쳤기에 오늘날 나라가 이 지경이 된 것입니다. 화근은 다시 뿌리를 내
리지 못하게 단번에 뽑아야 하는 법입니다. 이제 신이 군사를 이끌고 낙양
으로 들어가 잡스러운 환관 무리를 제거할 테니 종묘사직은 크게 심려하지
마십시오.

표문을 올려 보내자, 조정에서 하진이 받아 읽어 보고 주위 대신들에
게 보여주었다.

"동탁이 이런 편지를 보냈소."

글을 읽어 본 대신 가운데 정태가 말했다.

"문장 하나하나에 교만함이 가득합니다. 이런 자를 끌어들이면 사람
을 해치고 풍파를 일으킬 것입니다. 다시 생각하십시오."

그러나 하진은 자기 손을 더럽히지 않고 환관들을 제거할 수 있다는
생각에 사로잡혀 있었다.

"자네는 의심이 너무 많아. 동탁 정도의 인물은 만일의 경우가 생긴
다 해도 얼마든지 제거할 수 있다네."

하진이 이렇게 허세를 부렸지만 그의 얄팍한 속셈을 모르는 사람은
없었다.

중랑장이었던 노식이 앞으로 나섰다. 유비의 스승이기도 한 그는 학식과 문무를 겸비한 사람이었다. 황건군의 난을 겪는 중에 이미 동탁의 인품과 행동을 파악한 그였다.

"장군, 제가 동탁을 몇 차례 겪어 보아 좀 압니다. 그자는 겉과 속이 다른 자입니다. 궁에 들어오면 반드시 변란을 일으킬 것이니 끌어들이면 안 됩니다. 그를 멀리하는 것이 변란을 막는 길이 될 것입니다."

그래도 하진은 듣지 않았다. 그저 자기 꾀가 최고라고만 생각했다. 결국 정태와 노식은 벼슬을 버리고 떠났다. 이때 하진의 전횡†에 넌덜머리를 내고 고향으로 돌아간 대신이 한둘이 아니었다.

"가서 동탁 장군을 맞이하도록 하라. 그래도 도성 가까이 들어오지는 못하게 하라."

반대파가 사라지자 하진은 동탁의 군대를 맞이하라는 명령을 내렸다.

"동탁 장군은 더 이상 가까이 오지 마시오!"

낙양을 앞에 두고 동탁이 하진의 명을 받아 진을 치고 움직이지 않았다. 명을 받았다고는 하나 동탁은 그쯤에서 동태를 살피기 위해 첩자와

여기서 잠깐!!

전횡이라는 중요한 말이 나왔어. 그 뜻은 권력이나 권세를 혼자 쥐고 마음대로 한다는 뜻이야. 그런데 옛날부터 권력을 가진 자는 자신의 권력을 확인하기 위해 가끔 터무니없는 짓을 저지르기도 해. 그 이유는 반발 세력의 기미를 살피기 위해서지. 하진의 이해할 수 없는 행위들도 권력을 가진 자신이 무엇이든 할 수 있다는 오만함에서 나온 것이야. 전횡이라는 말은 오늘날까지도 정치 세력들 사이에서 쓰는 중요한 말이야.

간자를 사방에 풀어 소문과 풍문을 수집해 오게 했다.

거대한 세력을 가진 동탁이 낙양에 들어온다는 소리를 듣고 환관들이 가만있을 리 없었다. 쥐도 궁지에 몰리면 고양이를 무는 법이다.

"하진이 우리를 죽이려고 동탁을 끌어들였습니다. 이대로 죽을 순 없지 않습니까?"

"맞다. 이래 죽으나 저래 죽으나 죽기는 마찬가지다."

환관들은 모일 때마다 머리를 맞대고 묘안을 짰다.

"동탁은 멀리 있고 하진은 가까이 있습니다. 또한 수시로 궁에 들어오기 때문에 우리가 죽이기로 작정하면 못 할 일도 아닙니다."

"그건 그렇지."

"게다가 궁에 들어올 때는 군사들을 다 데리고 오지 못하니 좋은 기회가 아닐 수 없습니다."

장양을 비롯한 환관들은 하진을 먼저 제거하기로 작정했다. 도부수† 오십여 명을 궁궐 그늘 깊은 곳에 배치한 뒤 하 태후에게 들어가 아뢰었다.

"태후마마, 저희가 곧 죽게 생겼습니다. 살려 주옵소서!"

"어찌 된 일이냐?"

평소에 입안의 혀처럼 구는 환관들이 몰려와 죽는다고 통곡하자 하 태후는 측은한 마음이 들었다.

"지금 대장군이 지방의 군사들을 불러 그들이 낙양으로 몰려오고 있습니다. 대장군은 그들의 칼을 빌려 저희를 죽이려 하옵니다."

하 태후가 깜짝 놀랐다.

"대장군이 까닭 없이 그러지는 않을 터인데, 너희가 큰 죄를 지은 모양이구나. 그렇다면 죽기 전에 대장군에게 사죄하면 될 것 아니냐?"

"아니 되옵니다. 저희를 보기만 해도 죽인다고 칼을 갈고 계십니다. 차라리 대장군을 이리 불러 주신다면 저희가 무릎 꿇고 사죄드리겠습니다. 만일 안 부르신다면 저희들은 마마 앞에서 그냥 혀를 물고 죽겠사옵니다."

환관들의 부탁을 들어주는 것이 어려울 일은 없었다. 태후는 하진을 불러들이라고 명했다. 그러자 사자가 득달같이 달려가 하진에게 알렸다.

하진은 아무 의심 없이 내전에 들어갈 채비를 했다.

"태후마마께서 부르시니 궁에 들어갔다 오겠다."

그때 하진의 심복이 말렸다.

"태후마마의 부르심은 분명히 십상시가 꾸민 일입니다. 절대 들어가시면 안 됩니다. 목숨을 잃을 수도 있습니다."

"태후께서 부르시는데 무슨 화를 입는단 말이냐?"

그러자 원소가 나섰다.

도부수는 《삼국지연의》여기저기에 계속 나올 거야. 큰 칼과 도끼로 무장한 병사를 뜻해. 실전에 나가 적과 싸우는 군사가 아니라 확실하게 인명을 끊는 망나니 역할을 했다고 보는 것이 정확하지.

"환관들은 대장군께서 자신들을 죽이려 한다는 걸 알고 있습니다. 그들이 가만히 있을 자들입니까? 어찌하여 적의 벌린 입으로 제 발로 들어가려 하십니까?"

지혜롭고 현실적인 조조도 거들었다.

"꼭 들어가시려면 십상시를 바깥으로 불러 낸 다음에 들어가십시오."

하진이 껄껄 웃었다.

"하하하, 감히 십상시 따위가 나를 어쩐단 말이냐? 천하의 권세가 내 것이거늘."

무식한 자가 용감하다고 했던가. 하진이 기를 꺾지 않자 결국 조조가 지혜를 냈다.

"반드시 들어가시겠다면 저희가 군사를 거느리고 호위하겠습니다."

"마음대로 하여라."

그렇게 해서 원소와 조조가 오백 명의 병사를 뽑아 원소의 사촌 동생인 원술에게 지휘토록 했다. 이윽고 원술이 군사를 궁궐 문 밖에 늘어세우고, 원소와 조조는 칼을 차고 하진을 호위해 장낙궁으로 들어갔다.

환관들이 황급히 달려와 제지했다.

"태후마마께서 다른 사람은 물러가라 하십니다. 함부로 들이지 말라 하십니다."

"알았다. 나만 만나 뵙겠다. 자네들은 여기서 기다려라."

원소와 조조는 더 말릴 수가 없었다. 하진은 수하들을 놔두고 당당한 걸음으로 가덕전 안으로 들어갔다. 그러자 기다렸다는 듯 환관들이 문을 잠갔다. 동시에 호통 소리가 울렸다.

"네 이놈, 푸줏간이나 하던 백정 놈을 데려다 오늘까지 영화를 누리게 했으면 마땅히 감사해야 도리이거늘 무슨 원한으로 우리를 죽이려 했느냐? 우리가 고분고분 목을 내줄 줄 알았더냐?"

환관 장양과 단규가 나타나자 하진은 함정에 빠진 것을 알았다.

"이 녀석들, 어딜 감히 나서느냐?"

쩌렁쩌렁 큰 소리를 울리며 도망갈 길을 찾았지만 사방의 문이 모두 잠겨 있었다. 이문 저문 열려 해도 꼼짝하지 않았다. 그때 그늘에 숨어 있던 도부수들이 달려와 일제히 칼부림을 했다. 하진은 비명 한 번 지르지 못하고 목이 달아났다. 모든 일은 계획으로 시작하고 노력으로 성취하며 오만으로 망친다더니, 하진은 계획도 없고 노력도 없었지만 오만으로 삶을 마감했다.

장양 무리가 큰일을 치르는 사이, 아무리 기다려도 하진이 나오지 않자 원소가 문 밖에서 외쳤다.

"대장군, 어서 나오십시오!"

원소의 외침에 장양이 하진의 목을 담장 밖으로 던지며 말했다.

"하진이 모반하여 황명에 의해 목을 베었다! 그를 따르던 자들은 용서하여 죄를 사하노니 흩어져라! 돌아가란 말이다!"

조금 전까지 멀쩡히 살아 있던 하진이 목이 떨어져 땅바닥에 나뒹굴자 원소의 눈에서 불똥이 떨어지는 것 같았다.

"대장군이 암살당했다! 환관 놈들 짓이다! 놈들을 쳐죽이려는 자는 모두 나와라!"

원소와 조조가 문을 부수고 안으로 달려 들어갔다.

"환관 놈들은 한 놈도 살려 두지 마라!"

궁궐 안에서 끔찍한 살육이 일어났다. 환관뿐 아니라 많은 궁인이며 관료들이 이날 목숨을 잃었다. 십상시 중 네 명은 이리저리 쫓겨 다니다 원소의 군사들 칼끝에 죽었다. 하지만 장양과 단규 등은 급히 어린 황제 소제와 하 태후, 황제의 동생인 진류왕을 인질로 잡은 채 궁의 북쪽으로 빠져나갔다. 이른바 십상시의 난†이었다.

"장군, 어딜 가시오?"

고향으로 돌아가려는 장수와 군사들 앞을 웬 선비가 가로막았다. 말 위에 앉은 장수는 노식이었다. 하진과 뜻이 안 맞아 벼슬을 팽개치고 집으로 내려가던 참이었다.

"지금 궁에서 난리가 났습니다. 어서 가셔서 조정의 중심을 잡아 주소서!"

나라를 걱정하는 선비에게 자초지종을 들은 노식은 황급히 말머리를 돌렸다.

"어서 궁으로 들어가 황제 폐하의 옥체를 보존해야 한다!"

노식은 단숨에 궁으로 달려갔다. 멀리서 환관 단규가 하 태후를 윽박질러 궁 밖으로 끌어내는 것을 보고 큰 소리로 외쳤다.

"네 이놈, 감히 환관 따위가 태후를 핍박하느냐! 내 칼을 받아라!"

깜짝 놀란 단규는 허둥지둥 도망쳤다. 태후는 급히 노식의 군사들 쪽으로 달려와 위기를 모면했다.

난리의 결과는 처참했다. 원소는 군사들을 나누어 십상시 가족들을 찾게 하여 남녀노소 가리지 않고 모두 죽였다. 궁궐과 성안이 아수라장으로 변했을 때 조조는 침착하게 궁궐 내부를 정리하는 한편 단규에게 잡혀갈 뻔했던 하 태후를 모셔 나랏일을 섭정하도록 조치했다.

"태후마마께서는 이제 나라를 지키셔야 합니다."

환관들이 이미 어린 황제와 진류왕을 끌고 어딘가로 도망간 상황이었다. 조정을 정상화하려면 빨리 황제의 신병을 확보해야 했다.

"장양과 단규가 살아 있으니 그들을 쫓아가 처리하겠습니다."

황제를 빼앗긴다면 원소와 조조가 환관들을 죽인 명분은 없어지고 황제의 명령 없이 군사를 움직인 반군이 되는 셈이었다.

이때 환관 장양과 단규는 어린 황제와 진류왕을 어르고 달래며 밤새도록 도망을 갔다.

"지금 어디로 가는 게냐?"

소제가 마차 안에서 외치자 장양이 말했다.

"반란군이 황제 폐하를 노리고 있습니다. 어서 도망가야 합니다."

그들은 밤새도록 북망산†까지 도망쳤다. 하

십상시의 난은 무려 이천 명에 이르는 환관과 관련된 사람들이 한꺼번에 죽은 사건이야. 이 사건으로 동탁이 새롭게 권력을 잡고, 권력을 쥐었던 대장군 하진이 죽었어. 그 당시 후한의 정치와 권력은 열 명의 환관이 장악하고 있었는데, 영제가 무능해 십상시의 말만 듣는 바람에 결과적으로 수많은 충신을 죽인 셈이야. 난이 벌어지자 군사들은 십상시의 가족들까지 모두 죽였고 환관들까지 살해했어. 이 때문에 수염 없는 사람을 환관으로 오인해 죽이기도 했다는 웃지 못할 일도 벌어졌어.

～

북망산은 요즘도 쓰이는 말이라서 설명하고 넘어갈게. 실제로는 지금의 하남성 낙양 동북쪽에 있는 산이야. 옛날의 왕후나 공경(公卿)들이 대부분 이곳에 묻혔어. 한마디로 오늘날의 국립묘지 같은 곳이야. 그래서 오늘날도 북망산천 가는 길이라면 죽어서 저승 가는 길이라는 의미로 쓰이고 있지.

지만 이미 추격대가 횃불을 밝히고 쫓아왔다. 하남의 중부연리인 민공이라는 사람이 앞장섰다.

"이놈들, 게 서라!"

앞에서도 군사들이 장양과 단규를 막아섰다. 앞뒤에서 협공당하자 장양과 단규는 도저히 피할 수 없음을 깨닫고 각자 흩어졌다. 장양은 두려움을 못 이겨 강물에 뛰어들어 스스로 목숨을 끊었다. 단규는 혼자 살겠다고 붙잡고 있던 황제를 버리고 도망갔다.

온갖 권세를 부리던 환관들이 떠나자 어린 황제와 동생 진류왕은 어쩔 줄 모르고 오들오들 떨며 숲속으로 숨어들었다.

얼마 후 물에 빠진 장양의 시체가 떠오르자 이를 발견한 군사들이 외쳤다.

"황제 폐하를 찾아라!"

군사들은 사방으로 흩어져 황제를 찾는 데 집중했다. 이때 소제와 진류왕은 자신들을 쫓는 군사들이 어느 편인지 몰라 본능적으로 몸을 숨길 수밖에 없었다. 군사들이 횃불을 들고 사방을 뒤졌지만 황제와 진류왕을 못 찾고 다른 곳으로 가 버렸다.

"흑흑흑!"

"폐하, 울지 마소서."

소제가 울자 동생 진류왕이 몸을 꼭 껴안고 위로했다. 사방에서 칼을 든 자들이 왔다 갔다 하니 목숨이 경각에 달려 있었다. 애처롭게 우는 황제를 위로하며 진류왕이 말했다.

"폐하, 아무래도 여기 있다간 얼어 죽겠습니다. 어디 다른 곳으로 피하셔야 합니다."

"그래, 어서 가자."

소제와 진류왕은 서로 옷깃을 붙잡고 강기슭에서 올라와 민가를 찾아 헤맸다. 아무리 둘러보아도 어디로 가야 할지 알 길이 없었다. 새벽 오경이 될 때까지 무작정 걸었다. 먼 거리를 걸어본 적이 없던 두 사람은 다리가 아파 제대로 발걸음을 떼기도 어려운데 마침 길가에 건초 더미가 보였다. 그 속으로 피하자 몸이 따뜻했다. 소제와 진류왕은 지친 몸을 누이고 잠을 청했다.

이때 잠자던 농사꾼이 소리를 지르며 자리에서 벌떡 일어났다.

"아니, 여보! 왜 그래요?"

옆에서 자던 아내가 놀라 눈을 크게 뜨고 물었다.

"꿈에 우리 집 뒤편에 붉은 태양이 두 개나 떨어졌소. 그러니 놀라지 않겠소?"

"정말 이상한 꿈이네요. 혹시 모르니 한번 나가 보세요."

"아무래도 그래야겠소."

농부가 밖으로 나갔다. 어둠 속에서 좌우를 살폈더니 건초 더미에서 붉은빛이 하늘까지 뻗어 오르는 것이 보였다.

"아, 저리 태양이 떨어졌단 말인가?"

농부가 조심스레 건초 더미를 들추자 소년 둘이 누워 있는 것이 아닌가. 얼핏 봐도 화려한 옷을 입은 귀족의 자제가 분명했다.

"너희들은 누, 누구냐?"

농부의 말소리에 자다 깬 소제가 자신을 죽이러 온 군사인가 싶어 두려움에 덜덜 떠는데 동생 진류왕이 나섰다.

"이분은 황제 폐하시고 나는 폐하의 아우인 진류왕이다. 십상시의 난리 때문에 이곳에 잠시 피해 있었다. 너는 누구냐?"

그 말에 놀란 농부가 그 자리에 엎드렸다. 농부는 황제에게 두 번 절을 하고 말했다.

"신은 십상시가 벼슬을 팔고 사는 꼴이 보기 싫어 이곳에 숨어 사는 최열의 아우 최의입니다. 황제 폐하를 뵙게 되어 무한한 영광입니다. 어서 안으로 드십시오."

최의는 소제와 진류왕을 집 안으로 들인 뒤 음식을 대접했다.

이런 사정도 모르고 민공의 군사들은 해가 뜨도록 황제를 찾아 사방을 돌아다녔다. 그때 마지막 남은 십상시인 단규가 도망치다 붙잡혔다.

병사가 그의 목에 칼을 대고 물었다.

"황제께선 어디 계시냐? 바른대로 대지 않으면 죽여 버리겠다."

"나도 모르오. 도중에 잃어버렸소. 정말이오."

목숨을 걸고 모른다는데 방법이 없었다. 민공은 단칼에 단규를 베어 머리를 허공에 날린 뒤 안장에 매달았다. 그리고 병사들에게 계속 황제를 찾게 한 뒤 홀로 말을 타고 해가 중천에 뜨도록 사방을 내달렸다. 그러다 최의의 집 앞에 닿았다.

말발굽 소리가 나자 최의가 나와 물었다.

"뉘십니까? 안장에 달린 그 목은 누구의 것입니까?"

"이것은 십상시인 단규의 목이다. 나는 황제 폐하를 찾아 여기까지

왔다. 그대는 혹시 황제 폐하를 못 뵈었는가?"

최의가 그제야 반가워하며 말했다.

"어서 오십시오. 제가 모시고 있습니다."

"그게 정말인가?"

민공은 밥을 먹은 뒤 쉬고 있는 황제와 왕을 보고 무너지듯 그 앞에 엎드려 통곡했다.

"황제 폐하, 신의 불충을 용서하소서! 으흐흐흑!"

한참을 울고 난 민공이 소제를 궁궐로 모시기 위해 집을 나섰다.

"폐하! 황제께서는 궁에 계셔야 합니다. 잠시도 자리를 비우실 수 없습니다. 어서 돌아가시지요."

"알았다."

황제는 옷에 진흙물이 들어 꾀죄죄한 데다 타고 갈 말도 없었다. 최의의 농장에는 말이 한 필뿐이었다. 민공이 그 말을 빌려 황제를 태우고 진류왕은 자신의 안장 앞에 태워 그곳을 떠났다.

잠시 후 황제를 찾느라 흩어졌던 신하며 군사들이 합세해 황제 일행을 수행했다. 그때 한 떼의 군사들이 뽀얀 먼지를 일으키며 달려왔다. 황제를 수행하던 신하들은 겁에 질렸다. 십상시 무리가 다시 나타난 것이 아닌가 싶었기 때문이다.

"어느 군사들이지?"

"십상시 가운데 아직 살아 있는 자가 있나?"

황제를 호위하던 신하들이 두려움에 안색이 변하고 황제 또한 놀라 어쩔 줄을 몰랐다. 그들 앞에 모습을 나타낸 사람은 다름 아닌 동탁이었다. 낙양성 밖에서 진을 치고 있다가 궁궐에 난리가 났다기에 군사를 이끌고 온 것이다. 그는 오는 길에 황제를 구했다는 소식을 듣고 재빨리 황제의 신병을 확보하러 승냥이처럼 달려왔다.

"너희들은 어디 소속 군사들이냐?"

신하들이 묻는 말에 대꾸도 없이 동탁이 물었다.

"황제는 어디 계시냐?"

동탁이 눈을 부라리자 기세에 눌린 신하들이 동탁을 황제에게 안내했다. 소제는 동탁을 보고 덜덜 떨었다. 난생 처음 보는 괴물 같은 장수가 나타났기 때문이다.

옆에 있던 진류왕이 말을 타고 나아가 물었다.

"그대는 누구인가?"

동탁이 무뚝뚝하게 대답했다.

"서량 자사 동탁이라 하오."

살기등등한 동탁의 모습을 보고도 진류왕은 기죽지 않고 똑 부러지는 소리로 물었다.

"그대는 황제를 호위하러 온 것인가, 아니면 황제를 핍박하러 온 것인가?"

생각지도 못한 질문에 허를 찔린 동탁이 예를 갖추며 말했다.

"황제를 호위하러 왔습니다."

"어가를 호위하러 온 신하가 어찌 말에서 내리지 않는가?"

말을 탄 채 예의를 갖출 수는 없었다. 당황한 동탁이 말에서 뛰어내려 절을 올렸다.

"그래, 수고가 많다."

진류왕이 동탁을 격려하며 지나쳐 갔다. 어린 나이에도 야무지고 위엄 있는 태도를 보이자 주위에 있던 신하와 병사들이 입을 벌리고 감탄했다.

동탁은 속으로 중얼거렸다.

'와, 대단한걸. 벌벌 떠는 어리숙한 황제를 폐하고 진류왕을 황제로 세우면 좋겠군.'

황제는 동탁의 호위를 받으며 궁으로 돌아왔다. 궁에서 다시 만난 하태후와 소제는 서로 끌어안고 한참 동안 통곡했다.

"폐하, 무사히 살아 계심이 천운이옵니다."

"태후마마, 얼마나 고생이 많으셨습니까?"

생사를 알 길 없는 막막한 상황에서 벗어나 안도의 안부를 주고받는데 한 대신이 황급히 달려왔다.

"폐하, 국새가 오간 데 없이 사라졌습니다."

난리 통에 누군가 국새를 훔쳐간 것이다. 국새는 국권을 상징하는 물건이지만, 지금은 무너진 황실의 체통과 존엄을 다시 일으켜 세우는 것이 먼저였다.

이때 황제를 호위한다는 명분으로 궁궐에 들어온 동탁은 영채로 물러나지 않고 기마병을 거느리고 성안을 활보했다. 군사들을 성 밖에 주둔시키고 일종의 무력시위를 한 셈이다. 하진이 사라진 낙양에서 자신을 건드릴 자 그 누가 있겠냐고 말이다. 동탁은 막강한 군사력으로 병권을 장악하고, 단숨에 최고 실력자의 반열에 올랐다. 정국의 혼란 속에서

단 한 번 찾아온 기회를 동탁은 놓치지 않았다.

백성들은 동탁을 두려워했다.

"동탁 장군이 왜 저러지?"

"얼굴만 봐도 무서운걸."

사람들은 동탁의 행동을 보고 앞으로 어떤 일이 벌어질지 누구나 짐작했다.

"반드시 일을 내고 말 거야."

이때 동탁은 수장을 잃고 떠돌던 하진의 수하 군사들까지 받아들여 병권을 확실히 틀어쥐었다. 그리고 서서히 야욕을 드러냈다.

동탁이 책사인 이유에게 물었다.

"황제를 폐하고 진류왕을 세우는 게 어떻겠는가?"

"어리숙하고 심약한 소제보다 위엄 있고 의젓한 진류왕이 황제에 오르는 것이 명분 있는 일임은 천하가 다 아는 사실입니다."

"언제 하는 것이 좋겠나?"

"천천히 하면 안 됩니다. 조정이 어수선할 때 빨리 서두르십시오. 시일을 늦추면 큰일 날 수 있으니 당장 내일이라도 문무백관을 모아 놓고 새 황제를 세운다고 선포하십시오."

"그래? 반대가 심할 텐데."

"반대하는 자는 목을 치십시오. 원래 대신이라는 자들은 포악하고 잔인한 권력자의 말을 잘 듣는 법입니다."

동탁은 크게 기뻐하며 그대로 하기로 결심했다.

다음 날 동탁은 만조백관을 불러 놓고 큰 잔치를 베풀었다. 술이 한

순배 돌자, 동탁이 목소리를 가다듬고 말했다.

"내가 할 말이 있소이다."

병권을 쥐고 있는 동탁의 말이라 모두 귀를 기울였다.

"황제는 만백성의 주인이오. 하루라도 자리를 비워서는 안 되는 것입니다. 내가 이번에 나라를 구하면서 보니 폐하께서는 심약하기 짝이 없으셨소. 두려움에 말도 제대로 못 하시지 않았소? 오히려 동생이신 진류왕께서는 총명하고 위엄 있고 학문을 좋아하시니, 황제를 폐하고 진류왕을 새 황제로 세울까 하오. 대신들 의견은 어떻소?"

동탁의 말은 마치 태양을 떨어뜨리고 다른 태양을 공중에 띄우겠다는 것과 마찬가지였다. 충격을 받은 대신들은 감히 입을 열지 못했다. 그랬다간 목이 날아갈 것이 뻔했기 때문이다. 그러나 한나라의 기운이 아직 다하지 않고 남아 있었다. 한쪽에서 고개를 들고 한 신하가 나섰다. 형주 자사 정원이었다.

"어림 반 푼어치도 없는 말씀 하지 마시오! 소제께서는 선황의 적자이시며 크나큰 실정을 한 일도 없고 춘추 또한 어린 분이오. 어찌 감히 망령되이 폐위를 함부로 꺼내는 것이오? 그런 언사는 모반이나 다름없소이다."

"네 이놈, 내 뜻을 거역하는 자가 바로 역적이다."

자리를 박차고 일어난 동탁이 칼을 들고 길길이 뛰었다. 이 자리에서 밀리면 다른 신하들도 자신의 권위에 도전할 것이 뻔했기에 무슨 수를 써서든 반론을 무마시켜야 했다.

그때 서늘한 기운이 정원의 등 뒤에서 뿜어져 나왔다. 커다란 체구에

여포

여포에게는 아버지가 없어. 그래서 정원이나 동탁을 양아버지로 모셨지. 이것은 그가 부계 사회인 한나라가 아니라 모계 사회인 몽골족이기 때문에 가능한 일이었다고 보기도 해. 작품에서도 보면 그의 독특한 행동은 유목민인 몽골족의 특징이 그대로 드러나고 있지. 의리보다는 자신의 이익에 맞는 행동을 했기 때문이야.

눈매가 매서운 그는 서 있는 것만으로도 살기를 풍기는 정원의 수하 장수였다. 그는 손에 방천화극을 들고 핏발 선 눈으로 동탁을 쏘아보았다. 주공인 정원의 털끝 하나라도 건드리면 가만두지 않겠다는 듯한 위세였다. 무사는 무사만이 느낄 수 있는 기가 있다. 동탁은 그를 본 순간 바로 알아보았다. 여차하면 자신이 뼈도 못 추리리라는 것을. 동탁은 슬그머니 칼을 내려놓고 자리에 앉으며 말했다.

"생각해 보니 이런 술자리에서 국정을 논하는 것은 바람직하지 않소. 나중에 천천히 얘기하도록 합시다."

"나도 더 이상 이런 자리에 있고 싶지 않소이다."

정원은 뒤도 안 돌아보고 말을 타고 떠났다.

정원이 떠나고 나자 동탁이 모사 이유에게 물었다.

"그놈 뒤에 있던 무시무시한 장수가 누구더냐?"

"여포라고 합니다."

정원이 떠나고 동탁이 다음에 얘기하자고 했건만 신하들은 계속 반대 의견을 전했다. 이번에는 유비의 스승이었던 노식이 일어났다.

"동 장군, 장군의 말은 맞지 않소이다. 금상께서 나이는 어리지만 과실이 없고, 공은 한낱 변방을 지키는 장수였을 뿐이오. 나랏일에 깊이 관여한 적도 없고 빼어난 재주를 보인 적도 없는 마당에 어찌 함부로 입을 놀려 폐위를 논하고 옹립을 운운한단 말이오? 황제를 바꾼다는 것은 절대로 그대 같은 사람이 할 일이 아니오! 역적질을 하고자 하는 일이라면 모를까."

노식은 동탁이란 자가 어떤 인물인지 황건군 진압 과정에서 똑똑히 보아 잘 알고 있었다.

"뭐야, 이 늙어 빠진 노인네가 감히……."

동탁이 화가 나서 다시 칼을 들어 노식을 치려 했다. 그러자 옆에 있던 조정 대신들이 한꺼번에 들고일어났다.

"노 상서는 인망이 높은 분입니다."

"이분을 해코지하면 민심이 등을 돌릴 것입니다."

한 발 떨어진 곳에서 상황을 지켜보던 사도 왕윤†이 나섰다.

"자, 오늘은 즐겁게 술을 마시는 자리입니다. 황제를 폐하고 세우는 얘기는 다른 날로 미루는 게 좋겠소이다."

말리는 사람이 나타나자 문무 대신들이 다들 고개를 끄덕였다. 분위기가 더 험악해지는 걸 원치 않았기 때문이다. 그날의 잔치는 그 정도 선에서 마무리되었다.

잔치를 끝내고 나서도 기분이 개운치 않았던 동탁은 성 밖을 내다보았다. 저만치에서 말을 탄 장수가 오락가락하는 것이 보였다. 자세히 보니 정원을 호위했던 여포였다.

"저자가 왜 아직도 안 가고 저기 있을꼬?"

동탁이 묻자 바로 대답이 돌아왔다.

"주공께서 나가시면 시비를 가리려는 것 같습니다."

동탁은 당황하여 다른 길로 몸을 피했다.

다음 날 아침, 정원이 군사를 이끌고 동탁의 영채 앞에 진을 쳤다. 그 모습을 보고 군사가 동탁에게 보고했다.

"장군, 정원이 형주로 돌아갈 수 없다며 싸움을 걸어왔습니다."

"뭐야? 정원이란 놈이 기어이 죽고 싶은 모양이구나."

동탁이 화가 나서 군사를 이끌고 나가 진을 치고 정원과 마주했다. 형주 자사 정원과 동탁이 막 대결하려는 참이었다. 말을 타고 나온 정원이 동탁을 가리키며 꾸짖었다.

"네놈이 공로도 없이 뭘 낯으로 조정을 좌지우지하려 드는 게냐? 뻔뻔스러운 환관들에 이어 네놈이 또다시 나라를 농락하겠다는 것이냐? 내 그냥 두고 볼 수 없다!"

그 말을 신호로 여포가 군사를 이끌고 달려 나왔다.

"저놈의 건방진 정원을 쳐라!"

동탁도 부하들에게 명령했다. 기껏 낙양을 점거해 천하가 거의 손아귀에 들어왔는데, 이 싸움을 못 이기면 모두 허사가 되고 말 터였다. 동탁이 전에 없이 부하들을 독려했다.

"정원의 목을 가져오는 자에게 큰 상을 내리리라!"

그러나 동탁의 군사는 변변히 싸워 보지도 못하고 크게 패했다. 도무지 상대가 되지 않았다. 정원에게는 용맹한 여포가 있었기 때문이

왕윤은 명문 귀족 출신이야. 어려서부터 학식과 경륜이 뛰어났고 재주가 좋았지. 게다가 나라를 지키고 조정을 보필하려면 먹물만 가지고 안 된다는 것을 일찍이 깨달아 무술을 연마하며 수련을 거친 인물이기도 해. 평생 글만 읽은 나약한 선비가 아니라 뛰어난 무술 실력까지 갖춘 문무를 겸비한 인재란 말이지. 그가 맡은 사도라는 벼슬은 가장 높은 관직 가운데 한 자리로, 오늘날로 치면 교육부총리에 해당하는 중요한 직위야. 자질도 좋고 인망이 두터운 사람만이 맡을 수 있는 벼슬이지.

다. 그는 마치 양 떼 속에 들어간 늑대처럼 닥치는 대로 동탁의 병사들을 베고 찌르고 넘어뜨렸다.

동탁은 기세가 꺾였다. 여포가 있는 한 자신의 뜻을 펼치는 것이 불가능하다는 것을 깨달은 것이다.

동탁은 부하들 앞에서 침통하게 말했다.

"아, 내겐 왜 여포 같은 장수가 없단 말이냐? 여포 같은 자만 있으면 천하를 손안에 넣을 텐데!"

그때 호분중랑장 이숙†이 웃으며 앞으로 나섰다.

"하하하! 주공, 아무 걱정 마십시오. 여포와 저는 고향 친구입니다."

동탁의 얼굴이 밝아졌다.

"오, 그래? 대체 여포는 어떤 놈이더냐? 뭘 먹었기에 저리도 힘이 센지……."

"용맹하긴 하지만 꾀가 없고 이익을 위해서는 의리를 쉽게 저버리는 한없이 가벼운 자입니다. 허락해 주신다면 제가 가서 여포를 구슬려 주공을 찾아오게 만들겠습니다."

"그렇게만 된다면 내가 무엇이 두렵겠느냐? 천하가 내 손안에 들어올 것이다. 어찌하면 되겠느냐?"

"주공께서 적토마†를 가지고 계시지 않습니까? 그 말에 온갖 금은보화를 싣고 가 여포에게 준다면 여포는 틀림없이 정원을 배반하고 장군께 머리를 숙일 것입니다."

동탁은 이숙의 말을 듣고 슬쩍 아깝다는 생각이 들었다. 적토마는 말할 필요도 없이 훌륭한 명마였기 때문이다. 강족의 말 장수가 가져왔을 때 천금을 주고 산 말이었다.

이숙이 눈치를 살피더니 넌지시 말했다.

"주공, 천하를 생각하십시오!"

'천하'라는 말에 동탁은 정신이 번쩍 들었다. 천하를 차지하면 천하 안에 적토마와 각종 금은보화가 다 들어 있는 게 아니던가.

"그렇지. 그까짓 말쯤이야 열 마리, 스무 마리라도 줄 수 있지."

동탁은 적토마와 함께 황금 천 냥과 명주와 귀한 옷 등을 이숙에게 잔뜩 내주었다. 이숙은 곧장 적토마를 끌고 여포의 진지를 찾아갔다.

정원 군의 진지에 들어선 이숙이 군사들에게 말했다.

"여 장군에게 고향 친구 이숙이 왔다고 전해라."

곧 군사들이 이숙을 여포의 막사로 안내했다. 이숙이 막사로 들어가며 두 손을 들어 인사했다.

"여 장군, 오랜만이오!"

"아하, 형님! 정말 반갑습니다. 여러 해 동안 못 뵈었는데 그간 어디 계셨습니까?"

"나는 지금 조정에서 호분중랑장을 맡고 있

이숙은 고향이 여포와 같은 지금의 내몽고 지역인 오원군 출신이야. 동탁이 죽은 뒤 여포의 수하가 되는데, 나중에 패전의 책임을 지고 여포에게 죽임을 당하고 말아. 의리 없는 친구를 둔 화가 결국 자신에게 돌아온 셈이지.

적토마 이야기를 안 하고 넘어갈 수가 없네. 정사에 '사람 가운데 여포, 말 가운데 적토가 최고'라고 기록될 정도로 유명한 말이야. 여기에 소설적 과장이 더해져 적토마에 신화가 입혀지지. 온몸이 붉은색이고, 하루에 천 리를 가고, 팔백 근의 무게를 짊어지고, 가장 빠른 토끼도 놓치지 않으며, 물을 만나면 평지처럼 건넌다고 하는데 물속에서는 풀이 아니라 물고기를 먹는다는 식으로 엄청난 과장이 덧붙여져. 말이 가장 중요한 교통수단이던 당시에 상상할 수 있는 온갖 능력을 다 갖다 붙여 놓은 거지. 문학 작품이 주는 재미가 바로 이런 게 아닐까.

네. 자네가 나라를 구하러 왔다고 해서 기쁜 마음에 말 한 필을 선물로 가져왔네. 하루에 능히 천 리를 달리는 말일세."

적토마를 본 여포는 눈이 휘둥그레졌다. 온몸이 불덩어리처럼 붉은 데다 등이 곧바르고 목이 길쭉하며 키도 크고 단단할뿐더러 근육이 고르게 발달한 말이었다. 한번 뛰어오르면 하늘에 닿을 기세였다. 여포는 기뻐 어쩔 줄 몰랐다.

"세상에, 이리 좋은 말을 주시다뇨. 이 은혜를 어찌 갚습니까?"

"은혜랄 게 뭐 있나. 옛 친구 만나러 왔는데 이만한 게 대수인가? 자네와 오늘 술이나 한잔하며 이야기를 나눴으면 좋겠네."

두 사람은 밤 깊도록 천하의 정세를 이야기했다.

"형님이 보시기에 요즘 조정에서 누가 진정한 영웅인 것 같습니까?"

여포의 물음이었다. 기다렸다는 듯 이숙이 대답했다.

"내가 많은 사람을 겪어 봤지만 동탁 같은 영웅이 없다네. 동탁이야말로 어진 이를 공경하고 실력 있는 자를 뽑아 상을 주며 천하의 패업을 함께 이루려는 영웅이라 할 수 있지."

여포는 당황했다. 이숙을 만나기 전까지만 해도 동탁을 죽이겠노라고 칼을 들고 설쳤기 때문이다.

"아, 그렇습니까? 하지만 내가 동탁에게 가고 싶어도 이미 갈 수 없는 몸이 되지 않았습니까?"

후회하는 빛이 또렷한 걸 보고 이숙이 여포의 등을 두드리며 말했다.

"이 사람아, 영웅호걸 사이에 지나간 일이 무슨 문제인가?"

이숙은 가져온 선물 보따리를 풀었다. 황금과 구슬과 옥대, 어마어마한 금은보화를 보자 여포의 눈이 왕방울만 해졌다.

"이 값비싼 물건들은 다 뭡니까?"

이숙이 목소리를 낮추며 말했다.

"사실 동탁 장군이 자네를 흠모하여 특별히 보낸 선물일세."

"아니, 동탁 장군이요? 그럼 적토마도?"

"맞네. 동 장군이 자네에게 준 걸세."

"이럴 수가……. 이 은혜를 어찌 갚는단 말입니까? 지금은 적이 되어 있는 상황인데."

"자네가 나와 함께 동 장군에게 가기만 하면 지금보다 훨씬 높은 자리에서 대우받으며 지낼 수 있다네."

"아닙니다. 공을 세운 것도 없는데 무슨 낯으로 동 장군을 찾아간단 말입니까?"

"공을 세우려면야 자네가 마음만 먹으면 언제든지 할 수 있지 않나?"

그 일이 무엇인지는 이숙이 굳이 자기 입으로 뱉지 않으려 했다. 눈치를 챈 여포가 말했다.

"정원을 없애고 군사를 끌고 가면 되겠습니까?"

이숙이 교활한 미소를 지었다.

"그거야말로 동 장군께서 바라는 것이겠지."

"알겠습니다. 제가 반드시 실행하고 찾아뵙도록 하지요."

그날 밤, 이숙을 보내고 나서 성질 급한 여포가 칼을 들고 정원의 막사를 찾았다. 정원은 동탁을 제거하고 나라를 평안하게 만들기 위해 병서를 들여다보며 작전을 짜는 중이었다.

여포가 안으로 들어오자 정원이 물었다.

"아들 아닌가? 어쩐 일이냐?"

여포가 눈에 살기를 띤 채 말했다.

"내가 언제 너의 아들이었더냐?"

정원은 몹시 당황했다. 그동안 여포를 아들로 부르고, 여포 역시 정원을 의부로 모시던 관계였기 때문이다.

"봉선아, 어찌 그런 막돼먹은 소리를 하는 게냐?"

정원의 꾸짖음에 아랑곳없이 여포가 순식간에 칼을 휘둘렀다. 정원의 목이 여지없이 떨어져 나갔다. 정원의 목을 들고 밖으로 나간 여포가 군사들을 깨우고 외쳤다.

"정원은 장수의 그릇이 되기에 부족해 내가 제거했다. 나를 따를 자는 남고, 그러지 않을 자는 떠나도 좋다!"

그간 강직했던 정원의 사람됨을 경험한 군사들은 믿을 수 없다는 듯 삼삼오오 흩어졌다. 여포의 행태를 잘 알았기 때문이다.

"여포를 따라가 봐야 좋은 대접을 받을 수 없어."

"배신을 밥 먹듯 하니 말이야."

정원의 목을 챙긴 여포는 얼마 안 되는 군사를 이끌고 동탁을 찾아갔다. 기대는 했지만 정말로 자기 앞에 무릎을 꿇은 여포를 보자, 동탁은 천하를 얻은 듯 기뻐했다.

"으하하하! 내가 천하의 여포를 얻었으니 천하는 이미 내 것이야!"

여포가 황급히 절을 올린 뒤 말했다.

"주공께서 저를 버리지 않으신다면 아버님으로 모시겠습니다."

쉽사리 의형제나 의부 관계를 맺는 사람 치고 의리를 지키는 사람이 없다고 했던가. 아버지로 모시던 정원을 단칼에 벤 여포는 여보란 듯이 바로 동탁을 아버지로 모시겠다고 맹세했다.

"그래라. 너는 오늘부터 나의 의붓아들이니라, 으하하하!"

여포를 아들로 삼은 동탁은 거칠 것이 없었다. 배신당하는 자는 그로 인해 상처를 입지만, 배신하는 자는 한층 더 비참한 상태에 놓이게 마련 이니 여포의 운명이 어찌 될지 지켜볼 노릇이다.

동탁은 다시금 황제를 갈아 치울 궁리를 했다. 지난번에는 여포 때문 에 몸을 사렸지만 지금은 여포마저 곁에 있지 않은가. 힘으로 밀어붙여 도 거리낄 게 없었다.

얼마 후 정국이 안정되자 동탁은 문무백관 앞에서 다시 황제 폐위 문 제를 꺼냈다. 여포가 군사들을 거느리고 호위한 채였다.

"전에 논의했던 황제 폐위 건을 다시 의논코자 하오. 정세도 안정되 고 민심도 가라앉았으니 황제를 바꾸기 좋은 때요."

동탁은 조정에서 자신의 의견을 거부하는 이가 없으리라 믿었다. 그 런데 한 나라의 정권을 틀어쥔다는 것은 쉬운 일이 아니었다. 예상치 않 게 원소가 반발하고 나섰다.

"금상께서 즉위하신 지 얼마 되지도 않았는데 적자를 폐하고 서자를 세워야 할 까닭이 없소이다. 이런 반역 행위가 어디 있소?"

동탁이 또 밀릴 수는 없었다. 사생결단을 내야만 했다.

"감히 누가 나를 거역한다는 거냐? 환관들 몰아낸 공이 있다고 오냐 오냐 했더니, 네가 죽고 싶어 함부로 입을 놀리는 모양이구나!"

분노한 동탁이 칼을 빼들었다.

"나에게도 칼이 있다!"

원소도 밀리지 않고 칼을 빼들었다. 직접 칼부림을 하겠다는 뜻은 아니었다. 자신에게도 세력이 있고 군사가 있으니 실력으로 해보려면 해보자는 도전장이었다.

그때 이유가 동탁을 막아섰다.

"주공, 나라의 대사를 정해야 하는 마당에 이런 식으로 흘러가는 것은 좋지 않습니다. 참으소서."

동탁이 분을 삭이며 자리에 앉자, 원소가 칼을 품은 채 문무백관에게 말했다.

"이 더러운 조정의 꼴을 더는 보고 싶지 않소! 모든 벼슬을 내놓고 나는 떠나겠소이다."

원소는 벼슬의 상징인 인수 주머니를 풀어 동문에 걸어놓고 궁을 떠났다. 도성인 낙양을 떠나 그가 간 곳은 기주 지역으로, 그곳의 제후인 한복에게 몸을 의탁했다.

원소가 조정을 떠난 상태에서 동탁은 얼마 뒤 자신의 뜻대로 황제를 갈아 치우는 대사를 거행했다. 먼저 소제를 폐하여 홍농왕으로 강등시키고, 하 태후와 함께 영안궁으로 쫓아냈다. 소제는 4월에 즉위해 9월에 쫓겨난 비운의 황제가 되고 말았다. 그리고 나서 진류왕을 황제로 청하여 문무백관에게 하례를 올리도록 했다.

새로 즉위한 왕은 헌제라 불렸는데 그때 나이가 고작 아홉 살이었다.

동탁은 어린 황제를 보위에 올려놓고 자신은 재상 가운데 가장 높은 상국이 되었다. 또한 그는 황제가 자리한 조정에 들어올 때 허리를 굽히지 않았을 뿐 아니라 칼을 차고 다닐 수 있었고, 황제 옆에 오를 수 있는 어마어마한 권세를 갖게 되었다. 자신의 명을 어기는 자는 가차 없이 목을 베었고, 황족은 물론 황제까지 그의 손에 목이 눌려 연명하는 처지로 전락했다.

7
칠성보도의 쓰임새

동탁과 갈등을 빚었던 원소는 벼슬을 버리고 자신의 근거지인 발해로 물러가 있었다. 그러나 원소 역시 패업을 꿈꾸는 야망 있는 영웅이었다. 그의 눈과 귀는 오로지 한나라의 도성인 낙양에 가 있었는데, 들려오는 얘기는 하나같이 동탁이 나라를 좌지우지한다는 소식뿐이었다. 원소는 자신의 힘만으로 동탁을 제거할 수 없는 현실을 안타까워하며 기회를 엿보았다. 그때 낙양에서 소식을 전해 온 사자가 놀라운 사실을 알려 주었다.

"장군, 동탁이 소제를 폐하여 홍농왕으로 강등시키고 진류왕을 새 황제로 추대했다 하옵니다."

"뭐라? 새 황제를 추대해?"

원소는 기겁을 했다. 아무리 동탁이 안하무인이라지만 이렇게 수월하게 조정을 떡 주무르듯 가지고 놀 줄은 몰랐던 것이다.

그 무렵 동탁의 위세는 하늘을 찌르고도 남았다. 그러나 언제까지 위세만으로 나라를 다스릴 수는 없었다. 모사인 이유는 기회 있을 때마다 동탁에게 얘기했다.

"주공, 천하의 인재를 두루 등용하셔야 합니다. 인재를 널리 뽑아 쓰면 민심이 가라앉을 것입니다."

"쓸 만한 자가 있더냐?"

"제가 추천을 하겠습니다."

그렇게 해서 불러올린 자가 채옹†이었다. 처음에 불렀을 때는 응하지 않았지만, 목을 내놓으라 겁박하자 어쩔 수 없이 두려움에 떨며 동탁을 찾아와 시중의 자리에 오른 것이다. 그러나 그의 마음에 진정성이 있을 리 없었다.

이때 홍농왕으로 강등된 유변과 생모인 하태후는 영안궁에 유폐되어 있었다. 천하를 호령하던 황제가 갑자기 궁에 갇혀 오가지도 못

† 채옹은 당시의 학자야.《삼국지연의》에는 영제 때 의랑을 지내다 환관들의 전횡을 지적하는 글을 올렸다 추방되어 고향에 묻혀 지냈다고 나오지. 그렇지만 정사에 따르면 북방으로 귀양살이를 갔다고 알려져 있어. 그 뒤 사면을 받고 12년간 조정에 나오지 않았다고 해. 유명한 서예가이자 문학가이기도 했는데 과거엔 선비들이 이렇게 다양한 재능을 발휘했어.

하는 신세가 되자 답답한 데다 최소한의 생활을 할 수 있는 지원조차 제대로 해주지 않아 서럽기 짝이 없었다. 옷은 점점 허름해지고 먹고 싶은 것도 마음대로 먹을 수 없는 비참한 나날이 이어졌다. 홍농왕은 한숨을 내쉬며 괴로워하고 하 태후는 눈물이 마를 날이 없었다.

그럴 즈음 동탁이 모진 마음을 먹었다. 황제의 복위를 꾀하는 반도들이 언제든지 들고일어날 수 있기 때문에 홍농왕을 없애 버려야겠다고 결심한 것이다. 동탁이 이유를 불러 지시했다.

"모반의 혐의가 있으니 황제의 명에 따라 처리하게."

동탁의 명을 받은 이유가 무사들을 거느리고 영안궁으로 들어갔다. 하 태후와 함께 누각에 올랐던 홍농왕은 동탁의 모사 이유가 왔다는 말을 듣고 자신의 신세가 애달파 가슴이 저미고 왈칵 눈물이 솟았다.

이유는 독이 담긴 술병을 하 태후에게 내밀었다. 하 태후가 술잔을 받아들고 물었다.

"이게 무엇이냐?"

"봄날 날씨가 좋아 상국께서 특별히 태후마마의 장수를 빌면서 술을 내리셨습니다. 드시지요."

하 태후가 체념한 듯 말했다.

"독을 탔을 게 분명하지만 이렇게 살아 무엇 하겠느냐?"

태후가 술병을 열고 술을 따랐다.

"이제 나는 죽은 오라비 곁으로 가야겠다."

그러자 홍농왕이 태후를 끌어안고 울부짖었다.

"어마마마! 이리 허망하게 가시면 아니 되옵니다, 흐흑흑!"

그 모습을 지켜보던 이유는 이 상황을 그냥 놔둬선 곤란하겠다는 생각이 들었다. 무엇보다 측은한 마음이 드는 것이 문제였다.

"시간 없습니다. 상국께서 기다리고 계시니 얼른 술잔을 비우시오."

순간 하 태후가 날카롭게 눈을 뜨며 꾸짖었다.

"네 이놈, 동탁이 언제까지나 목숨을 부지할 듯싶으냐? 아무 죄 없는 우리 모자를 죽인 너희들도 곧 죽임을 당할 것이야!"

서릿발처럼 한 맺힌 하 태후의 저주에 이유는 온몸에 소름이 돋았다. 으스스한 한기를 떨치려는 듯 이유가 성을 내며 태후에게 달려들었다.

"에잇! 어차피 죽을 것들이 말이 많아!"

이유는 태후를 밀어 누각 아래로 떨어뜨렸다. 그러자 무사들이 뒤처리를 했다.

"다 죽여라! 홍농왕에게 독주를 먹여라!"

몸종과 환관들을 젖히고 무사들이 달려들어 홍농왕에게 강제로 독주를 들이부어 끝내 목숨을 빼앗았다.

일을 끝낸 이유가 동탁에게 돌아가 보고했다.

"모든 화근을 깨끗이 제거했습니다."

"수고했다. 장사는 성 밖에서 치르도록 하라."

그날부터 동탁은 더욱더 포악한 본색을 감추지 않았다. 사람 목숨을 파리 목숨처럼 하찮게 여겼으며, 마치 황제라도 된 양 거드름을 피우며 궁에 들어가 궁녀들을 농락하고 용상에서 잠을 자고 황제의 음식을 먹으며 즐겼다.

선황과 태후를 독살했다는 소식과 함께 포악을 떠는 동탁에 대한 소문이 발해의 원소에게도 전해졌다.

"안 되겠다. 한가하게 이대로 있을 수는 없다."

원소는 편지를 써서 은밀히 낙양의 왕윤에게 보냈다.

그간 무고하셨습니까?

저는 지금 발해에 머물며 비분강개하고 있습니다. 나라의 앞날을 한 치 앞도 알 수 없게 되었습니다. 동탁이라는 역적 놈이 하늘을 속이고 황제를 폐위하는 무도한 짓을 보고도 그냥 물러난 것이 천추의 한이 됩니다. 변방에 있는 제가 이러할진대 공은 그들 곁에서 직접 눈으로 보면서도 모른 체하고 계십니다. 이 어찌 충신의 행동이라 할 수 있겠습니까?

저는 지금도 쉬지 않고 힘을 기르며 군사를 조련하고 있습니다. 당장 황실을 바로잡고 싶은 마음이 굴뚝같지만 경솔하게 움직일 수는 없는 노릇 아니겠습니까?

공께서 저와 뜻을 같이한다면 틈을 보아 일을 도모해 주시기 바랍니다. 언제든지 부르시기만 하면 군사를 이끌고 단숨에 달려가겠습니다.

충신 왕윤은 서신을 받고 고민하지 않을 수 없었다. 원소를 불러들인다 한들 그것이 하진이 동탁을 불러들인 것과 무엇이 다르겠는가. 마땅한 계책이 떠오르지 않았다.

"어쩔 수 없구나. 다른 사람들의 의견을 들어 봐야지. 나도 이제 늙어서 힘이 없나 보군."

조용히 궁으로 들어간 왕윤은 동탁이 등용한 인물을 배제하고 오래

된 대신들만 모인 자리에서 말했다.

"여러분께 드릴 말씀이 있습니다."

"무엇이오?"

"오늘이 바로 이 늙은이의 생일입니다."

"오, 감축드립니다."

여기저기서 대신들이 손을 모아 축하했다.

"말이 나온 김에, 차린 것은 없지만 오늘 밤 저희 집에 놀러들 오십시오. 조촐하게 술이나 한잔씩 나눕시다."

"암요, 당연히 그래야지요."

왕윤은 일찌감치 퇴궐하여 후원에 잔칫상을 차렸다. 날이 저물고 어둠이 깔리자 초대받은 대신들이 하나둘 왕윤의 집으로 모여들었다. 술이 두어 잔씩 들어가자 마음이 누그러져 자연스럽게 화제가 시국에 대한 이야기로 옮겨 갔다. 그때 왕윤이 느닷없이 소매로 얼굴을 가리고 통곡했다.

"으흐흐흑!"

대신들은 모처럼 즐거운 시간을 보내다 깜짝 놀랐다.

"어찌하여 생신날 눈물을 보이십니까? 말 못 할 사연이라도 있습니까? 저희에게 알려 주십시오."

왕윤이 한참을 울고 나서 눈물을 닦고 말했다.

"실은 내가 오늘 여러 대신들께 거짓말을 하였소이다. 오늘이 내 생일이라는 것은 거짓입니다. 여러분을 모시고 회포를 풀고 싶었지만 감시의 눈을 번득이는 동탁의 첩자들이 두려워 그렇게 말씀드린 겁니다.

잘 아시겠지만 오늘날 우리 종묘사직은 눈 뜨고 볼 수 없는 참담한 지경에 이르렀습니다. 모두 동탁이 함부로 권력을 휘두르고 전횡을 일삼은 탓입니다. 이 나라가 원래 이런 나라가 아니지 않습니까? 고조†께서 진나라와 초나라를 정벌하고 세운 나라입니다. 그렇게 얻은 천하를 오늘에 와서 흉악무도한 동탁이 망하게 할 줄 누가 알았겠습니까? 내가 너무 속이 상해 여러분 앞에서 그만 못 볼 꼴을 보였습니다.”

왕윤의 말에 대신들이 너나없이 어깨를 들썩이며 훌쩍였다.

“으흐흑! 우리도 언제 어떻게 죽을지 모르는 신세 아닙니까?”

“극악무도하기 짝이 없는 동탁이 이제는 아무 죄도 없는 백성들을 죽이고서 눈 하나 깜짝 않고 거짓으로 죄를 만들어 자신의 공으로 둔갑시키고 있습니다.”

그 말은 사실이었다. 동탁은 성질이 불같을 뿐 아니라 백성이나 군사들 알기를 발가락의 때만큼도 여기지 않았다. 한번은 군사를 거느리고 예주 영천군의 양성에 갔다가 마을에서 잔치를 벌이는 사람들을 보고 무슨 심통이 났는지 갑자기 명을 내렸다.

“저놈들을 모조리 죽여라!”

동탁의 명에 따라 군사들은 영문도 모른 채 천여 명이나 되는 백성을 닥치는 대로 죽였다. 그것도 모자라 도살한 천여 명의 목을 수레에 주렁주렁 매달고 그곳에 있던 재물과 부녀자들을 실어 낙양으로 돌아왔다. 그리고 뻔뻔스럽게 이렇게 말했다.

“역도들을 무찔러 공을 세웠노라!”

동탁은 적군을 천여 명이나 살해했다고 거짓으로 알린 뒤 머리를 성문 밖에 내다 불태우고, 노략질한 부녀자와 재물은 군사들에게 나눠 주었다. 이러한 횡포가 한두 건이 아니었다. 그런 얘기가 들릴 때마다 백성들은 화가 자기에게 미칠까 싶어 숨을 죽이고 두려움에 떨었다.

왕윤과 함께 신하들이 눈시울을 적실 때 느닷없이 날카로운 웃음소리가 퍼졌다.

"아하하하!"

"이런 상황에 불경하게 누가 웃음소리를 낸단 말인가?"

대신들이 어리둥절해서 소리 나는 쪽으로 고개를 돌렸다. 그곳에 효기교위 조조가 서 있었다. 왕윤이 화난 얼굴로 물었다.

"그대의 조상들 역시 한나라의 녹을 먹고 살지 않았나! 어찌 나라가 이 지경인데 헤프게 웃음이 난단 말인가?"

조조가 웃음을 거두고 말했다.

"제가 웃은 것은 특별히 여러분의 모습이 우스꽝스러워서가 아닙니다. 산전수전을 다 겪은 대신들께서 천하의 역적 동탁을 해치울 계략 하나 못 짜고 있으니 어찌 딱하지 않겠습니까?"

왕윤이 얘기한 고조는 한나라를 세운 유방을 가리키는 말이야. 시골에서 태어난 바람둥이에 백수건달이었지만 우연히 찾아온 기회를 잡아 반란군의 우두머리가 된 사람이지. 그리고 마침내 중국 통일 왕조의 황제가 되었어. 난세에 영웅이 나오고 왕이나 제후가 되는 씨가 따로 없다, 즉 정해진 게 아니라는 믿음을 후세에 전해 주는 계기가 된 인물이야. 요즘 말로 하면 자수성가했다고나 할까.

"그럼 자네는 뾰족한 수가 있다는 것인가?"

조조가 옷매무새를 바로 하고 두 손을 맞잡은 뒤 말했다.

"이 조조, 비록 재주는 없지만 동탁의 머리를 베어 성문에 높이 걸 자신이 있습니다."

대신들이 하나같이 정색하고 조조를 똑바로 쳐다보았다. 왕윤은 옷매무새를 고치고 나서 조조에게 예를 갖췄다.

"조맹덕, 특별한 계책이 있으면 이 어리석은 노인에게 얼른 말해 주시게."

왕윤이 자세를 낮춰 말하자 조조도 자세를 낮췄다. 사실 조조는 동탁의 수하로 있는 중이었다. 동탁이 권력을 잡는 데 도움을 주기도 했지만, 자신의 야망은 숨기고 있었다.

"대신들께서도 제가 요즘 동탁을 섬기고 있다는 것은 아실 겁니다. 하지만 이는 따로 복심†이 있기 때문입니다. 신뢰를 얻고 가까이 가야 결정적인 기회를 잡지 않겠습니까?"

"음, 기회라? 어떤 기회를 잡겠다는 건가?"

"동탁도 한낱 사람일 뿐입니다. 수많은 군사들에게 둘러싸여 보호를 받아 그렇지, 검 한 자루만 있으면 그의 목을 가져오는 게 어려울 일은 없습니다."

순간, 바늘 하나라도 떨어뜨리면 들릴 만큼 사방이 조용해졌다.

"그 신묘한 계책을 일러 주시게."

왕윤이 떨리는 목소리로 물었다. 원소의 말처럼 외부의 군사를 끌어들이지 않고 내부에서 해결할 수 있다면 이보다 좋은 방책은 없었다.

"듣자하니 사도께서 칠성보도[†]라는 보검을 갖고 계신다고요?"

"가지고 있소."

"그렇다면 그 보검을 저에게 빌려주십시오. 당장이라도 궁에 들어가 동탁의 숨통을 끊어 놓겠습니다. 그자를 죽이면 저는 죽어도 여한이 없습니다."

"오오!"

대신들이 감탄하여 서로 얼굴을 마주 보았다. 그 자리에 참석한 소장파에 속하는 조조가 주목받는 순간이었다. 으쓱해진 조조의 제안에 왕윤이 고개를 조아렸다.

"대사를 성사시킬 수만 있다면 그까짓 보검한 자루가 문제겠는가? 맹덕이 진정한 충성심을 보인다니, 이보다 다행스러운 일이 어디 있겠소이까? 일단 술 한잔 받으시게."

왕윤이 술을 따라 주자 조조가 술을 받아하늘과 땅에 뿌리며 맹세했다.

"이 한 몸 바쳐 황실을 보존하겠나이다."

왕윤은 곧 하인을 내실로 보냈다.

"가서 칠성보도를 가져오너라."

조금 뒤 대신들은 말로만 듣던 칠성보도를

복심이라는 말은 마음속 깊은 곳이라고 하는 배에 다른 생각을 품고 있다고 여겨 만든 말이야. 비슷한 말로 구밀복검(口蜜腹劍)이 있지. 입에는 꿀을 머금고 배에는 칼을 품고 있다는 뜻이니까, 대개 이중적인 행동이나 배신을 꿈꾸는 이들에게 많이 쓰는 표현이야.

칠성보도는 칼자루에 일곱 개의 보석을 박은 귀한 검이야. 중국에서 만든 드라마에서는 이 칠성보도가 지구상의 금속이 아니라 운석으로 만들었다는 식으로 상상력을 가미해 쇠도 자르는 보검으로 설정하기도 했다. 하지만 문학 작품에 나오는 상상 속의 초월적 무기로 보는 것이 적당할 거야.

보고 깜짝 놀랐다. 거대한 장검인 줄 알았는데 고작 한 자쯤 되는 짧은 검이었기 때문이다. 칼자루에 일곱 개의 보석이 박힌 그 칼은 쇠도 단번에 자른다는 놀라운 보검이었다.

"이 보검이면 도적놈의 숨통을 끊을 수 있겠습니다."

그날 술자리는 그렇게 파했다. 대신들은 다음 날 벌어질 일을 생각하며 초조한 마음으로 집으로 돌아갔다.

큰일을 치를 생각에 밤새 잠을 설친 조조는 이튿날 아침 느지막이 일어났다. 그리고 왕윤에게 받은 칠성보도를 차고 동탁의 거처인 태사부로 나갔다. 누각 안으로 들어가자 몸이 불어 비대해진 동탁이 평상에 비스듬히 앉아 여포와 이야기를 나누고 있었다.

조조가 들어오자 동탁이 물었다.

"이제 오느냐? 왜 일찍 들어오지 않는 게야?"

밤늦게까지 왕윤과 술을 마시느라 늦었다고 말할 수는 없었다.

"타고 다니는 말이 시원치 않습니다. 죄송합니다."

그 말에 동탁이 여포에게 말했다.

"봉선아, 서량에서 올라온 말을 하나 골라 주도록 해라."

동탁이 큰 권력을 갖게 되자 그의 권력을 필요로 하는 사람들이 사방에서 좋은 말을 보내며 아첨을 떨었다. 그 말들 중 한 마리를 골라 주라는 말이었다.

"제가 좋은 놈으로 골라 오겠습니다."

무사라면 좋은 말을 보는 눈이 있는 법이다. 여포가 말을 고르러 나가자 조조가 회심의 미소를 머금었다. 지금이야말로 하늘이 준 기회였다. 여포가 자리를 비운 사이에 재빨리 칠성보도를 빼어 동탁을 찌르면 거사는 성공이었다. 하지만 동탁은 수많은 전장을 누비며 단련된 거구의 장수였다. 자칫 잘못하면 자기가 죽음을 맞을 수도 있었다. 더 완벽한 순간을 기다려야 했다.

"봉선이가 좋은 말을 가져오면 앞으로 그 말을 타고 다니도록 해라. 아이고!"

밤새 주연을 베푼 탓에 피곤했던 동탁은 하품을 하더니 평상 위에 모로 돌아누웠다. 다시없는 기회였다. 칠성보도를 꺼내 들고 두어 걸음 다가가 누워 있는 동탁의 등짝에 꽂으면 그만이었다. 조조가 허리에 찬 칼집에서 보검을 꺼내 치켜든 순간, 거울에 비친 칼을 든 조조를 보고 동탁이 고개를 홱 돌렸다.

"맹덕, 무슨 일이야?"

눈이 마주치자 조조는 들고 있던 칼을 공손히 두 손으로 동탁에게 바쳤다.

"제가 둘도 없는 보검을 구해 왔습니다. 이것을 상국께 바치려 하옵니다. 이 칼 좀 보십시오. 훌륭하지 않습니까?"

기가 막힌 재치와 순발력이었다.

"이리 줘 봐라."

조조가 짐짓 너스레를 떨며 동탁에게 칼을 올렸다. 동탁이 칼을 받아 요모조모 살피더니 말했다.

"칼자루에 칠보가 있고 날카롭게 벼려진 것이 정말 보기 드문 훌륭한 칼이로다. 이런 귀한 보검을 어디서 구했느냐?"

"힘들게 구했습니다. 상국께서 차고 다니며 호신에 쓰시면 더 바랄 나위가 없겠습니다."

"말을 주라 했더니 이런 보답을 하는구나."

동탁이 다시 칼을 들여다보는데 여포가 들어와 아뢰었다.

"말이 준비되었습니다."

동탁이 무거운 몸을 일으켰다.

"어디 한번 가서 보지."

누각 아래로 내려가자 말 한 마리가 당장이라도 달려갈 것처럼 투레 질을 해 댔다. 한눈에 보기에도 준마였다.

"역시 좋은 말로 잘 골랐구나."

조조는 본능적으로 이 말을 타고 도망가는 게 살길이라는 걸 알았다. 그래서 동탁 옆에 다가가 말했다.

"누가 안 된다면 제가 한번 타 보고 싶습니다."

"그래그래, 말이 몸에 맞는지 타 보도록 해. 여봐라, 맹덕에게 안장과 고삐를 갖다줘라."

하인들이 안장을 올리고 고삐를 매자 조조가 재빨리 말에 올랐다.

"이랴!"

고삐를 잡아채자 말이 상체를 일으키고 울음소리를 내더니 벼락처럼 내달렸다. 말이 순식간에 시야에서 사라지자 동탁이 흐뭇하게 웃으며 여포에게 말했다.

"어허, 보기보다 빠른 말일세. 자네에게 준 적토마만은 못해도 좋은 말로 골라 왔네."

"여부가 있습니까?"

얼마쯤 있다가 돌아올 줄 알았던 조조는 사라진 지 한참이 지나도 돌아오지 않았다. 이를 이상하게 여긴 여포가 동탁에게 물었다.

"조조가 돌아오지 않습니다. 혹시 제가 자리를 비운 사이에 무슨 일이 있었습니까?"

동탁이 자초지종을 말하자 여포가 눈을 매섭게 뜨고 고개를 외로 꼬았다.

"수상합니다. 조조가 딴마음을 품고 왔다가 뜻대로 안 되니까 칼을 바친다고 둘러대고 도망간 것 같습니다."

"설마 조조가 그러겠느냐?"

그때 모사 이유가 들어왔다. 동탁이 다시 한 번 아까 있었던 일을 얘기하고 나서 물었다.

"모사는 이 일을 어떻게 생각하는가?"

이유가 눈을 반짝이며 말했다.

"조조는 지금 가족들이 모두 고향에 있고 낙양에 혼자 올라와 있습니다. 그러니 사람을 처소로 보내 불러 보십시오. 조조가 다시 돌아온다면 보검을 바치려 한 게 맞을 테지만, 부름에 응하지 않는다면 분명히 상국을 해치려 한 것입니다."

"그게 확실하겠구나! 여봐라, 당장 조조를 불러오너라!"

동탁의 명이 떨어졌다. 조조를 부르러 갔던 부하들이 한참 만에 돌아와 아뢰었다.

"조조가 처소에 들르지 않았다고 합니다. 그런데 말을 타고 곧장 동문 밖으로 나가는 걸 봤다는 사람들이 있었습니다. 수문장이 어디로 가느냐고 막았지만 상국의 분부를 받고 간다고 검문도 뿌리치고 달려 나갔다고 합니다."

동탁은 화가 머리끝까지 치솟았다.

"내가 그토록 잘 대우해 주었건만 감히 나를 해치려 들어? 당장 조조를 잡아들여라!"

이유가 모사다운 대책을 내놓았다.

"이런 큰일은 혼자서 감행하기 힘듭니다. 분명 공모한 자가 있을 것입니다. 어떤 자와 공모했는지 알려면 조조를 사로잡아야 합니다. 전국 방방곡곡에 조조를 체포하라는 수배령을 내리도록 하십시오."

"그래, 그게 좋겠다. 이참에 내 말을 거역하는 놈들을 뿌리째 뽑아야겠다."

결국 조조는 현상금이 걸린 수배자가 되고 말았다. 조조를 잡거나 제보한 자에게는 일천금의 상금과 만호에 봉한다는 파격적인 방이 나붙었다. 물론 조조를 숨겨 주는 자는 같은 죄로 다스린다는 문구도 빠지지 않았다.

태사부를 빠져나온 조조는 죽을힘을 다해 말을 달렸다. 그저 고향 초군을 향해 정신없이 달리기만 했다. 그런데 죽모현을 지나다 관문을 지키는 군사들에게 사로잡히고 말았다. 허둥지둥 서두르는 조조를 수상쩍게 여긴 군사들이 체포한 것이다.

"잔말 말고 어서 말에서 내려라!"

조조는 현령 앞으로 끌려갔다.

"웬 놈인데 이곳을 통과하려 했느냐?"

"소인은 떠돌이 장사치입니다. 잃어버린 물건이 있어서 급히 찾으러 가는 길입니다. 제발 사정을 봐서 그냥 놓아주십시오."

현령이 조조의 얼굴을 유심히 살폈다.

"내 너를 안다."

조조는 어느새 이곳까지 자신을 수배한다는 동탁의 전령이 다녀갔나 싶어 깜짝 놀랐다. 그러나 내색하지 않고 펄쩍 뛰는 시늉을 했다.

"그, 그럴 리가 없습니다."

그런데도 현령은 너무나 태연했다.

"내 일찍이 낙양에 올라갔다가 너를 본 적이 있다. 너는 조조가 아니더냐?"

조조는 모든 것이 글렀음을 깨달았다.

"감히 나를 속이려 하다니, 괘씸하다! 이리 급하게 거짓을 고하고 관문을 빠져나가려 한 걸 보니 죄를 저지른 게 분명하다. 무슨 죄인지 알아보고 낙양으로 보내 상을 받아야겠다. 여봐라! 이놈을 잡아 온 병사들에게 술과 음식을 후하게 내리도록 하여라. 그리고 이놈은 옥에 가두어라. 당장 내일 낙양으로 올려 보낼 것이다."

조조의 목숨이 바람 앞의 촛불과 같은 신세가 되었다. 기껏 도망쳤다 어이없이 붙잡혀 낙양으로 압송될 처지에 놓인 것이다.

'아, 사내대장부 인생이 이토록 허망하게 끝나는구나. 차라리 그 자리

에서 동탁을 찌르기라도 했으면 여한이 없으련만.'

뒤늦은 후회가 밀려왔다. 결과적으로 판단을 잘못한 꼴이 되지 않았는가.

'내가 죽든 동탁이 죽든 거사를 행동에 옮겼다면 비록 실패해 죽더라도 청사에 이름을 남길 수 있었을 텐데, 이러지도 저러지도 못하고 잡혀 갇힌 꼴이라니……'

후회와 번민으로 잠을 이룰 수가 없었다.

밤이 깊어지고 사방이 고요할 때쯤 누군가 옥으로 찾아왔다.

"현령께서 찾으신다. 나를 따라와라."

현령의 심복 부하였다. 조조는 영문도 모른 채 옥문을 나서서 그를 따라갔다. 후원 누각에서 현령이 그를 기다리고 있었다.

"아까는 부하들 보는 눈이 있어서 심하게 다그쳤소이다. 실례를 용서하시오."

"괜찮소."

"내가 듣기에 동탁이 그대를 특별히 대우하고 좋은 관계를 유지했던 것으로 아는데, 어찌하여 이런 극단적인 상황을 맞게 됐소? 무슨 일을 벌인 것이오?"

처음 보는 현령에게 자신의 속을 내보일 수는 없었다. 넌지시 그동안 일이 진행된 과정을 알아내 더 큰 공을 세우려는 것이 아닐까 싶은 경계심이 발동했기 때문이다. 유혹에 넘어가 왕윤을 비롯한 대신들과의 일을 입 밖에 냈다가는 조정 대신 수백 명이 죽어 나갈 것이 뻔했다. 생각만 해도 끔찍했다.

"자네 같은 작은 고을 현령이 어찌 내 뜻을 알겠는가? 요행히 나를 붙잡았으니 상이나 받도록 하게. 귀찮게 여러 말 묻지 말고."

"모두 물러가라."

현령은 좌우에 있는 부하들을 물리친 뒤 단둘이 남자 다시 말했다.

"나를 무시하지 마십시오. 나는 아직 주인을 못 만났을 뿐입니다. 속된 벼슬아치라고 생각한다면 그건 나에 대한 모독입니다."

현령의 눈빛을 보니 맑고 깊기 그지없어 진정 그러한 마음을 품고 있는 이가 분명했다. 조조가 정색하고 대답했다.

"나에 대해 안다 하니 긴말 않겠소. 그동안 한나라의 녹을 먹은 몸으로 나라에 보답도 못 하고, 동탁 같은 자 밑에서 호의호식했다 한들 그게 무슨 부귀영화가 되겠소? 짐승이나 다름없는 짓이오. 동탁이 그동안 나를 가까이 둔 것은 내가 자기를 해칠 기회를 노린다는 것을 몰랐기 때문이오. 그러다 마침내 기회를 잡았는데 안타깝게 실패하고, 나는 도망가는 몸이 되고 말았소. 아직 하늘이 허락하지 않은 것이오."

조조의 말에 현령이 놀라는 눈치였다. 현령은 잠깐 생각하더니 말했다.

"제가 공을 풀어 준다면 어디로 가실 생각입니까?"

"고향으로 갈까 하오."

"고향으로 가서 어떤 일을 하시렵니까?"

"천하의 영웅들을 불러 모아 군사를 일으켜 동탁을 쳐야 하오. 이제는 그 도적놈의 권세가 비대해져 혼자 힘으로는 제거할 길이 없소."

그 말을 듣자 현령은 가슴 벅찬 표정으로 조조의 결박을 풀어 주었다. 게다가 윗자리에 앉힌 뒤 예를 갖추었다.

"내 여태까지 공과 같은 충신을 본 적이 없습니다. 부디 저를 거두어 주십시오."

조조도 벌떡 일어나 예를 갖추었다.

"그대 이름이 무엇인가?"

"제 이름은 진궁[†]이고, 호는 공대라 합니다. 벼슬을 버리고 공을 따르고자 합니다. 공의 충성이 저를 감동시켰습니다."

조조는 하늘이 자신을 돕는다고 생각했다.

그날 밤 진궁은 돈을 챙기고 조조의 옷을 갈아입힌 뒤 달랑 칼 한 자루만 메고 조조와 함께 도망쳤다. 고을 현령이 범죄자와 함께 달아난 셈이다. 그들은 말을 타고 사흘 밤낮을 내리 달려 성고 지방에 이르렀다. 온몸이 먼지투성이가 된 진궁을 바라보며 조조가 말했다.

"성고에는 내 부친의 의형제가 살고 있소. 이름은 여백사라고 하오. 집안의 안부도 물어볼 겸 하루 쉬어 가도록 합시다."

진궁도 고개를 끄덕였다.

"그러시지요."

말 타고 사흘을 달린다는 것은 체력을 보통 소모하는 일이 아니었다. 기운이 다 빠진 두 사람이 백사의 집으로 들어갔다. 안에 있던 여백사가 버선발로 뛰어나왔다.

"조카! 어찌 된 일인가? 지금 조정에서 자네를 잡겠다고 사방에서 난리가 났는데 여기까지 어떻게 왔나?"

"숙부님, 하늘이 도우셨습니다. 그나저나 저희 아버님은 어찌 되셨습니까?"

"자네 아버지는 진류 지방으로 몸을 피하셨네."

조조는 동탁을 살해하려다 실패한 일이며 도망 중에 있었던 일들을 자세히 들려주었다. 듣고 있던 여백사가 감탄했다.

"자네라면 능히 그러고도 남지."

"여기 있는 진궁 현령 덕에 제가 살았습니다. 아니면 저는 벌써 죽은 목숨이 되었을 것입니다."

그 말을 듣고 여백사가 예를 갖추었다.

"조카의 목숨을 살려 주셨구려. 이 은혜를 어찌 갚아야 할지."

"아닙니다. 제가 오히려 공의 충성심에 감동을 받았습니다."

"조씨 집안이 멸문을 당할 뻔했는데 어쨌든 큰 은혜를 베풀어 주셨습니다그려. 아무 걱정 말고 오늘 이 집에서 편히 쉬시오."

여백사가 두 사람의 잠자리를 봐주었다.

"술이 없어서 서쪽 마을에 가서 술 한 병 받아 올 테니 좀 기다리시게."

여백사는 술대접을 하겠다며 나귀를 타고 나갔다.

진궁은 이 작품에서와는 다르게 정사에서 조조의 충신으로 등장해. 그런데 《삼국지연의》에서는 나관중이 진궁의 스토리를 극적으로 만들었어. 역사 소설 작가들은 주인공의 드라마틱한 삶을 잘 드러내기 위해 정사의 흐름에 크게 어긋나지 않는 한 자유자재로 주인공을 재창조하지. 그 덕에 《삼국지연의》에서 진궁은 가장 창의적으로, 또한 극적으로 조조의 조연 노릇을 하게 된단다.

조조와 진궁은 침소에 누워 모처럼 편안하게 쉴 수 있었다.

해가 지고 서서히 어두워질 무렵, 문득 뒷마당 쪽에서 칼 가는 소리가 들렸다. 창에 귀를 대고 듣던 조조가 낮은 소리로 말했다.

"아무리 여백사가 부친의 의형제라고 하나 안심이 안 되는구려. 숙부혼자 어딜 갔는지 알 수도 없고, 뒤뜰에서 무슨 일을 하는지 보고 와야겠소."

두 사람은 뒤꿈치를 들고 뒷마당을 향해 소리 없이 다가갔다. 그때 초당 뒤에서 나지막한 소리가 들려왔다.

"묶은 다음에 죽이는 게 어떻겠어? 그냥 죽이면 발버둥 칠 텐데."

그 순간 조조의 눈에 살기가 돌았다. 자신과 진궁을 없애려는 수작이 분명하다고 생각했다.

"그럴 줄 알았어. 저들이 우리를 죽이려고 지금 칼을 가는 거요. 우리가 먼저 움직여야겠소."

조조는 진궁과 함께 소리 나는 쪽으로 달려가 누가 누구인지 확인할 새도 없이 칼을 휘둘렀다. 모여 있던 가족 여덟 명이 한순간에 칼에 찔려 주검이 되었다.

"부엌에 누가 있나 살펴보시게."

조조의 말에 진궁이 칼에 묻은 피를 허공에 뿌리며 부엌으로 들어갔다. 그 순간 진궁은 자리에 풀썩 주저앉았다.

"아뿔싸!"

부엌 바닥에 돼지 한 마리가 묶여 버둥대고 있는 것이 아닌가. 여백사의 가족들은 돼지를 잡으려 했던 것이다.

"이걸 보시오!"

조조가 다가와 살펴보더니 낭패한 얼굴이었다. 하지만 이미 엎지른 물이었다. 시간을 되돌려 죽은 사람을 살릴 수는 없었다.

"이 집을 떠납시다. 더는 머물 수가 없겠소."

두 사람은 채찍을 휘두르며 급히 말을 몰았다. 달려가면서 진궁은 가슴속 양심의 소리를 들어야 했다.

'조조의 지나친 의심 탓에 죄 없는 사람이 여덟 명이나 죽었구나.'

얼마쯤 말을 달리자 저만치 어둠 속에서 여백사가 나귀를 타고 오는 것이 보였다.

"조카, 어딜 가는 겐가? 아주 귀한 술을 구해 왔는데."

조조는 얼굴 표정 하나 변하지 않고 말했다.

"아무리 생각해도 수배자의 몸으로 한곳에 오래 머물 수가 없을 것 같습니다. 당장 떠나는 것이 좋겠습니다."

"이 사람아, 내가 돼지도 잡으라고 했는데 하룻밤도 안 묵고 떠나면 섭섭해서 어쩌나."

"그래도 그냥 가야겠습니다. 나중에 뵙겠습니다."

조조가 다시 말을 재촉했다. 여백사는 아쉬운 듯 물끄러미 바라보다 발길을 돌렸다. 달려가던 조조가 한참 만에 진궁에게 말했다.

"그대는 계속 앞으로 가시게. 내가 잠깐 볼일이 있소."

"무슨 일이기에……."

"뒤돌아보지 마시오."

진궁이 말을 달릴 때 조조는 말을 돌려 여백사를 향했다. 여백사는 터덜터덜 나귀를 타고 집으로 가고 있었다. 뒤에서 말발굽 소리가 나자 어둠 속에서 여백사가 고개를 돌렸다.

"누구신지……?"

순간 조조는 그대로 달려들어 한칼에 여백사를 베어 땅바닥으로 떨어뜨렸다. 마침 진궁이 고개를 돌려 그 장면을 보고 말았다.[†]

진궁이 다가와 조조에게 소리쳤다.

"대체 이게 무슨 짓이오? 아까는 모르고 한 짓이지만 우리를 도우려한 여백사마저 죽인 까닭이 뭐요?"

"여백사가 집에 돌아가 몰살당한 가족을 보면 제정신이겠소? 무리를 데리고 쫓아오거나 관가에 알려 우리를 쫓게 하지 않겠소? 우리가 살려면 다른 방법이 없소. 미안하지만 죽일 수밖에."

"어떻게 이렇게 선량한 분을 함부로 죽인단 말이오?"

진궁의 눈에서 눈물이 흘렀다. 하지만 조조는 아랑곳하지 않고 차갑게 말했다.

"내가 천하를 배반할지언정 천하의 사람들이 나를 배반하는 것은 용납할 수 없소이다!"

그 말 한마디가 조조의 모든 것을 설명해 주었다. 조조의 본심이 그랬기 때문이다. 진궁은 할 말을 잃고 입을 다물었다.

두 사람은 밤새 말을 달려 객잔에 들어가서야 잠을 청할 수 있었다. 배불리 밥을 먹은 조조는 금세 곯아떨어졌다. 지난밤 사람을 여럿 죽인 자라고는 도무지 믿을 수 없었다. 잠들지 못해 뒤척이던 진궁은 머릿속이 복잡했다.

'이런 자를 믿고 따르다니, 내가 제정신인가? 벼슬마저 내던지고 가족과 처자들은 죽을 지경이 되었는데. 이자는 승냥이나 마찬가지야. 오로지 출세만 바라는 간사한 인간이 아니던가. 이런 자를 내버려 두면 반드시 나라에 해가 돼.'

진궁은 조조를 없애야 되겠다고 생각해 칼을 뽑았다. 그러나 잠자는 조조의 목을 겨눈 칼이 파르르 떨렸다. 감정의 동요가 일어난 것이다. 진궁은 한편으로 이런 생각이 들었다.

'나라를 위한답시고 이자를 풀어 주고 여기까지 따라왔는데, 지금 이자를 죽이는 것이 과연 나라를 위하는 일일까? 이까짓 짐승 같은 놈 하나 죽인다고 나라가 좋아진다는 보장이 있기라도 한단 말인가? 아서라, 다 부질없도다. 그냥 나 혼자 떠나야겠다.'

진궁은 날이 밝기 전에 소리 없이 방을 나섰다.

조조가 아침에 눈을 떴을 때 진궁은 사라지고 없었다. 자신이 어질지 못하고 의리 없는 사람임을 깨닫고 떠났다는 사실을 모를 리 없는 조조였다. 자신을 죽이지 않고 떠난 것은

여기서 잠깐!!

이 작품을 읽으면서 가장 답답하고 화나는 대목이지. 그리고 동시에 조조의 극악무도함이 잘 드러난 사건이기도 하고. 하지만 정사에 따르면 여백사는 조조가 찾아왔을 때 집에 없었어. 그러니 조조에게 죽었을 리도 없어. 이 또한 나관중이 조연 역할을 하는 여백사를 조조의 이기적이며 잔인한 결단력을 보여주는 일화의 희생양으로 만든 거야. 뛰어난 창의성으로 허구의 스토리를 만든 거지.

고마운 일이지만, 달리 그를 찾는다고 시간을 허비할 수는 없었다.

　서둘러 말을 달린 조조는 진류 땅에 도착해 아버지를 만났다. 조조가 그동안 일어난 일을 자세히 아뢰고 나서 말했다.

　"아버님, 온 재산을 털어서라도 의병을 모아야 합니다. 동탁을 이대로 두면 더 큰 화를 입습니다. 우리 집안은 이래 죽으나 저래 죽으나 화를 당하기는 마찬가지라 결단을 해야 합니다."

　조조는 아버지의 도움을 받아 마침내 군사를 일으킬 결심을 하기에 이르렀다.

8
천하 제후들의 결집

북평 태수 공손찬은 날랜 병사들을 골라 일만 오천 명을 데리고 낙양을 향해 진군했다. 덕주 지역의 평원현을 지날 때였다. 군사들이 지치고 힘들 무렵 뽕나무 숲에서 말 탄 장수 몇이 나와 그들 쪽으로 다가왔다. 앞에 선 사람은 낯이 익었다.

"아니, 그대는?"

"형님, 접니다."

반갑게 달려온 사람은 유비였다. 관우와 장비가 좌우에서 그를 호위했다.

"아우가 어쩐 일로 여기까지 왔는가?"

공손찬과 유비는 노식 문하에서 함께 공부한 사이였다. 공손찬이 힘을 쓴 덕분에 유비는 황건군을 무찌른 공로를 인정받아 평원 현령으로 지내고 있었다.

"형님 덕에 이곳 현령으로 지내고 있잖습니까?"

"아하, 그랬구먼. 그나저나 내가 군사들을 이끌고 가는 건 어찌 알았는가?"

"저도 세상 돌아가는 소식은 들으면서 삽니다. 형님께서 이 부근을 지날 거라는 소식은 진작 들어서 알았지요. 잠깐 성으로 들어가셔서 말에게 물도 주고 군사들도 좀 쉬게 하는 게 어떻겠습니까?"

"듣던 중 반가운 소릴세. 안 그래도 지쳐 가던 참인걸. 그런데 이 두 장수가 자네가 얘기하던 의형제들인가?"

"맞습니다. 관우와 장비입니다."

"아, 황건적을 토벌할 때 놀라운 무공을 자랑했다는 그 동생들이군. 그래, 지금은 어떤 벼슬을 갖고 있나?"

유비가 쑥스러워하며 말했다.

"장비는 보병을 훈련시키는 보궁수, 관우는 기마병을 훈련시키는 마궁수에 불과합니다."

공손찬이 안타까움에 절로 탄식이 나왔다.

"아, 세상이 어지러워 천하의 영웅들이 이렇게 푸대접을 받는구먼. 아우도 그까짓 벼슬 때려치우고 나와 함께 역적을 무찌르러 가지 않겠나?"

유비가 기다렸다는 듯이 말했다.

"사실 제가 바라던 게 바로 그것입니다."

그 말에 장비도 신이 나서 앞으로 나섰다.

"형님, 그때 내가 동탁을 죽여야 한다고 하지 않았소? 내 말대로 그놈을 죽였으면 지금과 같은 일은 없었을 거요."

관우가 장비를 만류했다.

"이 사람아, 이제 와서 지난 얘기 하면 뭐 하나? 지금이라도 힘을 합쳐 역적 무리를 소탕할 준비를 하도록 하세."

유비는 당장 벼슬자리를 내놓고 자신을 따라가겠다는 소수 장병만 거느린 채 공손찬의 군대에 합류했다. 그 군대가 향하는 곳은 영웅들이 모이기로 한 낙양이었다.

전국 각지의 영웅들이 낙양을 향해 몰려가는 데는 이유가 있었다. 고향으로 도망간 조조가 의병을 모집하는 격문을 써서 전국의 제후들에게 뿌렸기 때문이다.

나 조조는 기울어져 가는 황실을 구하기 위해 천하에 고하노라. 지금 동탁이라는 도적이 하늘을 속이고 땅을 더럽히며 백성을 도탄에 빠뜨리고 있다. 뿐만 아니라 이미 황제를 죽이고 궁중을 어지럽혔다. 사납고 어질지 못함이 극에 달해 그 죄악이 하늘에 닿을 지경이 되었다.

황제께서 비밀리에 도움을 청하사 흉악한 도적놈들을 좇아내기를 부탁하셨다. 이에 나는 분연히 떨쳐 일어나 나라를 구하려 한다. 뜻이 있는 자들은 모두 모여 도탄에 빠진 백성을 구하고 원한을 갚아 황실을 지키도록 하자.

피가 끓는 격문이었다. 물론 황제가 도움을 청했다는 말은 거짓이다. 조조가 잔머리를 굴린 것이다. 황제가 비밀리에 부탁했다 하나 비밀의 진실을 아는 사람은 이 세상 어디에도 없었다. 조조의 격문을 읽고 각지의 제후들이 저마다 군사를 일으켰다. 천하의 영웅들이 다 한곳으로 몰려드는 격이었다.

조조는 진류 지역의 큰 부자인 위홍이라는 사람의 재물을 지원받기로 했다. 동탁을 타도해야 한다고 설득하자, 위홍이 흔쾌히 돕겠노라 약속한 것이다. 사실 부호들이 전쟁을 지원하는 것은 일종의 투자에 가까웠다. 더 큰 재물을 얻기 위해 싹수가 있어 보이는 영웅들을 후원하고 나중에 보답받는 것이 그들의 후원 방식이었다. 조조는 든든한 후원자를 얻자 의기양양하게 조서를 써서 의병을 모았다. 동탁을 타도하자는 기치 아래 영웅들이 구름처럼 몰려들었다.

그때 조조 밑으로 모여든 장수가 악진과 하후돈, 하후연 같은 형제뻘이라 할 만한 이들이다. 조조의 부친 조숭은 하후씨의 자손으로 환관인 조등의 양자로 들어갔다. 그러니까 조조도 원래 하후씨 집안사람이었다. 여기에 더해 양자로 간 조씨 집안 형제들도 몰려왔다. 그들도 무예가 출중한 자들이었다. 위홍이 큰돈을 보탠 데다 각지에서 힘을 더해 주는 이들이 모여들었다.

조조의 격문에 전국의 제후들이 몰려든 까닭은 저마다 다른 계산이 있어서다. 중앙의 사대부들은 대부분 동탁 밑에서 아부나 하고 자신의 뜻을 못 펴는 신세가 되었지만 지방의 제후들은 호락호락하지 않았다. 동탁과의 전쟁에서 승리하면 천하를 손아귀에 쥘 수도 있다는 일말의 가능성이 있었다.

가장 먼저 움직인 사람은 발해의 원소였다. 군사를 일으킬 틈을 노리던 원소는 기회는 이때다 하고 삼만 군사를 이끌고 발해에서 낙양으로 진군했다.

공손찬 일행이 낙양 부근에 진을 친 조조의 막사에 다다르자 다른 제후들도 속속 도착했다. 조조를 포함해 모두 열여덟 명의 제후[†]가 모였고, 진을 친 군사들의 행렬은 무려 이백 리에 이를 정도였다.

"어서들 오시오. 환영합니다!"

조조는 모여드는 군사들에게 음식을 베풀고 제후들과 함께 작전 계획을 의논했다. 모든 집단에는 지도자가 필요한 법이다. 우두머리부터 뽑아 그의 지도에 따라야만 일사불란한 집단이 되기 때문이다.

조조가 제후들 앞에 나섰다.

"전국 각지에서 군사를 이끌고 오신 여러분, 수고 많으셨소이다. 자고로 막강한 군대에는 훌륭한 장수가 있는 법이오. 우리도 오합지졸이 아니기 때문에 유능한 지도자를 뽑아야 합니다."

여기서 잠깐!!

아쉽게도 정사에는 열여덟 명의 제후가 모였다는 기록이 없어. 그렇기에 조조가 가짜 조서를 만들어 군사를 모은 일이나 원소를 맹주로 천거한 일 등등은 모두 허구가 될 수밖에 없지. 정사를 뒤져 보면 비슷한 사건으로 산조라는 지역에서 유대, 공주, 장막, 교모, 장초, 이 다섯 제후가 모였다는 이야기가 있어. 동탁을 몰아내려는 제후들의 싸움을 나관중은 제후의 숫자를 늘리고 장소도 낙양으로 바꿔 흥미진진하게 전개하고 있는 거지.

"옳은 말씀이오!"

다들 조조의 말에 공감했다.

"외람되지만 이렇게 모이도록 격문을 보낸 자로서 먼저 의견을 말씀드리겠소. 이 몸은 발해 태수 원소 공을 추천합니다. 조상 대대로 삼공을 배출하고 문중에서 관리도 많이 나왔을 뿐 아니라 한나라 명재상의 후예니, 우리가 맹주로 받드는 데 부족함이 없다 생각하오."

"좋소! 원소는 낙양 시절에 동탁에게 칼을 겨눠 맞대응할 만큼 용감한 인물이오."

여기저기서 찬성의 목소리가 울렸다.

그러나 원소는 사양했다.

"나같이 부족한 자가 어찌 맹주가 된단 말입니까?"

"아닙니다. 원소 공이 아니면 안 됩니다."

동양의 미덕은 추천하고 추대한다고 덥석 그 자리를 받아들이지 않는다. 원소는 몇 번이고 사양했다. 하지만 모든 제후가 이구동성으로 추대하자, 결국 못 이기는 척 맹주의 자리를 받아들였다.

"이로써 원소 공이 우리의 맹주가 되셨소!"

조조가 씩씩하게 선언했다. 그러자 원소가 단에 올라 향을 피우고 하늘에 맹세하는 제사를 올렸다.

"…… 불행하게도 한나라 황실이 존엄을 잃고 그 틈에 역적 도당이 활개를 쳐서 그 화가 황제에게 미치고 백성들에게 미쳐 나라가 망할 지경에 이르렀다. 이에 보고만 있을 수 없어 각 제후들이 의병을 모으고 동맹을 맺어 국난을 이겨 낼 것을 맹세하오니, 천지신명께서 굽어살펴 주소서."

원소가 제문을 읽고 피를 마시자 지켜보던 사람들은 저마다 감정이 북받쳐 어깨를 들썩이기도 했다. 제후들은 직위와 나이에 따라 각자 자리에 앉은 뒤 앞으로 나아갈 일을 논의했다.

먼저 맹주가 된 원소가 한마디 했다.

"재주는 없지만 이 몸이 여러분의 추대를 받아 맹주가 되었으니 군령을 세우겠소. 공이 있는 자에게는 상을 줄 것이고, 죄가 있으면 반드시 벌할 테니 공정함에 절대 의혹이 없도록 하겠소. 제후들도 반드시 이걸 지켜서 어긋나는 일이 없도록 해주기 바라오."

"명령을 따르겠소이다!"

우렁찬 함성이 막사 안에 울려 퍼졌다.

작전 계획을 짤 때 선봉을 정하는 문제가 대두되었다. 모든 싸움에서 선봉은 무예가 가장 출중하고 용맹한 자들이 맡는 법이다. 기다렸다는 듯 가장 나이 어린 장사 태수 손견이 나섰다.

"저에게 선봉을 맡겨 주십시오. 이 한 몸 바치겠습니다."

원소가 흐뭇한 표정을 지었다.

"그대의 용맹함은 우리 모두 이미 알고 있소. 이 일을 충분히 해내리라 믿소."

그리하여 손견은 군사들을 이끌고 낙양의 동부 관문인 호뢰관으로 출발했다. 호뢰관을 지키던 장수는 파발마를 보내 낙양의 동탁에게 이런 소식을 알렸다.

날마다 술잔치에 빠져 있던 동탁에게는 날벼락 같은 소식이었다. 제후들이 군사를 끌고 온다는 말을 듣고 동탁은 장수들을 모아 대책을 논의했다. 그가 믿을 장수는 여포뿐이었다.

"아버님, 조무래기 몇백 명이 몰려온다 한들 그들이 무엇을 하겠습니까? 제가 날쌘 군사들을 이끌고 가서 그놈들의 목을 싹 쓸어 성문 위에 걸어 놓겠습니다."

동탁은 여포 말만 들어도 속이 시원했다.

"옳거니! 그게 바로 봉선이가 할 일이란 말이지."

그때 거구의 장수가 끼어들었다.

"잠깐! 어찌 닭 잡는 데 소 잡는 칼을 쓰려 하십니까? 제가 주머니에서 물건 꺼내듯 손쉽게 녀석들 목을 따 오겠습니다."

돌아보니 화웅이었다. 관서 사람인 그는 용맹하고 무예가 출중했다. 동탁은 그 자리에서 그의 벼슬을 올려 주고 기병과 보병 오만 명을 내주었다.

이때 동탁을 치러 온 제후들은 나라를 구한다는 일념으로 가득 차 있으면서도 한편으로 남보다 먼저 공을 세워 자신의 입지를 단단히 하고자 했다. 손견이 선봉이 된 것을 불만스럽게 여겼던 포신 또한 이번 출정을 그런 기회로 삼으려 손견보다 먼저 호뢰관에 닿았다. 그는 동생인 포충을 앞세워 화웅과 첫 대결을 벌였다. 그러나 포충이 화웅의 상대가 되기에 미약했는지 공세 한 번 취하지 못하고 단번에 목이 떨어졌다. 첫 승리를 동탁에게 내주고 만 것이다.

손견은 내친 김에 호뢰관 앞에 이르렀다. 은빛 갑옷을 입고 멋진 말에 올라탄 그가 목청껏 외쳤다.

"동탁의 조무래기들아! 이제라도 항복하면 목숨은 살려 주마!"

손견이 싸움을 걸자 관문이 열리고 군사들이 쏟아져 나왔다. 먼저 화웅의 부장인 호진이 오천 군사와 함께 맹렬한 기세로 달려 나왔다. 그러나 굳건하게 대오를 형성한 손견의 군진을 뚫지 못했다. 손견이 승세를 잡고 군사를 몰아 돌격하자, 이번에는 화살이 빗발치듯 쏟아져 더 전진할 수 없었다.

손견이 물러나 군사를 정비한 뒤 비로소 원소에게 승전을 알리고, 원술에게 군량미를 보내 달라는 전갈을 보냈다. 이때 군량미를 관리하는 임무는 원소의 사촌 동생인 원술이 맡고 있었다. 그런데 원술 밑에 잔꾀를 부리는 부하가 있었다.

"장군, 손견이 공을 세우는 것을 도와주려는 것입니까?"

"그게 무슨 말이냐?"

욕심을 부리기로 치자면 원술도 누구 못지않은 장수였다.

"손견은 강동의 호랑이라 불리는 자입니다. 그자가 혹시라도 먼저 낙양을 점령하고 동탁을 죽여 공을 세운다면 어떤 일이 벌어지겠습니까? 하진의 경우를 보십시오."

십상시 세력을 누르고 권력을 잡은 하진, 하진 세력을 누르고 권세를 장악한 동탁이었다. 동탁이 권세를 잃으면 또 그 자리를 누군가 채울 것이다. 셈이 빠르지 않은 원술이지만 그 정도는 알고 있었다. 원술이 고개를 끄덕이자 부하가 말했다.

"이건 늑대를 몰아내고 호랑이를 앉히는 격입니다. 손견에게 군량미를 보내지 마십시오. 그러면 군사들이 동요할 것입니다."

원술은 부하의 술책을 받아들였다. 당시 제후들은 힘을 합친다고 했지만 사실 저마다 꿍꿍이속을 가진 야망가들이었다. 원술이 군량과 말먹이인 마초를 보내지 않자 손견의 군사들은 굶주림에 싸울 의욕마저 잃었다.

이런 사실을 알게 된 화웅은 이숙의 계책대로 기습을 결정했다. 군사들을 배불리 먹인 뒤 날이 저물 무렵 공격을 시작했다. 정신없이 북을 치고 불을 놓고 함성을 지르며 공격하자, 배가 고파 사기가 떨어진 손견의 군사들은 허둥지둥 진을 구축하기에도 벅찬 상황이 되었다. 장수들이 분전하는 와중에 손견이 화살을 쏘며 대항하는데도 화웅은 거세게 밀어붙였다. 전세가 불리해지자 손견이 말을 타고 후퇴하려는데 어느새 화웅이 앞을 막아섰다.

"저자가 손견이다! 손견을 잡아라!"

군사들이 붉은 두건을 쓴 손견을 표적 삼아 공격해 들어왔다. 그 모습을 본 손견의 부하 조무가 다급히 말했다.

"장군, 두건을 제게 주십시오. 제가 쓰겠습니다."

손견은 두건을 벗어 주고 도망쳤다. 그런 줄도 모르고 화웅은 붉은 두건을 표적 삼아 달려갔다. 결국 손견은 적을 따돌렸지만, 조무는 손견 대신 장렬하게 죽고 말았다.

대패한 손견이 진지로 돌아와 맹주 원소에게 이런 사실을 알렸다. 패전을 보고받은 원소가 깜짝 놀라 제후들을 모았다.

"손견이 화웅에게 패했소. 어찌 이럴 수 있단 말이오?"

"얼마 전에 포신이 군율을 어기고 마음대로 동생을 내보냈다가 패하더니 이제 손견까지 패하고 말았소. 장차 이 상황을 뚫고 나갈 장수가 없단 말인가?"

제후들이 입을 다물었다. 그때 공손찬 뒤에 서 있던 낯선 세 장수가 원소의 눈에 들어왔다. 심각한 상황을 심각하게 받아들이지 않고 그저 태평하게 서 있는 모습에 심기가 거슬렸다.

"저자들은 누구요?"

"아, 소개가 늦었군요."

공손찬이 유비를 앞으로 내세웠다.

"이 사람은 평원 현령을 지낸 유비 장군으로 저와 동문수학한 사이입니다."

조조는 유비의 이름을 기억하고 있었다. 범상치 않은 자라는 것을 잊지 않았던 것이다.

"오, 도적 떼를 소탕하던 유현덕 아니시오?"

"맞습니다."

공손찬은 기회는 이때라는 듯 유비와 관우, 장비가 세운 공과 황실의 후손이라는 점을 알렸다. 유비가 영웅들의 세계에 처음으로 존재를 드러낸 것이다.

이야기를 듣고 난 제후들이 옆에 앉을 것을 권했다.

"그렇다면 황실의 종친이군요. 이리 와서 앉으시지요."

유비는 사양했다.

"아닙니다. 제가 어찌 감히 그 자리에 앉겠습니까?"

"자네 벼슬을 대접해 그러는 게 아닐세. 황실의 종친이기 때문에 앉으라는 것이야."

유비가 마지못해 한 자리를 차지하고 앉자 관우와 장비가 그 옆으로 가서 호위했다. 그때 전령이 달려와 화급하게 보고했다.

"화웅이 진지 앞까지 다가왔습니다. 기병대를 이끌고 와서 손견 태수의 붉은 두건을 걸어 놓고 갖은 조롱을 하고 있습니다. 싸움을 청하는데 어찌하면 좋습니까?"

원술의 등 뒤에 서 있던 장수 유섭이 앞으로 나섰다. 앞선 패전에 원술이 어느 정도 책임이 있기에 가만히 있을 수가 없었다.

"제가 갔다 오겠습니다."

"오, 그래! 나가서 무찌르고 오라."

원술의 독려 속에 유섭이 말을 타고 의기양양하게 출전했다. 제후들은 이번에는 화웅의 기세를 꺾으리라 기대했다. 그러나 얼마 지나지 않아 큰 탄성이 울리고 곧이어 전령이 달려와 아뢰었다.

"유섭 장군이 삼 합 만에 화웅에게 목숨을 잃었습니다."

연합군의 제후들은 씁쓸한 얼굴이 되었다. 이런 싸움에서 수하 장수가 용맹을 떨치는 것은 곧 제후의 낯을 세워 주는 일이었다. 반면에 무참히 패하면 제후의 능력이 모자란다는 것을 만천하에 알리는 꼴이 되어 버린다. 그런 정황을 모를 리 없는 원술은 얼굴이 붉으락푸르락했다.

그러자 기주 자사 한복이 수하 장수를 내보냈다.

"반봉을 내보내겠습니다. 능히 화웅의 목을 벨 것입니다."

그러나 호기롭게 나선 반봉 역시 화웅에게 맥없이 당하고 말았다. 원소는 긴 탄식을 했다.

"아, 이럴 수가 있나. 내 수하 장수 안량과 문추가 있었어야 하는데. 그랬다면 화웅 따위는 문제가 아닌 것을."

제후들이 서로 머뭇거리며 눈치를 보고 있을 때였다. 막사 구석에서 우렁우렁한 목소리가 울려 퍼졌다.

"제가 가서 화웅의 머리를 베어다 바치겠습니다."

제후들이 일제히 돌아보았다. 긴 수염에 대춧빛 얼굴을 한 남루한 장수가 그곳에 서 있었다.

"저자는 누구인가?"

원소가 묻자 공손찬이 대답했다.

"유비의 의형제 관우라 합니다."

"저자의 벼슬이 무엇이오?"

"유현덕 밑에서 마궁수로 있습니다."

관우의 대답을 들은 원소가 어이없다는 듯 소리쳤다.

"여러 제후 수하에 아무리 장수가 없기로서니 궁수 따위가 어디서 감히 나서느냐? 저자를 당장 끌어내라!"

좌중의 분위기가 한순간 썰렁해졌다. 동탁을 치기 위해 전국에서 영웅들이 모였다고 하지만, 막상 드러난 전력이 이 정도밖에 안 되는가 싶어 스스로 위축되었던 것이다.

이때 분위기를 깨며 한 사람이 앞으로 나섰다. 이미 관우의 명성을 보고 들은 조조였다.

"너무 노여워 마십시오. 저자가 저렇게 큰소리치는 데는 다 이유가 있을 겁니다. 나가서 이기지 못하면 그때 벌을 줘도 늦지 않을 테니, 일단 내보내는 게 어떻겠소?"

"아무리 장수가 궁하다 해도 이런 판국에 마궁수 따위를 내보냈다간 웃음거리가 될 뿐이오."

원소는 대대로 고위 관리를 배출한 귀족 출신이라 싸움의 격과 모양을 따졌다. 반면에 조조는 이 상황을 실용적으로 바라보았다.

"적들이 관우라는 자가 장수인지 마궁수인지 어찌 알겠습니까? 꿩 잡는 게 매 아니겠소이까?"

두 사람의 말을 듣고 있던 관우는 자존심이 상했다. 자신이 비록 초야에 묻혀 있지만, 이들이 자신의 실력을 알아보지 못하고 함부로 지껄이는 소리가 고까웠다.

"여러 제후께 감히 아룁니다. 만약 제가 적을 이기지 못하면 제 목을 내놓겠습니다."

싸움에 나서서 적을 이기지 못한다고 목을 내놓겠다는 장수는 일찍이 없었다. 그 말에 제후들의 반발이 한풀 꺾였다.

조조가 따끈한 술을 건네주었다.

"자, 술 한잔 마시고 나가시게."

"술은 놔두십시오. 갔다 와서 마시겠습니다."

관우는 바깥으로 나가자마자 그대로 말에 올라 달려갔다. 연합 군사들은 다시 북을 치고 함성을 울렸다.

"몇 합 만에 목이 떨어질지 모르겠군."

제후 중 한 사람이 중얼거렸다. 또 어떤 제후는 다음에 누가 나가야 하나 싶어 눈치를 살폈다. 장수가 나가서 패할 때마다 군사들의 사기가 나락으로 떨어지기 때문에 더 패했다가는 후속 대책이 없을지도 모를 일이었다.

"와아아아!"

"아아아!"

밖에서 두 갈래 함성이 일었다. 승리를 기뻐하는 함성과 안타까움을 드러내는 탄성이었다. 승부가 갈린 것이다.

관우가 화웅[†]에게 당했을 거라 여긴 제후들은 실망으로 얼굴빛이 굳어졌다. 이윽고 말발굽 소리가 나고 전령이 달려 들어오리라 여겼다. 보나마나 관우가 죽었다는 소식일 터였다. 그런데 전령보다 더 빠르게 막사로 들어온 사람은 다름 아닌 관우였다. 관우는 피투성이인 화웅의 목을 보란 듯이 바닥에 던졌다. 피비린내가 막사에 확 풍겼다.

"화웅의 목이 여기 있소이다. 술은 아직 식지 않았겠지요?"

관우는 아직도 온기가 남은 술을 단숨에 들이켰다.

"헉!"

제후들은 그 자리에 얼어붙었다. 송곳은 아무리 감싸도 그것을 뚫고 나오는 법이다. 조조

정사에 따르면 화웅은 사실 손견에게 죽임을 당했어. 그런데 《삼국지연의》에서는 관우에게 죽은 것으로 그려지고 있지. 왜 그럴까? 관우라는 영웅을 만들기 위해 역사적 사실을 살짝 비틀어 놓은 거야. 화웅 또한 관우에게 죽은 인물로 그려짐으로써 관우의 명성에 붙어 다니는 인물이 되었어.

는 자신이 사람을 제대로 봤다며 크게 기뻐했다.

"역시 듣던 대로구려. 유공의 아우님들은 대단한 무공을 가지고 있소이다!"

"과찬이십니다."

유비가 겸양의 덕을 말하는데 장비가 나섰다.

"이 기회를 놓치지 말고 어서 호뢰관으로 쳐들어갑시다!"

싸움을 아는 장비였다. 승기를 잡았을 때 몰아치면 이길 확률이 훨씬 높다는 것을 말이다. 그러나 자존심이 크게 상한 제후들, 특히 원술은 싸울 마음이 없었다. 원술이 벌떡 일어나 말했다.

"한 나라의 대신인 나도 겸손한데, 어찌하여 현령 밑에 있는 자들 따위가 건방지게 나댄단 말인가? 싸우고 말고는 우리가 결정하느니라. 저 자들을 모두 끌어내라!"

그러자 다시 조조가 나서서 말렸다.

"적을 앞에 두고 공로가 있는 이들에겐 상을 주는 법이오. 어찌 귀천만 따지겠소?"

원술은 도둑이 제 발 저린다고 자리를 박차고 일어섰다.

"이따위 현령들을 중히 여긴다면 나는 한순간도 여기 머물고 싶지 않소이다."

원술의 뒷모습을 보고 조조가 혀를 찼다. 몇몇 제후는 관우의 활약으로 뒤집어 놓은 전세를 등에 업고 화웅을 잃어 우왕좌왕하는 동탁의 군사들을 몰아쳐 승리를 맛보았다.

그날 밤 조조는 남몰래 유비에게 술과 고기를 보내 세 사람을 위로했다. 그는 특히 관우의 놀라운 무공을 무척 탐냈다. 하지만 유비에 대한 충성심을 보고 그저 입맛만 다셨을 뿐이다.

패전한 화웅의 군사들은 흩어져 관으로 돌아가 전황을 보고했다. 동탁이 화를 내며 여포와 이유를 불렀다.

"져서는 안 되는 싸움에서 패배했다. 화웅이 죽었어!"

이어 심복 부하인 이각과 곽사에게 명령했다.

"적의 맹주인 원소의 숙부 원외가 지금 조정의 태부로 있다. 그자가 원소와 내통해 내부에서 말썽을 피우면 골치 아프니 직접 처단하라!"

명에 따라 이각과 곽사가 군사들을 데리고 원외의 집을 찾아가 남녀노소 가리지 않고 죽이고 원외의 목을 관문 위에 높이 매달았다.

동탁은 후속 대책으로 이십만 군사 중 일부를 이각과 곽사에게 주면서 호뢰관을 지키되 싸움을 벌이지 말라 이르고, 나머지는 이유, 여포 등과 함께 자신이 직접 거느리고 관문 아래에 영채를 세웠다. 이를 본 원소는 제후들과 상의한 뒤 여덟 제후가 호뢰관을 치기로 결정했다.

동탁 쪽에서 여포가 삼천 명의 군사를 이끌고 본격적인 전투태세로 전환하자, 성급한 연합군 장수 몇이 나서서 여포에게 싸움을 걸었다. 가장 먼저 나섰다가 개죽음당한 장수는 하내 태수 왕광 휘하의 명장 방열이었다. 그는 힘 한번 못 써 보고 여포의 창에 목이 떨어졌다. 이어 장수몇이 더 나섰지만 여포의 상대가 되지 않았다. 장수들 목이 떨어질 때마다 군사들이 지리멸렬하여 흩어졌다. 이 장수 저 용사가 패기 있게 나섰지만 결과는 마찬가지였다. 어느 누구도 여포의 상대가 안 되었다. 연합

군 군사들은 적토마에 오른 여포가 방천화극을 휘두르는 모습만 보고
도 오금이 저릴 지경이었다.

제후들이 혀를 내둘렀다.

"여포를 이길 수가 없소이다. 용력을 당할 자가 없어요."

여포만 없앤다면 승리는 시간문제였지만 바로 그 여포를 없애는 것
이 문제였다.

제후들이 당황하여 머뭇거리는데 여포가 군사들을 거느리고 와 싸움
을 청했다. 이번에는 공손찬이 나설 수밖에 없었다. 단단히 무장한 공손
찬이 앞으로 나서서 여포와 몇 합을 겨루었다. 그러고 나서 곧 깨달았
다. 자신은 상대가 되지 않는다는 것을. 공손찬은 말머리를 돌려 후퇴했
다. 그러나 쫓아오는 말은 최고의 명마 적토마가 아니던가! 여포의 방천
화극이 허공을 가르며 공손찬의 목을 치려는 순간이었다. 천둥 같은 고
함과 함께 한 장수가 말을 타고 달려들었다.

"이놈, 은혜를 원수로 갚는 더러운 놈! 내 창을 받아라!"

호랑이 수염을 곤두세운 채 장팔사모를 휘두르는 장비였다. 들도 보
도 못한 촌뜨기 장수에게 모욕을 당한 여포가 머리끝까지 화가 치밀었
다. 일단 공손찬은 놔두고 말을 돌려 장비에게 달려들었다.

"이런 돼지 같은 놈, 그 입을 다시는 못 놀리게 해 주마!"

장비의 장팔사모와 여포의 방천화극이 허공에서 맞부딪쳤다. 천둥과
번개가 치듯 섬광이 번득였다. 창날이 눈에 보이지 않을 만큼 빠르게 휘
돌아가고 창대가 맞부딪쳐 둔탁한 소리를 냈다. 마치 용과 호랑이가 겨
루는 형국과 같았다. 오십여 합이나 맞붙었지만 좀처럼 승부가 나지 않

았다. 진을 빼는 싸움 끝에 장비가 밀리는 듯하자 관우가 청룡언월도를 휘두르며 달려들어 우렁차게 소리를 질렀다.

"이놈, 여포야! 내가 너를 저승에 보내 주마!"

긴 수염을 휘날리며 달려오는 관우를 보고 여포가 맞받아쳤다.

"오냐, 내가 두 놈 다 상대해 주마!"

말은 호기롭게 내뱉었지만 두 장수를 맞아 상대하기가 힘에 부치는 모양새였다. 그도 그럴 것이 황건군과 맞서 싸우며 무술 실력을 더욱 갈고 닦은 관우와 장비가 아니던가. 이때 유비마저 쌍고검을 휘두르며 말을 몰아쳐 왔다. 삼 형제가 여포를 궁지로 몰아넣었다.

연합군 제후들은 삼 형제의 놀라운 활약상을 바라보며 벌린 입을 다물지 못했다. 긴 시간 동안 지치지 않고 창을 휘두르던 여포지만 세 장수를 한꺼번에 상대하기는 여간 버거운 일이 아니었다. 더는 맞서 싸울 수 없다는 생각에 여포가 말머리를 돌렸다. 적과 상대해 싸우다 등을 보이는 것은 처음 있는 일이었다.

"이놈, 게 서라!"

유비, 관우, 장비가 고함을 지르며 뒤쫓자 연합군 군사들이 기세를 몰아 여포의 군대를 몰아세웠다. 함성을 지르며 내닫는 군사들의 발길에 먼지가 구름처럼 피어올라 하늘에 닿을 지경이었다. 여포의 군사는 정신없이 호뢰관을 향해 내달렸다. 관 안에서 대기 중이던 군사들이 뒤쫓아 오는 연합군 군사들을 향해 빗발치듯 화살을 쏘고 돌을 던지고 끓는 물을 퍼부었다. 그 바람에 연합군 군사들은 되돌아올 수밖에 없었다. 제후들은 기선을 제압한 유비와 관우, 장비를 불러 공로를 치하하고 원소에게 승전을 알렸다.

호뢰관의 승전을 보고받은 원소는 손견에게 지체하지 말고 출전하라는 격문을 보냈다. 하지만 손견은 원술과 풀어야 할 숙제가 있었다. 지난번 출전 때 군량미를 조달하지 않은 문제였다.

손견이 원술을 찾아가 눈에 불을 켜고 항의했다.

"나는 원래 동탁과 원수진 일이 없소. 그런데도 군사를 일으켜 싸우는 까닭은 역적을 치고 나라를 구하려는 일념 때문이오. 여기에 더해 그대 가문과의 의리를 지키기 위해 군사를 일으켰거늘, 그대는 나를 모함하는 자들의 말을 듣고 군량과 말먹이를 제때 보내지 않아 적에게 패하고 말았소. 그래, 내가 적에게 패하니까 속이 후련하시오?"

원술이 당황하여 말문이 막혔다가 겨우 변명거리를 생각해 냈다.

"미안하오, 손공! 나는 잘 알지 못하는 일이오. 장군을 모함했던 자들을 찾아 목을 치겠소. 내 생각이 짧았소이다."

원술은 부하들의 목을 치겠다고 하면서까지 난처한 상황을 벗어나려 애썼다. 그때 뜻밖에도 동탁의 장수인 이각이 손견을 찾아왔다.

분이 가라앉지 않은 손견이 목소리를 높였다.

"그대는 어찌하여 전쟁 중에 적의 장수를 찾아왔소?"

이각이 다소곳이 말했다.

"상국께서는 평소에 장군을 공경해 오던 터입니다. 저를 보낸 것은 혼사 때문입니다."

"혼사라?"

"예, 상국 따님과 장군의 아드님이 백년가약을 맺으면 그보다 좋은

일이 어디 있겠습니까? 해서…….'

"뭐라고?"

불난 데 기름을 부은 격이었다. 손견이 버럭 소리를 질렀다.

"천하에 개돼지만도 못한 놈이 나와 사돈을 맺자고? 내가 그자의 씨족을 말려 나라의 은혜에 보답하려는데 그런 씨알도 안 먹힐 소리나 하고 있으니, 가엾기 짝이 없도다. 내 당장 네놈 목을 베어야 마땅할 테지만 이번만은 그냥 돌려보낼 테니 살 궁리나 해라."

이각은 손견의 막사에서 도망치듯 빠져나왔다. 그길로 동탁에게 손견이 어떻게 자신을 모욕했는지 있는 대로 전했다.

사실 혼사는 모사 이유의 지략이었다. 손견 같은 인물과 사돈을 맺어놓으면 제후들의 연합이 약해질 테고, 그러면 자신들의 살길이 열리겠거니 생각한 것이다. 이유는 이대로 연합군과 정면으로 맞서면 승산이 없다고 판단했다.

"이 난국을 헤쳐나가기는 어려울 것 같습니다. 여포가 패한 뒤로 병사들의 사기가 떨어졌습니다. 이대로 군사들을 놔둔 채 낙양을 떠나는 것이 좋겠습니다."

"떠나다니?"

"천도를 하시라는 말씀입니다."

"천도? 어디로 말인가?"

"원래 도읍이었던 장안으로 옮기는 것이 좋겠습니다."

장안이라면 한고조 유방이 애초에 도읍으로 삼았던 곳이다. 게다가 동탁의 고향과도 가까웠고, 바로 자신들의 세력권인 양주(涼州)와도 가까운 곳이었다.

"상국께서 천운을 따라 장안으로 도읍을 옮기시면 저자들이 거기까지 쫓아오지는 못할 것입니다."

"그거 듣던 중 반가운 소리구나. 저자들의 힘을 빼놓고 우리는 천자를 모시고 멀찍이 물러나면 되겠구나."

무식하긴 했지만 동탁은 행동이 재빨랐다. 낙양으로 돌아간 동탁은 백관을 모아 놓고 천도를 상의했다. 당시 한나라는 동쪽인 낙양에 도읍한 지 이백 년이 되어 가던 즈음이었다.

동탁이 목소리에 잔뜩 힘을 주어 말했다.

"한나라가 낙양에 도읍한 지 이백 년이 되어 운이 다한 것 같소. 새로운 왕기는 장안에 있으니 어가를 그리 옮길까 하오. 대신들은 속히 떠날 준비를 하시오."

이때 장안은 과거의 영화를 잃고 세월이 흘러 피폐한 폐허의 도시로 남아 있었다. 그런 정황을 아는 대신들이 나서서 말렸다.

"장안 일대는 황폐해 황무지나 다름없습니다. 까닭 없이 종묘를 없애고 황릉을 버리신다면 백성들이 놀라고 천지가 동요할 것입니다. 다시 생각해 주십시오."

"감히 너희들이 나라의 대계를 막겠다는 것이냐?"

동탁의 호통에도 신하들은 반대했다.

"안 됩니다. 궁궐을 버리고 폐허의 사지로 가는 것은 옳지 않습니다."

"나는 이미 결정했다. 도적 떼가 들끓어 천하가 시끄러운 이때 장안으로 말하자면 험한 요새가 지켜 주는 천혜의 도읍지로 손색이 없다. 게

다가 과거의 궁터가 남아 궁궐을 금세 다시 지을 수 있다. 천하를 위한 일이니 백성 따위는 신경 쓸 것 없다."

이때 이유가 옆에서 부추겼다.

"장군, 지금 군자금과 양곡이 바닥났습니다. 낙양에는 부자들이 많이 살고 있습니다. 그들을 모두 역당의 무리로 싸잡아 재산을 몰수한 후 천도 자금으로 쓰면 좋을 듯하옵니다."

동탁은 좋은 생각이라며 당장 기병을 풀어 낙양의 부호들을 모조리 잡아들였다. 하늘이 무섭지 않으냐고 백성들이 강하게 항변했지만, 동탁의 수탈은 멈출 줄 몰랐다. 반역자라고 쓴 널빤지를 목에 걸게 한 뒤 수천에 이르는 부자들을 성 밖으로 끌어내어 죽이고 그들의 재산을 몽땅 빼앗았다.

이각과 곽사가 수십만 낙양 백성들을 이끌고 장안으로 발걸음을 떼기 시작했다.

"어서 움직여라!"

"뒤처지는 자는 죽음뿐이다. 역도들이 쫓아온단 말이다."

군사들이 몰아치는 이동이라 백성들은 수도 없이 죽어 나갔다. 여기에 더해 군사들이 닥치는 대로 아낙네를 겁탈하고 양식과 재물을 빼앗았다. 목 놓아 울부짖는 백성들의 울음소리가 천지에 진동했다. 그뿐만이 아니었다. 동탁은 낙양에 불까지 질렀다. 적에게 쓸 만한 것을 남겨주지 않는 건 전쟁의 철칙이었다. 궁전에 불을 지르자 장낙궁은 고스란히 잿더미가 되었다. 황릉도 화를 피하지 못했다. 군사들이 무덤을 닥치

동탁

동탁이 권력을 잡았을 때의 병사는 삼천 명뿐이었다고 해. 하지만 꾀를 발휘해서 밤에는 성안에 주둔한 병사를 밖으로 내보내고 다음 날 아침에 북을 치며 입성시키기를 반복했어. 이런 모습을 보여줌으로써 위세가 대단한 것처럼 만들었지. 이로 인해 죽은 하진·하묘 형제의 병력을 자연스럽게 거두었고, 여포가 죽인 정원의 군사까지 흡수하여 말 그대로 대군을 만들었어. 무예로는 미미했지만 간교함은 누구 못지않았던 거야.

는 대로 파헤쳐 금은보화는 물론 값나가는 부장품까지 깡그리 쓸어갔다. 아수라장이 따로 없었다.

뒤이어 연합군 군사들이 동탁이 떠난 낙양에 입성했다. 먼저 낙양을 둘러본 손견은 입이 떡 벌어졌다. 불길이 하늘로 치솟고, 연기가 땅을 덮어 사람 살 곳이 아니었기 때문이다.

"불부터 끄도록 하여라."

손견은 불을 끄게 하고 아쉬운 대로 군사를 주둔시켰다. 그 와중에 조조는 동탁을 잡아야 한다고 재촉했다.

"어서 동탁을 쫓읍시다. 이곳에 주저앉아 군사를 움직이지 않는 건 무슨 까닭이오?"

"군마가 지쳤소이다. 뒤쫓아도 별 도리가 없습니다."

제후들은 낙양을 점령했다는 생각에 긴장이 풀렸다. 그리고 저마다 권력을 차지할 기회를 엿보느라 더 이상의 싸움은 안중에 없었다.

"지금이 기회요. 동탁이 함부로 궁궐을 불사르고 황제를 모셔 갔습니다. 민심이 등을 돌린 이때 동탁이 하늘로부터 버림받았다는 것을 보여 줘야 하는데 뭣들 하고 계신 겁니까?"

조조가 아무리 목소리를 높여도 제후들은 귓등으로 들었다.

"경솔하게 움직이는 건 곤란하오. 군사들이 지치지 않았소?"

조조는 담벼락에 대고 얘기하는 것만 같았다.

"나 혼자라도 가겠소!"

조조는 심복들과 함께 군사 만 명을 거느리고 밤을 새워 서쪽으로 달렸다. 그러나 모사 이유가 아무 대책 없이 후미를 비워 둘 리 없었다. 동탁에게 제후들이 추격해 오지 못하게 군데군데 군사를 매복해 놓으라고 일렀던 것이다.

군마를 달려가던 조조가 곧 여포의 군사들을 만났다.

조조가 여포를 보고 큰 소리로 외쳤다.

"역적은 들어라! 궁궐에 불까지 지르고 황제를 빼돌려 어디로 가는 게냐?"

"이놈아, 주인을 배반하고 도망친 환관의 자식 놈이 말이 많구나!"

조조의 부장인 하후돈이 참지 못하고 뛰쳐나왔다.

"여포야, 내 창을 받아라!"

하후돈과 여포의 일전이 벌어졌다. 몇 합을 겨루는 사이에 이각이 한 무리의 군사를 이끌고 달려왔다. 조조가 하후연에게 맞서게 했지만 수적 열세로 상대가 되지 않았다. 하후돈은 여포에게 밀리고, 하후연은 말머리를 돌려 후퇴하는 바람에 조조 또한 후퇴하지 않을 수 없었다. 성급한 조조가 남들보다 빨리 움직인 것은 대의에 따른 결정이었지만, 전쟁은 대의만 가지고 좋은 결과를 얻을 수 있는 것이 아니었다. 이때 조조는 황급히 도망가느라 많은 부하를 잃었기 때문에 얼마 남지 않은 군사를 추슬러 하내로 돌아와야 했다.

9
옥새를 챙겨 돌아가는 손견

조조가 패배해 후퇴할 때 연합군 제후들은 여전히 낙양에 주저앉아 있었다. 사방의 불을 끄고, 폐허가 된 집들의 기왓장을 치우고, 동탁과 그의 군사들이 파헤친 능들을 수습했다. 또한 전각을 새로 짓고 황제들의 위패를 모은 뒤 제사를 지냈다.

제사가 끝나 제후들이 각자 진영으로 돌아가 잠을 청했다. 그런데 손견은 밤이 깊도록 잠을 이루지 못했다. 그는 밖에 나와 천문을 헤아려 점을 치며 앞으로 돌아갈 정세를 요모조모로 분석했다. 그때 전각 남쪽에서 솟구친 빛이 눈에 들어왔다.

"저게 무슨 빛이더냐? 가서 보고 오너라!"

조금 뒤 병사가 와서 보고했다.

"우물 안에 시체가 있습니다."

"시체라고? 음, 분명 무슨 사연이 있는 시체일 것이다. 건져 올리도록 하라."

군사들이 횃불을 밝히고 시체를 건져 올렸다. 궁녀로 보이는 여인이었다. 그런데 품에 매단 무언가가 눈에 띄었다. 자세히 보니 비단 주머니였다. 주머니를 끄르자 자물쇠가 잠긴 나무상자가 나왔다. 군사들이 긴장하며 자물쇠를 열어 상자 안을 들여다보았다. 놀랍게도 그 안에 황제가 쓰는 옥새가 들어 있었다. 용이 뒤엉켜 꿈틀거리는 손잡이 밑에 '하늘로부터 천명을 받아 장수를 누리고 영원히 번창한다'는 의미의 '수명어천기수영창(受命於天旣壽永昌)'이라는 글자가 또렷이 새겨져 있었다. 바로 진시황 이후 쓰이던 전국새†였다.

수백 년을 내려온 황제의 옥새를 손에 쥔 손견은 상서롭기 그지없는 일에 한껏 고무되었다. 옆에 있던 부하들도 들떠서 지껄였다.

"십상시가 난을 일으키면서 이 보물을 놓친 듯합니다. 황제가 북망산에서 돌아와 보니 옥새가 사라졌다고 했다던데, 이것이 주공의 손에 들어온 것은 주공께서 황제의 자리에 오른다는 하늘의 계시가 아니고 뭐겠습니까? 옥새를 차지하셨으니 하루빨리 고향으로 돌아가 힘을 기르고 대사를 도모하십시오."

손견이 천천히 고개를 끄덕였다.

"내 생각도 다르지 않다. 돌아갈 채비를 하자. 우리는 이번 출정에서 가장 큰 걸 얻었어."

　손견은 하늘이 자기를 돕는다는 생각에 갑자기 의기양양해졌다. 수많은 제후 가운데 자신만이 하늘의 명을 받았다고 생각하니 그럴 만도 했다.

　그러나 낮말은 새가 듣고 밤말은 쥐가 듣는다고 했던가. 이때 제후들 사이의 관계에서는 서로 알게 모르게 첩자를 심어 놓고 비밀을 탐지하곤 했다. 손견 진영에도 첩자가 없지 않았다. 군사들이 우물에서 건져 올린 옥새를 본 첩자가 이런 사실을 원소에게 알렸다.

　다음 날 아침, 손견이 낙양을 떠나기 위해 원소의 진영에 인사를 하러 가자 원소가 비웃으며 물었다.

　"손공은 난리가 아직 평정되지도 않았는데 벌써 고향으로 돌아간다는 말이오?"

　"예, 건강이 좋지 않아 요양을 해야겠습니다. 이만 하직 인사를 드릴까 합니다."

　"그렇소? 혹시 전국새 때문에 황제 병이 난 건 아니시고?"

　손견은 속이 뜨끔했다. 하지만 시치미를 떼고 반문했다.

전국새는 그 뜻이 '나라에서 나라로 전해지는 옥새'라는 의미를 가지고 있어. 한마디로 나라는 변해도 도장은 하나라는 의지로 황제를 상징하지. 황제는 도장을 여러 개 사용했지만 그중 으뜸가는 도장이 바로 이 전국새야. 진나라를 통일한 진시황이 남전에서 얻은 최고의 옥을 도장으로 만들면서 용을 새긴 것으로 알려져 있어.

"황, 황제 병이요? 그게 무슨 말씀이십니까?"

"어젯밤 우물에서 무엇을 얻었소?"

"우물이라뇨? 나는 본 적도 없습니다."

"나는 뭘 봤다고 말하진 않았소이다."

제 발 저린 자가 먼저 부인하게 되어 있는 법이다.

"있지도 않은 물건을 가지고 넘겨짚지 마십시오."

옆에 있던 제후들은 금시초문인 이야기가 어떻게 흘러가나 싶어 귀를 쫑긋 세웠다. 누가 거짓말을 하는지 확인하고 말겠다는 태세이기도 했다. 손견은 그냥 물러설 수가 없었다.

"신하 된 자로서 전국새를 손에 넣었다면 마땅히 여러 제후께 보여드리고 맹주님 앞에 내놨을 겁니다. 내가 그러지 않는 것은 수중에 전국새가 없기 때문이오. 만일 내 말에 한마디 거짓이라도 있다면 분명히 칼과 화살에 맞아 천벌을 받을 겁니다."

맹세는 함부로 하는 것이 아니다. 맹세를 철회한다면 탈이 생기게 마련이니, 한번 맺은 맹세는 신의로써 지켜야 하건만 손견은 급한 마음에 결백을 주장하려고 해서는 안 될 말을 하고 말았다.

원소가 안 되겠다는 듯이 첩자를 불러들였다.

"여봐라, 어제 손공과 같이 우물가에 있던 자를 데려오너라."

조금 뒤, 어제 우물에서 시체를 끌어올렸던 병사 중 하나가 모습을 드러냈다.

"이자가 두 눈으로 옥새 꺼내는 걸 똑똑히 보았다 하는데, 이래도 거짓말을 할 텐가?"

"이놈, 네놈은 도대체 누군데 감히 있지도 않은 말로 제후들을 이간질하려는 것이냐?"

손견은 차고 있던 칼을 뽑아 군사를 베려 했다. 그러자 원소가 막아섰다.

"아무 죄도 없는 군사를 죽이려는 것을 보니 정녕 나를 속인 것이 분명하다."

순간, 막사 안에 긴장감이 높아졌다. 휘하 장수들이 저마다 칼을 뽑아 들었기 때문이다. 분위기가 살벌해지자 다른 제후들이 말렸다.

"자자, 손공이 저렇게까지 맹세하는 걸 보니 전국새가 없는 게 분명합니다."

"원공, 속단은 금물입니다."

손견에게 우호적인 제후들이 그를 감쌌다.

"에잇, 난 떠나겠소!"

손견은 화를 내며 막사를 빠져나갔다. 그리고 그길로 군사들을 이끌고 낙양을 떠났다.

그러나 원소도 가만히 있을 위인이 아니었다. 옥새라는 물건은 자기와 같은 맹주가 가져야 격에 맞는다고 생각했다. 연합군의 맹주인 데다 옥새까지 갖고 있으면 동탁을 제거한 후 자연스럽게 제후들의 우두머리는 물론 나중에 황제까지 꿈꿀 수 있었기 때문이다.

원소는 편지를 써서 손견이 돌아가는 길목에 있는 형주 자사 유표에게 보냈다. 손견이 옥새를 가지고 장사로 돌아갈 테니 중간에 막으라는 내용이었다.

황실 종친이었던 유표로서는 한나라 황실의 옥새를 일개 제후가 가져가는 일은 무슨 수를 써서든 막아야 했다. 유표는 휘하 장수들과 작전을 짠 다음 군사들을 이끌고 나가 길목에 진을 쳤다.

마침내 손견의 군사들이 유표 진영 앞까지 다가왔다. 유표가 손견을 준엄하게 꾸짖었다.

"그대가 옥새를 가지고 있다 하는데, 그것은 공과 같은 시골 제후가 지닐 물건이 아니오. 당장 내놓으시오!"

"허허, 원소에게 연락을 받은 모양인데, 어찌 사람을 믿지 않고 이토록 무례하게 구는 거요?"

손견은 옥새를 호락호락 내줄 마음이 전혀 없었다.

"옥새를 가지고 있다는 게 무슨 뜻인지 모르는가? 그대가 모반을 꿈꾸는 것이 아니냐?"

유표가 거칠게 나오자 손견도 물러서지 않았다.

"나는 이미 맹세를 하고 왔소이다. 만일 내가 그 물건을 가지고 있다면 칼과 화살을 맞아 천벌을 받을 거라고 말이오."

"그렇게 결백하고 당당하다면 군사들의 행장을 뒤져 봐도 되겠구나."

그러자 손견이 불같이 화를 냈다.

"황족이면 황족이지, 네까짓 게 뭔데 나를 이리도 능멸하려 드느냐! 말이 안 통하니 군사들의 힘으로 보여주마."

손견의 군사들이 거칠게 들고일어나자 유표가 당황한 듯 말머리를 돌려 도망쳤다. 유표를 제압하지 않으면 빠져나갈 수 없다고 생각한 손견은 급하게 유표를 뒤쫓았다. 그러나 유표는 무작정 달아날 사람이 아니었다. 그는 이미 세워 둔 작전이 있었다.

"옥새 도둑놈을 쳐라!"

산모퉁이를 돌자 숨겨 둔 유표의 복병이 일제히 몰려나왔다. 앞만 보고 유표를 쫓던 손견의 군사들은 좌우에서 튀어나온 복병에게 된통 유린당하고 말았다.

"후퇴하라!"

손견은 군사들 대부분을 잃고 고향인 강동으로 도망쳤다. 국새를 얻으려고 혹독한 대가를 지불한 것이다.

이 무렵 낙양에 주둔하고 있던 연합군 제후들은 공동의 적인 동탁을 몰아낼 생각은 하지 않고 서로 견제하며 앞으로 어떻게 움직이는 것이 이로운지 따지며 눈치만 보았다. 그런 와중에 조조는 모든 제후들이 서로 의심만 하고 나아가지 않아 대사를 그르쳤다며 군사를 이끌고 양주로 떠났다. 공손찬도 더 이상 볼 것이 없다며 유비를 비롯한 수하를 거느리고 북평으로 떠났고, 몇몇 제후도 각기 흩어졌다.

원소 또한 명색이 연합군 맹주였지만 실속이 없자 군사를 거두어 낙양을 떠나 관동으로 갔다. 이때 군량미가 떨어져 처지가 어려웠는데 기주 자사 한복이 어찌 알고 양식을 보내왔다. 어려운 처지에 빠졌을 때 도움을 베풀면 은혜로 갚아야 하지만 늑대 같은 원소는 그럴 마음이 추호도 없었다. 오히려 땅이 넓고 자원이 풍부한 기주를 차지할 기회를 노리고 있었다.

"어찌하면 좋겠느냐?"

모사인 봉기가 계책을 내놓았다.

"이참에 기주를 차지하신다면 용이 날개를 단 격입니다."

"그래, 좋은 방법이 있겠느냐?"

"북평 태수 공손찬에게 연락하십시오. 함께 기주를 치자고 하면 공손찬이 군사를 일으킬 것입니다. 그러면 어리석은 한복이 군량미를 지원한 우리에게 구원을 청할 것입니다. 그때 힘들이지 않고 기주 땅을 차지하면 됩니다."

북평군은 원소가 기반을 둔 유주 옆에 붙어 있었다. 유주와 북평 남쪽 땅이 바로 기주였기에 봉기의 작전은 설득력이 있었다.

"그거 좋은 생각이로다. 당장 공손찬에게 편지를 보내라."

얼마 후 공손찬은 원소의 편지를 받았다. 공손찬은 편지를 읽고 생각에 잠겼다. 낙양 점령에 함께 출전했던 유비와 관우, 장비가 지금은 평원에 있지만 나머지 군사만 가지고도 해볼 만한 싸움이라 생각했다. 원소와 함께 기주를 차지해 반씩 나눈다면 동문수학한 유비에게도 기회를 줄 수 있을 터였다.

공손찬은 당장 군사를 일으켜 기주로 향했다. 원소는 그 소식이 한복의 귀에 들어가게끔 손을 써 두었다. 공손찬의 거병 소식에 기주의 간신들은 일제히 원소에게 도움을 청해야 한다고 떠들었고, 이를 못마땅하게 여긴 충신들은 기주가 끝났다고 생각해 뿔뿔이 흩어졌다. 어리석은 한복은 수하들의 말대로 원소에게 기주를 보호해 달라고 청했다.

결국 원소는 계획한 대로 한복의 권한을 모두 빼앗고 기주를 통째 차지했다. 한복이 뒤늦게 원소의 계교를 눈치챘지만 이미 상황은 돌이킬 수 없는 지경이 되었다.

원소가 기주를 차지했다는 소식을 들은 공손찬은 어처구니가 없었다. 원소의 얕은꾀에 보기 좋게 속아 넘어간 자신의 처지가 볼썽사나웠다.

"함께 공격하기로 해 놓고 원소가 손 하나 까딱 않고 한복의 항복을 받아 기주를 차지했군. 우린 들러리였어."

공손찬의 동생 공손월이 말했다.

"그래도 약속은 약속이니 기주 땅의 절반을 내놓으라 요구하십시오."

"그렇게 해봐야겠지."

공손찬은 공손월을 원소에게 보내 기주 땅을 나눠 달라고 요구했다. 그러자 원소가 거만하게 말했다.

"형님에게 직접 오라고 전하게. 자네와는 할 말이 없어. 직접 만나서 나눌 이야기도 있으니."

"알겠습니다. 그대로 전하겠습니다."

공손월이 말을 돌려 진지로 돌아올 때였다. 원소가 또다시 간계를 부렸다. 자신의 군사들에게 동탁의 군대인 양 군복을 갈아입히고 공손월을 활로 쏴 죽인 것이다.

공손찬은 동생의 죽음에 치를 떨었다.

"아, 내 동생까지 죽였다고? 간교하기 짝이 없는 원소 놈을 도저히 용서할 수 없다!"

분노한 공손찬이 군사를 이끌고 곧장 기주로 쳐들어갔다. 원소는 군사들을 이끌고 반하에서 기다리고 있었다. 공손찬이 침을 튀겨 가며 욕설을 퍼부었다.

"이 의리 없는 잡놈아! 잔꾀나 쓰는 간교한 놈아! 감히 나를 속여 먹어? 당장 약속한 대로 기주 땅의 절반을 내놓고 썩 물러가라!"

얼굴이 붉으락푸르락해진 원소가 애써 침착하게 말했다.

"한복이 지레 겁먹고 나에게 땅을 바쳤는데, 내가 왜 그대와 땅을 나눈단 말인가? 어서 돌아가라."

"네가 진작에 맹주가 되어 하는 짓을 보고 싹수가 노랗다고 생각했는데 역시 빗나가지 않았구나. 천하에 쓸모없는 놈일세! 오늘 내가 내 녀석의 버릇을 고쳐 주마!"

원소도 화가 치밀었다.

"저자를 잡아오너라! 아무래도 제 동생하고 같이 황천길을 가고픈 모양이다."

원소의 장수인 문추가 공손찬과 대적하겠다고 나섰다. 문추로 말하자면 안량과 더불어 원소의 쌍두마차 격인 장수였다. 몇 합 겨루지도 않았는데 공손찬이 위기에 몰렸다. 공손찬이 말머리를 돌려 달아나자 문추가 적진을 헤집고 들어가 공손찬의 목을 노렸다. 공손찬의 부하 장수들이 문추를 멈춰 세우려 했지만 도무지 막을 수가 없었다. 그 모습을 본 공손찬이 필사적으로 도망쳤다. 군사들은 흩어지고 문추가 끈질기게 쫓아와 공손찬의 목숨이 위태로운 상황이었다.

"히히힝!"

어디서 날아왔는지 공손찬의 말이 화살에 맞아 쓰러졌다. 말에서 굴러떨어진 공손찬은 힘없이 몸을 일으켰다. 그러자 문추가 나는 듯이 달려와 공손찬의 목을 치려 했다.

"하하하, 동생이 있어서 황천길이 외롭지 않겠구나."

그때 말을 탄 젊은 장수가 바람처럼 달려오며 소리쳤다.

"네 이놈, 게 섰거라!"

날렵하게 들어오는 창을 막으려 문추가 몸을 돌리는 틈에 공손찬이 허둥지둥 도망쳤다. 문추가 고개를 돌리자 나이 어린 장수가 앞을 막아섰다. 키가 팔척이요, 눈이 부리부리하고 얼굴은 호랑이상처럼 위풍당당했다. 얼굴에는 주름살 하나 없는 앳된 무사였다.

"새파랗게 어린놈이 감히 나를 대적하려 하다니!"

문추가 산적을 꿰려는 듯 그대로 창을 내밀었다. 하지만 젊은 장수의 창술은 현란하기 짝이 없었다. 합을 거듭할수록 천하의 명장 문추가 힘에 겨울 만큼 젊은 무사의 무예가 대단했다. 오십 합, 육십 합을 싸워도 승부가 나지 않자 문추가 지친 기색을 보였다.

"문추를 죽여라!"

공손찬의 군사들이 뒤늦게 대오를 갖춰 공격하자 문추가 더 버티지 못하고 말머리를 돌려 도망쳤다. 뒤늦게 달려온 공손찬이 자신을 구한 소년 장수를 바라보았다. 처음 보는 장수였다.

"너는 누구냐? 이름을 밝혀라!"

"소장은 상산 사람으로 조씨 성에 이름은 운이요, 자는 자룡이라 합니다. 그동안 원소 밑에 있었습니다."

"원소의 수하였던 자가 왜 나를 돕는가?"

"원소는 백성을 구할 생각은 않고 얄팍한 제 잇속만 차렸습니다. 오로지 장군만이 나라를 바로잡을 분이라 생각하여 찾아왔다가 공교롭게 위기에 빠진 장군을 보고 뛰어들게 되었습니다."

상산의 조자룡이 공손찬을 찾아온 것이다.

"그대는 내 생명의 은인이다. 나의 장수로 거두겠노라."

공손찬이 조자룡을 거두어들이고 진지로 돌아왔다. 많은 군사를 잃고 목숨을 잃을 뻔했지만 조자룡이라는 장수를 수하에 들인 것은 그것을 상쇄할 만한 성과였다.

이튿날 원소와 공손찬은 영채를 정비하여 다시 맞섰다. 공손찬은 조자룡을 아직 신뢰하기 이르다 싶어 후미를 담당하게 하고, 직접 선봉에서 군사를 이끌었다. 싸움은 접전을 이루다 안량과 문추를 필두로 한 원소 군 쪽으로 승기가 조금씩 기울었다.

"공손찬, 오늘이 네 제삿날이구나. 내가 직접 처단해 주마!"

승리의 기쁨에 취한 원소가 수백 명의 군사만 거느리고 도망치는 공손찬을 뒤쫓는데 처음 보는 장수가 백마를 타고 바람처럼 나타났다.

"원소야, 게 섰거라!"

조자룡이었다. 신묘한 창술로 순식간에 군사 몇을 해치우자 당황한 원소의 근위병들이 뿔뿔이 흩어졌다. 보다 못한 전풍이 원소에게 다급하게 빈집 담장 안으로 몸을 숨기라고 권했다. 그만큼 궁지에 몰렸다. 하지만 원소의 기상만은 한 나라를 호령할 만했다.

"죽으면 죽었지 비겁하게 숨지는 않겠다!"

원소의 비장한 각오에 남은 군사들이 죽기를 마다 않고 조자룡과 맞섰다. 게다가 소식을 들은 원소의 구원군이 밀어닥치자 순식간에 전세가 역전되었다. 사기가 오른 원소의 대군에게 밀린 공손찬의 군사들이 이리저리 나뒹굴었다. 그 와중에 조자룡은 공손찬을 보호하면서도 백마에 핏물이 배어 붉은 말이 될 정도로 전장을 누비고 다녔다. 그때 공손찬의 원군이 나타났다. 군사를 거느리고 세 명의 장수가 나타났으니, 바로 유비, 관우, 장비였다.

"천하의 거짓말쟁이 원소는 게 서라!"

유비 일행은 뒤늦게 공손찬이 수세에 몰렸다는 전갈을 받고 평원에서 달려오는 길이었다. 원소는 예상치 못한 원군에 당황했다. 비록 군사는 수백 명에 불과했지만 눈앞에 보이는 이들이 누구던가. 천하의 여포를 궁지로 몰아넣은 유비, 관우, 장비가 아니던가. 그들의 용맹을 익히 보아 온 원소는 지레 겁부터 먹었다.

"후퇴하라! 저들과 싸워선 안 된다."

원소는 칼을 버리고 도망칠 정도로 허둥지둥 다리를 건너 본진으로 돌아갔다. 공손찬은 유비의 도움을 받아 겨우 목숨을 구했다.

막사에 돌아가 한숨을 돌린 공손찬이 말했다.

"동생 덕분에 내가 살았네. 먼 길을 와 주어 고맙네."

"형님이 위태로운 줄 알았으면 더 빨리 올 걸 그랬습니다. 원소가 배반하여 싸움이 벌어졌다는 말을 듣고 달려온 게 지금입니다."

"아닐세. 그대의 동생들 얼굴만 보고도 원소 낯빛이 허옇게 질리는 걸 보았는가? 허허, 정말 좋은 장수들을 동생으로 두었네."

"제 동생들이야 아직 빛을 보지 못한 천하의 영웅들이지요."

"나도 이번 싸움에서 새로 얻은 장수가 있네. 바로 이 젊은 무사 조자룡일세!"

유비는 공손찬이 소개한 조자룡을 뚫어지게 바라보았다. 한눈에도 바르고 맑고 깨끗한 재목임을 알아볼 수 있었다. 유비는 젊디젊은 무사에게 최대한 정중히 예를 갖췄다.

"조 장군께서 사형을 구해 주셨다니 정말 감사한 일입니다. 사형을 구한 건 나를 구한 것과 다름없으이다. 진심으로 감사드립니다."

유비는 마음속으로 그를 취하고 싶었지만 공손찬의 휘하에 있으니 어쩌지 못하고 예만 갖출 뿐이었다. 조지룡도 이런 자신에게 거만하게 굴지 않고 정중히 예를 갖추는 유비를 보고 생각했다.

'아, 덕이 있는 영웅의 인품이란 게 이런 거로구나.'

한편 원소는 영채에 들어간 뒤 좀처럼 움직이지 않았다. 양군이 맞선 채 시간만 흘러갔다. 동탁은 장안에서 그 소문을 듣고 있었다. 동탁은 공손찬과 원소가 싸운다고 하자, 이 기회에 자신에게 유리한 일을 만들고자 했다. 이때 이유가 꾀를 냈다.

"공손찬과 원소는 둘 다 둘째가라면 서러워할 영웅호걸로 쉽게 양보하지 않고 끝을 보려 할 것입니다. 그들이 싸움을 끝내지 못할 때 황제 폐하께서 조서를 내려 화해시키면 좋을 듯합니다. 둘 다 지금 죽기 살기로 싸우고 있기 때문에 우리가 화해시킨다면 고마워할 것입니다."

"그렇지. 명분을 주면 서로 물러날 것이야."

결국 이유의 전략은 주효했다. 공손찬과 원소는 얻을 것 없는 싸움을 내심 끝내고 싶던 차에 동탁이 보낸 황제의 조서를 받고 순순히 전쟁터에서 물러났다. 그래도 의리 있는 공손찬은 물러나면서 유비를 조정에 강력히 천거했다.

유현덕을 평원상에 앉힐 것을 간절히 청하나이다. 유비는 황실의 종친이 기도 하옵니다.

천하를 위해 헌신한 공로가 있어도 겸손하여 자랑하지 않고 뽐내지 않는 것이 군자의 덕이다. 마침내 유비는 제대로 된 벼슬을 얻게 되었다. 가슴 아픈 일은 그새 정든 조자룡과 헤어지게 된 것이었다. 조자룡도 유비야말로 진정한 영웅임을 알고 호감을 갖고 있었다.

단둘이 만났을 때 조자룡이 말했다.

"가까이서 보니 공손찬 역시 제 몸을 맡길 인물은 못 됩니다. 원소와 다를 바 없는 인간입니다."

"이 사람아, 그런 말 하지 말게. 언젠가 때가 되면 우리가 다시 만날 수 있을 걸세."

유비는 이별을 슬퍼하며 눈물을 흘렸다. 그 눈물에 감동받아 조자룡은 기회가 닿으면 반드시 유비의 휘하로 들어가리라 마음먹었다.

유비의 힘은 이런 것이었다. 정말 좋은 사람을 만나면 진정을 다하고 마음을 써서 희노애락을 같이하는 것. 물론 그것도 패업을 위한 술법이며 나라를 차지하기 위한 전략일 수 있었다.

10
손견의 죽음

손견은 제후들 가운데 가장 나이가 어린 축에 속했다. 그는 대망을 품고 중앙까지 진출했다가 고향인 강동으로 돌아와 있는 처지였다. 물론 그에게는 전국새가 있었다. 하늘이 자신을 황제로 만들 거라는 왕업의 꿈은 바로 전국새 때문에 곧 현실이 될 줄 알았다. 그러나 그 전국새가 또한 감당할 수 없는 불운의 상징임을 그는 몰랐다. 출발은 간사한 원술에게서 시작되었다.

원소의 사촌 동생인 원술은 남양에 틀어박혀 있으면서 원소가 기주 땅을 손쉽게 차지했다는 말을 듣자 질투심이 일었다. 사촌이 땅을 사면

배가 아프다는 말이 딱 맞았다. 자신도 뭔가 이익을 얻어야겠기에 지원을 요청했지만 원소가 들어줄 리 없었다. 둘 사이의 우애에 금이 가기 시작했다. 그러자 원술은 형주로 사람을 보내 유표에게 양식을 보내 달라고 청했다. 하지만 유표 역시 거절했다. 원술의 이용 가치를 크게 보지 않은 것이다.

"두고 보자. 이자들이 내가 마음만 먹으면 얼마나 무서운 사람인지 모르는 모양이구나."

원술은 용맹하지는 않으나 간교한 자였다.

"손견이 유표를 치게 만들고 말리라. 안 그래도 둘은 원수지간이니까."

원술은 손견에게 편지를 썼다.

손공! 지난날 그대가 고향으로 돌아갈 때 큰 어려움을 겪었을 것이오. 유표가 막아서서 한동안 힘들었던 걸 잘 알고 있소.

그것은 어리석은 유표가 저지른 짓이 아니오. 바로 내 형인 원소가 꼬드겨서 일어난 일이라오. 그 원소가 이제 유표와 손잡고 귀공의 강동 땅을 치려 하니, 어서 빨리 군사를 일으켜 먼저 형주의 유표를 공격하기 바라오. 그러면 내가 배후에서 원소를 치겠소.

이 전쟁에서 우리가 승리하면 공은 형주 땅을 갖고, 나는 기주를 얻을 수 있으니 일거양득 아니겠소? 부디 기회를 놓치지 마시오.

가뜩이나 뜻을 이루지 못해 답답해하던 손견에게 원술의 편지는 불에 기름을 붓는 격이 되었다.

"좋아. 지금 생각해도 유표는 갈아 마셔도 시원치 않아. 내 앞길을 막고 덤비다니, 이참에 유표의 목을 따야겠다."

정보와 황개 등 부하 장수들은 반대했다.

"편지만 믿고 군사를 일으킬 순 없습니다. 원술이라는 자는 워낙 간사합니다."

"그자가 군량미와 말먹이를 보내지 않아 저희가 패한 걸 벌써 잊으셨습니까?"

그러나 젊은 손견은 자신감이 넘쳤다.

"그자가 바보가 아닌 다음에야 자기 형을 친다는 말을 믿겠는가? 내가 직접 내 힘으로 원수를 갚고 땅을 차지하겠다는 것이야."

그의 눈에는 형주와 기주가 이미 자기 것이나 다름없었다.

"군사를 일으킬 준비를 서둘러라!"

손견은 군사들을 훈련시키고 무기를 정비하는 등 전투 준비를 철저히 했다. 이런 소식은 당연히 유표의 귀에 들어갔다.

"뭐? 손견이 나를 치러 온다고? 지난번에 혼이 나고도 정신을 못 차린 모양이구나."

유표가 대책을 강구하자 모사 괴량†이 말했다.

"아무 걱정 마십시오. 우리에게는 천혜의 요새인 장강이 있지 않습니까? 주공께서 형주와 양양의 군사로 뒤를 지키시고, 황조†를 비롯한 장수들이 앞서 나가 적을 막으면 아무 문제 없습니다. 적은 먼 곳에서 오느라 지칠 것입니다. 우리가 절대적으로 유리한 싸움입니다."

그럴듯한 말이었다. 유표는 괴량의 말대로 황조를 내세워 전방을 막게 하고, 자신은 후방에서 대군을 지휘하기로 했다.

손견이 군사를 일으키려 하자 동생 손정이 손견의 어린 아들들을 데리고 나와 만류했다. 큰아들 손책과 둘째 손권, 셋째 손익, 막내 손광, 이렇게 아들만 넷이었다.

"형님, 지금 천하의 도적 동탁이 국권을 제멋대로 휘두르고 황제는 아직 어려 힘이 없는 상황입니다. 이때를 노려 수많은 영웅들이 군웅할거†하고 있지 않습니까? 땅을 한 덩어리씩 차지하고 서로 물고 뜯는 바람에 백성들의 고초가 하늘에 닿을 지경입니다. 그나마 우리 강동은 그동안 평화롭게 지냈는데 어쩌자고 평지풍파를 일으키려 하십니까?"

"내가 왜 평지풍파를 일으키느냐? 정의의 이름으로 간교한 유표를 치려는 것뿐이다."

"그렇지 않습니다. 그건 사사로운 감정일 뿐입니다. 가볍게 행하지 마십시오."

동생이 아무리 말려도 듣지 않자 큰아들 손책이 나섰다.

"그럼 제가 아버님을 따라가서 지켜 드리겠습니다."

괴량은 형인 괴월과 함께 유표의 모사 역을 맡았어. 정사에 따르면 유표가 형주 자사로 있을 때 괴월과 함께 많은 조언을 했다고 해. 특기로 말의 상을 보는 데 정확하다고 괴월이 말한 것을 보면 과거에는 말의 관상도 많이 보았던 것 같아. 아마도 오늘날의 자동차 감별 기술자와 같은 능력을 가졌다고 볼 수 있겠지.

〜

황조는 유표 밑에 있는 장수로서 강하태수로 있다가 형주로 남하하는 손견과 맞상대를 하게 돼. 이때 악연을 맺은 뒤로 손견의 아들 손책과 손권의 거듭된 침공을 약 십 년간 막아내는 공을 세워.

〜

군웅할거는 한 나라 안에 힘을 가진 여러 명의 군주나 세력이 서로 물러서지 않고 팽팽하게 대립하는 형세를 말해. 한두 세력이 대립하면 다툼이 적을 텐데, 고만고만한 세력이 분열된 상태로 마주하고 있으니 전쟁이 잦고 늘 하나가 되려는 통합의 움직임이 있게 마련이지.

어느새 장성한 손책을 보고 손견이 너털웃음을 터뜨렸다.

"으하하하! 네가 어느새 이렇게 컸구나. 좋다, 함께 가자."

장강에 배를 띄워 거슬러 올라가는 항해 끝에 손견이 수군들과 함께 번성으로 쳐들어갔다. 먼 거리를 달려온 원정군은 항상 피로가 배가되는 법이다. 그 때문에 서둘러 육지로 상륙하려는 손견의 수군을 향해 황조의 궁수들이 때를 놓치지 않고 일제히 활을 쏘았다. 화살이 빗발치듯 날아와 배가 고슴도치가 될 정도로 빼곡히 박혔다. 손견은 배를 강가에 댔다가 물러나기를 수십 차례 반복했다. 그 덕에 배에 온통 화살이 박혀 수거해 헤아려 보니 십만 개가 넘었다.

"됐다. 이 정도면 놈들도 화살이 떨어졌을 것이다. 공격하자!"

강변에 본격적으로 배를 댄 손견의 군사들이 활을 쏘기 시작하자 황조의 군사들이 허둥거렸다. 번성을 지키던 군사들은 성을 버리고 등성으로 후퇴했다. 육지에 내린 손견은 파죽지세로 그들을 뒤쫓았다. 갑옷 차림을 한 손책이 창을 들고 아버지를 뒤따랐다.

이윽고 등성에 닿자, 벌판에 진을 치고 있던 황조가 호통쳤다.

"강동 촌놈이 어찌 한나라 황실의 땅을 침범하느냐? 옥새를 반납하러 왔느냐?"

"저런 죽일 놈, 당장 저놈의 목을 베어 와라!"

손견이 발끈하여 장수들을 내보냈다. 사기가 하늘을 찌를 듯한 손견의 군사들 기세에 황조의 군사들은 고양이 앞의 쥐 신세였다. 군사들이 하나둘 쓰러지자 황조가 보병들 사이로 몸을 숨겨 도망쳤다. 그 모습을 본 손견의 군사들이 더욱 거세게 몰아붙였다.

황급히 도망간 황조가 유표에게 보고했다.

"손견의 기세가 만만치 않습니다. 단단히 벼르고 온 듯합니다."

유표가 부하 장수들을 불러 대책을 논의했지만 이렇다 할 묘책이 나오지 않았다. 그러자 모사 괴량이 계책을 내놓았다.

"우리 군사들은 사기가 떨어져 있습니다. 그러니 구덩이를 깊이 파고 보루를 쌓아 지키면서 일단 적의 기세를 무디게 만들어야 합니다. 그런 다음 원소에게 원군을 요청하는 것이 위험을 벗어나는 길입니다."

원군을 부르면 마땅히 그에 대한 대가를 지불해야 하는 법이라 장수 채모가 발끈하고 나섰다.

"비겁하기 짝이 없는 수작은 집어치우시오! 적이 바로 코앞에 있는데 앉아서 죽기만 기다린단 말이오? 게다가 원소는 공손찬을 꾀어 기주를 날로 삼킨 간교한 자 아니오? 그런 자의 도움을 받느니 죽을 각오로 나가 싸우겠소!"

그 말을 듣고 유표가 채모에게 군사를 내주었다.

"그대 말이 맞다. 가서 적의 기세를 꺾어 버려라!"

채모는 유표 후처의 남동생이었다. 매부인 유표 앞에서 공을 세우겠다고 성급하게 군사를 거느리고 성 밖으로 나가 현산에 진을 쳤지만 애초부터 기세등등한 손견의 군사를 막기에는 역부족이었다. 채모는 정신없이 몰아치는 손견의 군대에 참패해 도망치기 바빴다.

손견은 양양성을 둘러싸고 공격을 퍼부었다. 이 성을 함락시키기만 하면 형주 땅이 그의 손아귀에 들어올 터였다. 하지만 유표를 필두로 형주의 주력군이 버티는 양양성을 함락시키기란 결코 호락호락하지 않았다.

손견은 최후의 공격을 앞두고 군사들에게 술과 고기를 먹이며 휴식을 취하게 했다.

"군사들을 배불리 먹여라! 형주는 곧 우리 것이 된다."

그러던 어느 날, 갑자기 거센 바람이 불더니 진지 한가운데 세워 둔 대장군 깃대가 뚝 부러지는 일이 일어났다. 땅에 떨어진 깃발을 보고 장수들이 달려와 말했다.

"대장군의 깃대가 부러졌습니다."

"징조가 좋지 않습니다. 그만 돌아가시는 게 좋겠습니다."

장수들의 말을 듣고 손견이 호통을 쳤다.

"승리를 눈앞에 둔 마당에 깃대가 부러졌다고 예까지 와서 군사를 물리란 말이냐? 그게 전쟁터에 나선 장수가 할 소리란 말이냐? 말도 안 되는 소리 지껄이지 말고 성을 함락할 방책이나 세워 둬라!"

손견은 장수들의 걱정에 아랑곳하지 않고 성의 공격에 매달렸다.

그때 성안에서 유표의 신하들이 별점을 쳐서 장군 별 하나가 떨어지는 것을 확인했다. 괴량이 유표에게 말했다.

"손견이 곧 죽을 점괘입니다. 어서 원소에게 원군을 청하십시오. 우리가 승리를 거둘 수 있습니다."

유표는 원소에게 서신을 보내기로 결정했다. 하지만 성을 둘러싼 손견의 포위망을 뚫고 원소에게 전하는 것이 문제였다.

"누가 원소에게 다녀올 것인가?"

그때 장수 여공이 나섰다.

"제가 다녀오겠습니다."

책사 괴량이 여공에게 계책을 일러 주었다.

"지금부터 내가 하는 말을 잘 새겨듣고 그대로 따라야 한다. 천운이 우리 편으로 돌아섰는데 이 기회를 살리려면 그대 역할이 아주 중요하다. 먼저 실력 있는 궁수 오백을 줄 터이니 그들을 거느리고 현산으로 달려가라. 그럼 반드시 적의 추격대가 쫓아갈 것이다. 그때 무작정 도망만 가지 말고 곳곳에 복병을 준비해 두어라. 적은 그대를 잡으려고 정신없이 달려올 것이다. 그대는 군사를 매복한 지점까지 들어오기를 기다렸다가 일시에 돌을 굴리고 활을 쏘아라. 계책대로 되면 때맞춰 우리가 성 밖으로 나가 적을 공격할 것이다. 그때 서신을 전하러 떠나면 충분히 원소 공에게 갈 수 있을 것이다."

"적들이 쫓아오지 않으면 어찌할까요?"

"그렇다면 편지를 전하는 애초의 목적에 충실하면 된다."

그날 황혼 무렵이었다. 날이 완전히 어두워지기 전에 여공이 괴량의 계책대로 군사들을 몰고 동문으로 조용히 빠져나왔다. 손견의 군사들이 볼 수 있게 일부러 그 시간을 택한 것이다. 아니나 다를까, 손견의 정탐병이 다급하게 손견에게 보고했다.

"한 떼의 적군이 동문을 빠져나갔습니다."

"뭐라? 어서 군사를 보내 추격하라!"

"지금 병사들이 저녁을 먹고 있어서 시간이 걸릴 듯합니다."

"에잇, 답답하구나!"

손견은 숨 돌릴 틈도 없이 직접 말에 올라 수십 기의 기병만 이끌고 책문 밖으로 달려갔다. 불같이 급한 성격이 발동하는 순간이었다. 하지만 순간의 감정적 판단이 돌이킬 수 없는 결과를 초래할 줄 누가 알았으랴. 불을 보고 달려드는 불나방처럼.

이때 여공은 현산 깊숙이 들어가 적의 추격대에 대비해 숲이 울창한 곳곳에 군사들을 배치해 두었다. 그리고 계속 내달렸다. 하지만 얼마 안 가 뒤따라오는 손견에게 행렬의 후미가 잡히고 말았다.

손견이 포효하듯 소리쳤다.

"게 서라! 죽고 싶지 않으면 말을 멈춰라!"

여공이 기다렸다는 듯 말머리를 돌려 손견에게 달려들었다.

"볼일 있는 사람을 왜 서라 마라 하는 게냐?"

여공이 두세 합을 맞붙어 싸우다 못 견디겠다는 듯 다시 현산으로 들어갔다. 손견은 더욱 기세등등했다.

"내 네놈을 잡아 무슨 목적으로 나왔는지 꼭 밝히고 말리라."

뒤를 쫓아 계곡으로 들어서자 이미 짙어진 어둠으로 앞서가던 여공이 보이지도 않았다.

"이놈이 하늘로 사라졌냐, 땅으로 꺼졌냐? 쥐새끼 같은 놈!"

그 순간, 좌우의 구릉에서 횃불이 오르더니 천지가 진동하는 소리가 들렸다. 바위가 굴러떨어지고 화살이 비 오듯 쏟아졌다.

손견은 아차 싶었다.

"매복이다! 모두 피하라!"

그러나 이미 대처가 늦었다. 빗발치는 화살이 손견을 향해 쏟아졌다. 손견은 몸을 가누지 못하고 말에서 떨어졌다. 고슴도치처럼 온몸에 화살이 꽂히고 그 위로 돌멩이가 날아왔다. 손견은 비명도 못 지른 채 숨을 거두었다. 그의 나이 고작 서른일곱이었다.

우두머리 장수가 죽자 손견의 군사들은 순식간에 혼란에 빠졌다. 큰아들 손책이 지휘하는 원군이 쫓아갔지만 한발 늦었다. 양양성에서도 원군이 달려와 양군이 밤새도록 치열한 격전을 벌였다. 이때 유표의 장수 황조가 손견군의 황개†에게 사로잡히고, 복병을 이끌었던 여공은 정보의 창에 찔려 죽었다.

손책은 군사를 거느리고 한수로 돌아가서야 비로소 아버지가 죽었다는 소식을 전해 들었다. 시신은 유표 군이 수습해 간 상태였다.

"아버님, 이게 도대체 무슨 일이란 말입니까? 으흐흑!"

손책은 주저앉아 땅을 치며 통곡했다. 눈에서 피눈물이 쏟아졌다. 그 모습을 본 군사들도 깊은 슬픔에 빠졌다. 전쟁을 더 지속하는 것은 무리였다. 군사를 거두어 고향으로 돌아가야 했지만 손견의 시신을 적군의 손에 두고 갈 수는 없었다.

"아버님을 두고 돌아갈 수는 없다. 아버님의 시신을 모실 방도를 찾아야 한다."

손책의 말에 장수 황개가 비통한 얼굴로 말

† 황개는 손견을 따라 군사를 일으키고 그의 패업에 동참한 충신이야. 정사에 따르면 그는 부하장병들을 잘 보살펴 싸움이 벌어지면 반드시 승리했다고 해. 훗날 적벽대전에서도 혁혁한 공로를 세우지.

했다.

"적장 황조를 사로잡았으니 맞교환을 하자고 하십시오."

그러자 부하 환계가 적진에 다녀오겠노라고 나섰다.

"유표와 저는 전부터 잘 아는 사이입니다. 제가 다녀오겠습니다."

환계가 곧장 양양성으로 가서 손책의 뜻을 전했다. 그러자 유표가 점잖게 말했다.

"시신은 이미 예를 갖춰 관에 모셔 놓았네. 황조를 돌려보내면 우리도 관을 내주겠네. 다시는 싸우는 일이 없었으면 좋겠소."

일이 순조롭게 처리되어 환계가 감사함을 전하고 돌아가려는데, 문득 괴량이 앞으로 나서며 말했다.

"주공, 강동의 군사를 한 놈도 살려 보내선 안 됩니다. 저자의 목을 벤 다음 제 계책대로 하심이 현명한 줄 아뢰옵니다."

"그게 무슨 말이냐?"

유표는 당황했다. 황손인 그는 이쯤에서 점잖게 싸움을 마무리하고 싶었다. 이미 큰 승리를 거두었기 때문이다. 그러나 모사 괴량의 생각은 달랐다.

"적장 손견이 죽었고, 그의 아들들은 핏덩이나 다름없습니다. 이 틈을 타서 군사를 몰고 강을 건너셔야 합니다. 말발굽과 북소리만 들려도 강동 땅은 항복할 것입니다. 새로운 땅을 얻을 절호의 기회이니 군사를 거두지 마십시오. 지금 군사를 거두는 것은 후환을 만드는 꼴입니다."

"하지만 그리되면 충성스러운 황조가 죽지 않겠느냐?"

"장수 하나 살리자고 대의를 그르칠 수는 없습니다. 강동 땅을 얻을 기회가 왔는데 어찌 판단을 흐리십니까?"

그러나 배포로 보나 성정으로 보나 유표는 파렴치한 선택을 할 위인
이 아니었다.

"여보게, 황조는 내 심복일세. 그를 버린다면 세상 사람들이 나를 뭐
라 하겠는가?"

"강동 땅을 얻은 후 황조의 가족에게 녹읍을 후하게 내리십시오. 그
것이 신하 된 이의 바람이며 도리이옵니다."

욕심과 의리 사이에서 잠깐 갈등했지만, 유표는 결국 괴량의 의견을
뿌리치고 교환 조건을 받아들여 환계를 돌려보냈다. 손책도 즉시 황조
를 돌려보내고 약속대로 부친의 시신을 돌려받았다. 강을 건너 강동으
로 돌아간 손책은 아버지의 장사를 지낸 뒤 굳게 결심했다.

"이 치욕은 반드시 갚아 주마. 형주는 우리가 꼭 차지하고 말리라. 아
버님도 그때까지 지하에서 눈을 못 감으실 것이다."

굳은 결심을 하고 일을 감행하는 과정 속에 용기가 백배가 되고, 주저
하고 망설이는 가운데 두려움이 커지는 법이다. 마음으로 결심한 때부터
손책은 인재를 두루 불러 모으고 대접하며 천하의 호걸들을 끌어들였다.
주위에 인재가 많아야 대업을 이룰 수 있다는 사실을 그는 이미 터득하
고 있었다.

11
미인계

　장안에 있는 동탁에게 손견이 죽었다는 소식이 전해졌다. 동탁은 근심거리가 줄었다며 무척 기뻐했다. 하지만 손견에게는 생때같은 가족과 아들들이 있었다. 그것이 내심 마음에 걸렸다.

　"손견이 죽어 근심거리가 줄었는데, 혹시 그의 아들들이 장성하지는 않았느냐?"

　"맏이가 열일곱 살이라 하옵니다."

　주위의 대답을 듣고 동탁은 걱정할 필요가 없겠다고 생각했다. 특별히 자신을 위협할 만한 세력을 지닌 경쟁자는 눈에 띄지 않았다. 사실 동탁에게 황제마저도 눈 아래로 내려간 지 오래였다. 그의 교만함과 방자함은 하늘을 찌르고도 남았다.

"앞으로 나를 상보†라 부르도록 하라."

상보는 임금이 특별하게 대우해 신하에게 내리는 칭호였다. 궁을 출입할 때도 황제와 똑같은 의전을 따랐으니, 면류관만 쓰지 않았을 뿐 황제와 다름없는 존재였다. 게다가 자신의 아우와 조카 등 친인척을 권력의 핵심 자리에 앉혔다. 동씨 가문의 몇몇 족속을 열후에 봉한 것이다.

여기에 더해 인간은 욕심에 눈멀면 자신의 거처를 꾸미게 되어 있다더니, 동탁이 바로 그 짝이었다. 황제가 있는 장안성은 남의 성이라는 생각에 이백오십 리 떨어진 곳에 미오성이라는 별궁을 지은 것이다. 천하의 업을 차지하면 그곳에 들어앉아 황제 노릇을 할 것이고, 잘 안 되더라도 그곳을 근거로 평생 안락하게 살겠다는 속셈이었다.

"성은 높이나 두께를 장안성과 다름없이 만들어라!"

미오성 안의 창고와 건물은 너무나 크고 많

상보(尙父/尙甫)는 《삼국지연의》에 나오는 최고의 존칭이라 할 수 있어. 원래 이 말은 주나라를 세우는 데 큰 공을 세운 강태공에게 무왕이 내린 칭호야. 한마디로 아버지와 동급이라는 뜻이지. 우리가 존경하는 선배를 만나면 형이라 부르는데, 황제는 여기에 더해 아버지라 부르는 격이니, 동탁의 오만이 얼마나 극에 달했는지 미루어 짐작 가능하지.

아 그 규모를 짐작할 수 없을 정도였다. 그런 창고 안에 이십 년은 먹고 살 수 있는 양곡을 그득히 저장했다. 금은보화와 각종 진기한 피륙들이 산처럼 쌓인 것은 두말할 필요가 없었다. 게다가 백성들 가운데 아름다운 소년 소녀는 모두 다 잡아다가 그곳에 가두었다. 장안에서 머물다 심심하면 미오성으로 행차하고, 미오성이 싫증 나면 다시 장안을 드나드는 것이 동탁이 하는 유일한 일이었다. 오가는 길에 거리낌 없이 주지육림[†]의 잔치를 벌이는 것도 빼놓지 않았다.

한번은 동탁이 성문 밖까지 나온 백관들과 모여 앉아 술을 먹고 있었다. 그때 북쪽 오랑캐 지역에서 항복한 포로 수백 명의 행렬이 그 앞을 지나갔다.

"저자들은 누구냐?"

"예, 오랑캐 포로들인데 도성으로 압송 중이라 하옵니다."

천성이 잔인하고 독한 동탁은 감히 상상할 수도 없는 일을 아무렇지 않게 저질렀다.

"그럼 이 나라 국록을 파먹을 자들이 아니더냐? 국경을 침략해 백성들을 괴롭히다가 포로가 되니까 국록을 파먹는다? 도저히 봐줄 수 없다. 저놈들을 다 죽여라!"

동탁은 잔인한 속성대로 포로들의 팔다리를 자르고 눈알을 파내어 가마솥에 던졌다. 눈앞에서 끔찍한 지옥도가 펼쳐졌다. 차마 눈 뜨고 볼 수 없는 광경이었으나 동탁은 아랑곳하지 않고 술잔을 돌리며 박장대소했다.

"으하하하, 재미있도다!"

동탁의 잔인함은 이뿐만이 아니었다. 궁에서 술을 먹을 때도 신하들은 항상 긴장해야 했다. 언제 돌변할지 모르기 때문이다.

한번은 이런 일이 있었다. 신하들이 술잔치를 벌이는데 여포가 급히 들어와 동탁에게 귓속말로 속삭였다. 동탁이 거만하게 고개를 끄덕이며 말했다.

"거행하라!"

그 말을 듣고 여포가 좌중 한가운데로 들어가 한 신하를 가리켰다.

"네 죄를 네가 알렸다! 이자를 끌어내라!"

여포가 지목한 신하는 사공 장온이었다. 갑작스런 상황에 장온은 물론 주위 신하들이 어리둥절했다. 장온은 영문도 모른 채 밖으로 질질 끌려 나갔다.

조금 뒤, 한 무사가 쟁반에 장온의 머리를 받쳐 들고 들어왔다. 그 자리에 있던 신하들은 하나같이 겁에 질려 덜덜 떨었다. 게슴츠레한 눈으로 이를 지켜보던 동탁이 말했다.

"놀라지들 마시오. 장온이 감히 원술과 짜고 나를 죽이려 했소. 원술이 보낸 밀서가 내 아들 여포에게 전해져 알게 됐는데, 그대들은 아

주지육림(酒池肉林)은 술로 연못을 이루고 고기로 숲을 이룬다는 뜻이야. 맛난 음식이 얼마나 많고 호화로웠으면 이런 말이 생겨났을까? 실제로 중국 은나라 주왕이 못을 파 술을 채우고 숲의 나뭇가지에 고기를 걸고 잔치를 즐겼다고 해. 그때부터 생긴 말이란다.

무 관련 없으니 불안해하지 마시오."

말은 불안해하지 말라고 했지만, 이 일이 동탁과 여포가 짜고 한 짓임을 누가 모른단 말인가. 신하들은 살아도 산목숨이 아니었다. 그들은 하루하루 살얼음판을 걷는 기분으로 지냈다. 그 신하 중에 사도 왕윤도 끼어 있었다.

왕윤은 오래전부터 이대로 둬서는 안 된다고 생각했다. 그날 술자리에서 있었던 일만 돌이켜 봐도 동탁을 제거해야 한다는 생각에는 변함이 없었다. 왕윤은 이미 조조를 통해 동탁을 제거하려다 실패한 적이 있었다. 동탁은 날카로운 발톱을 감추고 나약하기 짝이 없는 문신들 가운데 섞여 있는 왕윤을 알아보지 못했다. 왕윤은 문무를 고루 겸비한 양수 겸장형 인물이었는데 동탁이 그걸 간과했다.

어린 시절 왕윤이 아버지를 찾아온 손님을 지혜롭게 맞이하는 것을 보고 주위 사람들이 이렇게 칭찬했다고 한다.

"나중에 커서 제왕을 보좌할 뛰어난 재목이 되겠구나."

왕윤은 황건군을 토벌하는 데도 큰 공을 세웠다. 실제로 창칼을 휘두르며 적과 맞서 싸웠고, 지략으로 적을 물리쳐 모사로서의 능력을 발휘하기도 했다. 물론 그 뒤에 벼슬을 하면서 모함을 받기도 했고, 벼슬이 떨어졌다 다시 붙기도 했다.

한번은 이런 일도 있었다. 왕윤이 모함으로 옥에 갇히자 추종자들이 옥으로 그를 찾아왔다. 그들은 무슨 수를 써서든 왕윤을 구하려 했지만 도무지 빼낼 길이 없자 하는 수 없이 독약이 든 술병을 내놓으며 이렇게 말했다.

"죄송하오나 옥에서 끔찍한 고통을 당하느니 차라리 이 독약을 드시고 자진하는 것이 어떻겠습니까? 고통받는 모습을 지켜보기가 너무 괴롭습니다."

그러자 왕윤이 독이 든 술을 뿌리며 단호하게 말했다.

"나는 당당한 천자의 신하다. 황제께서 벌을 내리시면 당연히 벌을 받아야 하고, 법에 따라 목을 자른다면 목을 내놓아야 한다. 그렇게 하여 법이 살아 있음을 보여주면 된다. 그런데 어찌 내가 형벌이 두렵다고 독을 마시고 자진한단 말이냐?"

그 이후 왕윤은 다시 조정으로 돌아왔고 많은 공을 세워 조정의 중신이 되었다. 동탁 밑에서도 사도의 직무를 맡아 이미 삼공†의 반열에 올랐다. 물론 동탁을 제거하겠다는 속마음을 공공연히 드러내지 않았기에 가능한 일이었다.

그날 술자리에서 있었던 끔찍한 일을 생각하며 왕윤이 홀로 뒷마당을 거닐었다. 달이 떠오른 뒷마당에서 어찌하면 흉악무도한 동탁을 제거할 수 있을까 이런저런 궁리를 하는데 어딘가에서 긴 한숨 소리가 들려왔다.

"게 누구냐?"

왕윤의 물음에 몸매가 자그마한 여자가 모습을 드러냈다. 어렸을 때 데려다 춤과 소리를 가르쳐 집안 행사가 있을 때면 춤추고 노래하는 가기(家妓)로 키운 초선이었다. 열여섯 살에 벌써 미모가 꽃을 피우고 재주가 남보다 월등히 앞서 왕윤이 자랑하지 않을 수 없는 아이였다. 그래서 친딸처럼 늘 귀여워하며 사랑을 듬뿍 주고 있었다.

"어린 녀석이 웬 한숨을 그리 쉬느냐?"

초선이 무릎을 꿇고 대답했다.

"감히 제가 어찌 사연을 숨기겠습니까?"

"무슨 고민이 있는지 말해 보아라."

"의지할 곳 없던 소녀가 오도 가도 못할 때 대감께서 저를 거두어 주셨습니다. 춤과 노래를 가르치시고 사람으로 대해 주시니 백골난망의 은혜를 어찌 갚을까 하루도 걱정하지 않은 날이 없었습니다. 그런데 오늘 우연히 후원에 나왔다가 대감께서 한숨을 쉬시며 잠 못 드시는 걸 보고 도움을 드리지 못했다는 생각에 속이 상해 저도 모르게 한숨을 내쉬었습니다."

그 순간 벼락에라도 맞은 것처럼 머리에 번쩍 떠오르는 생각이 있었다. 왕윤이 무력만 쓰는 무신이었다면 이런 계책을 떠올리지 못했을 것이다. 또한 계책을 떠올리는 문신이었다 하더라도 무력을 알지 못하는 백면서생이었다면 결단력이 없어서 과감하게 행하지 못했을 것이다.

"잠깐 나를 따라오너라."

왕윤이 주위를 물린 뒤 초선을 자기 방으

삼공(三公)은 고대 중국의 조정에서 벼슬이 가장 높은 세 가지를 말해. 수도가 장안이던 전한 시대에는 승상, 태위, 어사대부를 삼공이라 했지. 권한이 워낙 크고 독자적인 책임을 가질 수 있어 필요한 관리는 스스로 뽑아 쓸 수도 있었어. 동탁이 상국이었다는 건 바로 삼공 위에 있었다는 뜻이지. 이후에 생긴 직함이 조조가 만든 승상이야. 조조는 권력을 나눠 주기 싫어 승상이 된 뒤 삼공을 폐지했어.

로 데려갔다. 그런데 왕윤이 예를 갖춘 뒤 느닷없이 초선에게 큰절을 했다.

"아니, 어찌하여 이러십니까?"

당황한 초선이 깜짝 놀라 바닥에 엎드려 쩔쩔맸다.

"부디 불쌍한 한나라 조정의 운명을 구해 다오."

왕윤의 눈에서 비 오듯 눈물이 흘러내렸다. 초선도 멋모르고 같이 눈물을 흘렸다.

"아버님께서 말씀만 하시면 소녀는 어떤 일이라도 할 각오가 되어 있나이다."

"너도 알다시피 지금 이 나라의 백성들은 고통의 늪에서 허우적거리고 있다. 그들을 보살펴야 할 조정에는 바른 신하가 없고, 역적 동탁이 감히 황제 자리를 넘보는데도 문무백관은 그저 눈치만 살피고 있구나. 그러니 누군가 나서야 하지 않겠느냐? 내가 하는 말을 잘 들어라. 내가 너를 이용하여 동탁을 제거할까 한다."

초선은 이야기를 다 듣기도 전에 목숨을 바쳐야 하는 일임을 알았다.

"분부만 내리십시오. 이 미천한 목숨 아낌없이 바치겠습니다."

"초선아, 고맙구나."

왕윤이 다시 일어나 초선에게 큰절을 한 뒤 말했다.

"내가 하는 말을 잘 들어라. 역적 동탁 곁에서 여포가 오른팔 노릇을 하고 있단다. 그의 용맹함은 따를 자가 없다. 이 둘의 힘이 합쳐져 지금 어느 누구도 감히 그들을 넘보지 못하고 있단다."

"그러니 어찌하면 좋습니까?"

"다행히 둘 다 천하의 호걸인지라 여색을 밝힌단다. 내가 너를 여포에게 시집보내겠다고 약속을 하겠다. 그러고 나서 동탁에게 바칠 생각이다."

총명한 초선은 그게 무슨 뜻인지 바로 알아들었다.

"저로 인해 두 사람 사이가 멀어지게 만드시려는 거군요."

"맞다. 그리하여 여포가 동탁을 죽이도록 만들 것이다. 그리하면 나라의 악의 뿌리가 제거되고 모든 것이 바로잡혀 온 천하가 편안해질 것이다. 이렇게 큰일을 네가 해낼 수 있겠느냐?"

의외로 초선의 얼굴이 밝아졌다.

"아버님을 위해서라면 더한 일도 할 수 있는데 그만한 일을 못 하겠습니까? 당장 보내만 주십시오. 뒷일은 제가 알아서 하겠습니다."

왕윤은 차오르는 눈물을 훔치고 다시 초선에게 큰절을 했다.

며칠 뒤, 왕윤이 선물을 준비해 여포에게 보냈다. 여포는 생각지도 않았던 왕윤의 선물을 받고 답례를 해야겠다고 생각했다. 여포가 직접 인사를 하러 왕윤의 집을 찾아왔다.

"여포 장군께서 어인 일로 저희 집을 다 찾으셨습니까?"

기다리던 왕윤이 여포를 반갑게 맞은 다음 후원으로 데려가 상석에 앉혔다. 준비해 놓은 음식과 술상을 차리고 극진히 대접하자, 여포가 기뻐서 어쩔 줄 몰랐다.

"사도께서 어찌 이 하찮은 무장에게 이런 극진한 대접을 하십니까? 몸 둘 바를 모르겠습니다."

초선

초선은 왕윤이 가까이 두고 돌본 집안 기생이야. 총명하고 아름다 워서 기생이라기보다 딸처럼 사 랑을 주었던 것 같아. 왕윤이 동 탁과 여포를 이간질하는 미인계 의 중심 인물이었지. 동탁이 죽 은뒤 초선의 거취는 자결했다는 설과 여포가 첩으로 삼았다는 설 로 갈라지는데, 후자가 더 설득 력이 있어. 나중에 여포가 죽은 뒤 조조가 그녀를 허도로 보냈다 고 해. 후대에 원나라의 잡극 내 용을 기초로 만들어 낸 가상의 인물이야.

왕윤이 짐짓 겸손한 태도로 말했다.

"지금 천하에 장군 말고 영웅이라곤 없습니다. 영웅에 대한 대접일 뿐이니 어려워 마십시오."

영웅이라는 말을 듣고 싫어할 자는 없었다. 여포는 공연히 어깨가 으쓱해져 연거푸 술을 들이켰다. 왕윤이 술잔을 기울이며 동탁과 여포 덕에 나라가 평안하다고 드러내 놓고 치켜세웠다. 성격이 단순한 여포는 그 말을 진심으로 알아듣고 흠뻑 빠져들었다. 주흥이 도도해지고 밤이 깊어지자 왕윤이 계획대로 초선을 불러냈다.

"여봐라, 어서 가서 초선이를 이리로 불러오너라. 여포 장군께 인사를 올려야 한다."

여포 얼굴에 화색이 돌았다.

"초선이가 누굽니까?"

"잠시만 기다려 보십시오."

조금 뒤 음악과 함께 초선이 나긋나긋한 걸음으로 얼굴을 가린 채 방으로 들어왔다. 많은 여자를 겪어 본 여포인지라, 초선을 보는 순간 한눈에 절세미인임을 알아보았다.

"무엇 하느냐? 천하의 영웅께 예를 올려라."

"초선이라 하옵니다."

초선이 날아갈 듯 나긋하게 술을 올렸다.

"이 여포 장군 덕에 내가 조정에서 목숨을 부지하고 있구나. 장군을 잘 모셔라."

초선이 부끄러워하며 여포의 옆자리에 살포시 다가앉았다. 여포는 넋이 빠진 채 초선을 바라보았다. 꿈인지 생시인지 도무지 분간이 가지 않았다.

"왕 사도, 이 여인이 누구요?"

"저의 양녀인 초선입니다. 귀하게 교육시키다 이번에 장군께 처음으로 인사를 올립니다. 외간 남자라고는 본 적이 없는 아이입니다."

"오, 꽃처럼 아름다운 여인입니다."

여포가 다음 말을 잇지 못하고 침만 꿀꺽 삼켰다.

"실례가 안 된다면 이 아이를 장군께 보내 드리고 싶습니다."

여포가 눈을 휘둥그레 뜨며 왕윤의 두 손을 덥석 잡았다.

"바라던 바입니다. 정말 감사합니다. 이 은혜를 어찌 갚아야 할지 모르겠습니다."

"아닙니다. 제가 그동안 장군께 입은 은혜에 비하면 이만한 일쯤 아무것도 아니지요."

여포는 두둥실 구름을 탄 기분이었다. 초선도 싫지 않은 듯 여포에게 추파를 보냈다.

술자리를 마무리할 무렵 왕윤이 말했다.

"그럼 준비되는 대로 이 아이를 장군께 보내겠습니다."

"기다리고 있겠습니다."

술이 거나하게 취한 여포는 신이 나서 돌아갔다. 여포를 보내고 난 뒤 왕윤이 회심의 미소를 지었다. 첫 단추는 잘 꿰었고, 이제 다음 작전에 돌입하면 되었다.

며칠 뒤, 왕윤이 동탁을 만나러 궁에 들어갔다.

"태사께서 혹시 내일 시간이 괜찮으시면 누추한 저희 집에 왕림하실 수 있겠사옵니까?"

삼공 중의 하나인 왕윤이 초대하는데 동탁이 거절할 리 없었다.

"누구 부탁인데 안 가겠소? 내 기꺼이 가리다."

왕윤이 집으로 돌아와 산해진미며 용미봉탕을 준비했다. 그리고 집 안팎을 쓸고 닦고 최고의 술상을 준비했다.

이튿날 저녁 동탁이 왕윤의 집을 찾아왔다. 수백 명의 호위군이 왕윤의 집 부근에 개미 한 마리 얼씬거리지 못하도록 삼엄하게 경비했다. 동탁이 자리를 잡자 왕윤이 큰절을 올리고 기분 좋은 말을 건네며 그의 기분을 맞추었다.

"태사의 큰 은혜 덕에 나라가 태평성대입니다. 감축드립니다."

동탁은 한껏 기분이 좋아졌다. 덕망 높은 왕윤에게 인정받는다는 생각에 자신이 황제라도 된 듯한 착각이 들었다. 풍악이 울리고, 왕윤은 말끝마다 동탁의 치세를 칭찬하며 연신 술을 따랐다. 대낮부터 주흥이 도도해져 동탁은 한껏 취기가 올랐다. 해가 떨어질 무렵까지 먹고 그윽하게 취하자 왕윤이 말했다.

"저희 후원에 자그마한 정자가 있습니다. 그리 가셔서 새 기분으로 한잔 더 하시지요."

동탁은 마다하지 않았다. 후원 정자에 자리 잡은 두 사람은 시녀들을 물리고 다시 술잔을 기울였다.

"앞으로 천하는 태사께서 한나라를 이어받는 것으로 흘러가고 있습니다. 하늘의 뜻입니다. 잘 부탁드립니다."

"어허, 무슨 말씀을 하시는 게요? 내 어찌 그런 큰 욕심을 가진단 말이오?"

동탁은 마음에 없는 소리를 하면서도 사도 왕윤이 인정해 주자 혹시 대사가 가깝지 않았나 싶은 의구심이 들기도 했다.

"아니옵니다. 삼척동자도 다 아는 사실입니다."

"그렇단 말이오? 사도 말대로 천운이 내게 돌아온다면 으뜸 공신으로 그대 자리를 마련하겠소이다, 허허히!"

"망극하옵니다!"

왕윤이 허리를 굽혀 고마운 마음을 전했다.

"감사의 뜻으로 저희 집 가기의 재주를 보여드릴까 하옵니다."

"그거 좋지요."

왕윤이 명을 내리자 시녀들이 촛불을 한두 개만 남기고 모두 끈 뒤 주렴을 내렸다. 이윽고 발 너머로 초선이 음악에 맞춰 춤을 추며 들어왔다. 흔들리는 촛불에 비친 초선의 그림자와 살랑대는 그녀의 손놀림이 나긋나긋 이어지자 분위기가 한껏 달아올랐다. 간드러진 몸매와 끊어질 듯 가는 허리가 아름다운 음악과 일체가 되어 어울리자 동탁은 그녀가 사람인지 천상의 선녀인지, 여기가 사람 사는 곳인지 신선이 사는 곳인지 도무지 분간할 수가 없었다. 춤추고 연주하는 것을 다 보고 나서 한참 뒤에도 동탁은 정신을 차리지 못했다.

"이리 와서 태사께 인사를 올려라."

왕윤의 부름에 초선이 몸을 굽혀 절을 했다. 밝은 불빛에 초선의 얼굴을 본 동탁이 홀린 듯이 물었다.

"너는 누구냐?"

"초선이라고 하옵니다. 태사께 노래 한 곡 바치겠나이다."

이윽고 초선의 청아한 목소리가 아름다운 후원에 낭랑하게 퍼졌다. 노래가 끝나자 동탁은 자신도 모르게 박장대소를 했다.

"아하하하! 장안성에 수천의 궁녀가 있지만 너만큼 뛰어난 재주를 가진 아이가 드물도다. 올해 몇 살이냐?"

"열여섯이옵니다."

술을 따르며 나긋한 목소리로 대답하는 순간, 동탁은 초선에게 모든 것을 빼앗기고 말았다. 눈치를 보던 왕윤이 은근히 물었다.

"이 아이가 오늘 밤 태사의 시중을 들면 어떻겠습니까?"

"이렇게 고마울 수가 있소?"

"아니옵니다. 제가 입은 은혜가 하해와 같은데 어찌 이런 걸 은혜라 하겠습니까?"

왕윤이 곧바로 시녀들에게 명했다.

"여봐라, 초선을 가마에 태우도록 하라."

초선이 시녀들의 부축을 받으며 나갔다. 초선이 가마에 탄다는 소리를 듣고 동탁은 몇 번이나 고맙다고 사례한 뒤 자리에서 일어났다.

"나도 이제 돌아가 봐야겠소."

"제가 댁까지 모시겠습니다."

동탁이 굳이 그러지 않아도 된다고 계속 만류하는데도 왕윤은 일이 자신의 계획대로 진행될지 마음이 조마조마해 동탁을 집까지 배웅하고 돌아섰다.

초선의 가마가 동탁의 집으로 들어간 뒤 왕윤이 생각했다.

'이제 일의 성패가 초선이 손에 달렸구나. 이 무슨 잔인한 운명인고, 쯧쯧.'

그런데 왕윤이 집에 돌아와 자리에 앉기도 전에 문을 박차고 거친 숨을 몰아쉬며 여포가 들어왔다.

"왕 사도, 어찌 이럴 수 있단 말이오?"

손에 쥔 날 선 방천화극이 부르르 떨고, 두 눈에서 여차하면 목을 베겠다는 살기가 뿜어져 나왔다.

"여 장군, 이 밤중에 어인 일이시오?"

"사도께서 초선을 내게 주기로 하지 않았소? 그런데 태사에게 보내는 건 무슨 망발이오?"

초선이 태사부에 들었다는 소식을 듣고 온 듯했다. 예상보다 빨리 들이닥쳐 당황했지만 왕윤이 손을 내저으며 여포를 진정시켰다.

"흥분을 가라앉히고 내 말 좀 들어 보시오. 그게 아니란 말이오."

"내가 모를 줄 아오? 나 같은 무장에게 보내느니 태사께 보내는 게 훨씬 낫겠다고 얄팍한 판단을 한 거 아니오? 그게 아니라면 어찌 된 일인지 말씀이나 해보시오!"

왕윤이 여포의 흥분을 가까스로 가라앉힌 뒤 차분히 설명했다.

"어제 동 태사를 뵈었는데 의논할 일이 있어 저희 집으로 오신다 하더이다. 그래서 오늘 낮에 주안상을 차려 술을 한잔 대접했는데, 초선에 대한 얘기를 어디서 들으셨는지 얼굴을 한번 보시겠다는 겁니다. 내가 장군께 드리기로 약조했노라 말씀을 드렸습니다. 그랬더니 여포는 내

아들이나 마찬가지니 며느리 될 아이의 얼굴을 먼저 보고 싶다고 하셨습니다. 그 뜻을 거역할 수가 없어 초선을 불러 시아버지께 인사를 드리게 한 것입니다."

"그런데 왜 가마를 타고 태사부로 갔단 말이오?"

"태사께서 데려가 내일 장군과 맺어 주시겠다니 전들 어쩝니까? 생각해 보십시오. 좋은 일에 앞장서 주겠다는데 내가 뭐라 할 수 있습니까? 그래서 초선을 태사부로 가도록 한 것입니다. 가서 기다리면 좋은 소식이 있을 겁니다."

왕윤의 말에 여포가 두 손을 모으고 말했다.

"아, 용서하시오. 그것도 모르고 내가 경솔했습니다."

"아닙니다. 내가 미처 헤아리지 못했습니다."

"태사께서 나를 끔찍이 아끼시는 건 익히 아는데, 내가 앞뒤 모르고 흥분했소이다. 밤이 늦었으니 이만 돌아가겠소."

여포는 그렇게 돌아갔다. 왕윤은 임기응변으로 탈 없이 위기를 모면하고 나서 놀란 가슴을 쓸어내렸다.

다음 날 여포는 아침 일찍부터 동탁이 이제나저제나 부르기만을 학수고대했다. 하지만 해가 떠오르도록 부르는 기색이 없자 태사부로 달려갔다.

"태사께서 기침하셨느냐?"

그러자 침전 수발을 드는 시종이 말했다.

"태사께서 즐거운 일로 아직 기침 전이십니다."

"즐거운 일? 무슨 즐거운 일?"

"어제 아리따운 여인을 데려와 동침하셨습니다."

그 순간 여포의 눈에서 불꽃이 튀었다.

"뭐라? 그게 참말이냐?"

"예, 저는 있는 대로 말씀드렸을 뿐입니다."

여포는 자기 눈으로 직접 확인하기 전에는 믿을 수 없어 비밀 통로를 통해 안채로 들어가 침실을 엿보았다. 그때 초선이 머리를 빗다가 문득 창밖으로 눈길을 주었다. 연못 쪽에서 머리를 동여맨 채 관을 쓴 거구의 사내 그림자가 비쳤다. 초선은 여포임을 눈치채고 수심 가득한 얼굴로 손수건으로 눈물을 닦으며 어깨를 들썩였다.

'아, 어떻게 이런 일이 일어날 수 있단 말인가?'

눈물짓는 초선의 모습을 본 여포는 초선이 강제로 끌려왔음을 확신했다. 얼마쯤 지난 뒤 동탁이 등청한 것을 확인한 여포가 동탁의 방 안으로 뛰어들었다.

"초선아, 네가 어찌 이곳에 있단 말이냐?"

초선은 여포를 보자 입을 틀어막고 어깨를 더 크게 들썩이며 온몸으로 흐느꼈다.

"흑흑흑!"

초선은 눈물을 비 오듯 쏟으며 자기 가슴을 마구 후려쳤다. 백 마디 말보다 그녀가 보여준 행동이 여포의 가슴에 더 절절하게 다가왔다. 원치 않았지만 억지로 끌려와 동탁에게 농락당했다는 것을 짐작하고도 남았다.

"소녀, 차라리 목숨을 끊겠……."

초선이 품 안의 은장도를 꺼내 목을 찌르려 했다. 초선의 상황을 파악한 여포가 달려들어 은장도를 빼앗으며 말했다.

"아서라! 네 마음을 다 안다, 다 알아."

속에서 증오심이 죽 끓듯 끓는 여포는 동탁이 눈앞에 있다면 당장 죽이고 싶었다. 그때 누군가 방 쪽으로 다가오는 발소리가 들렸다. 초선이 생각나 다시 돌아오는 동탁이었다. 황급히 몸을 피하려던 여포는 그만 동탁과 딱 마주쳤다.

"아니, 네가 여기 어쩐 일이냐?"

"그, 그게 오늘 태사께……."

여포가 우물쭈물하자 동탁이 호통쳤다.

"네가 내 여인을 희롱하려고 내실까지 들어온 것이더냐?"

"그, 그게 아니라……."

천하의 여포도 당황하지 않을 수 없었다.

"얘들아, 이놈을 끌어내고 내실에 얼씬도 못 하게 하라!"

동탁의 말에 부하들이 여포를 떠밀다시피 해서 밖으로 밀어냈다. 다른 수하 같았으면 대번에 처형했을 테지만, 그가 바로 오른팔인 여포인지라 그대로 넘어갈 수 있었다.

"이, 이럴 수가 있나?"

여포는 한참 동안 분을 삭이지 못했다. 가슴속에 동탁에 대한 원망이 가득했다. 집으로 돌아가면서도 눈앞에 뵈는 게 없었다.

며칠 동안 불안한 모습을 보인 여포에게 이유가 자초지종을 물었다.

"여 장군, 요즘 심기가 불편해 보입니다. 무슨 일이 있소이까?"

"이 답답한 속을 누가 알겠소?"

여포는 자기가 사랑하는 여인을 동 태사가 차지했다며 이유에게 하소연을 했다. 여포의 얘기를 듣고 나서 이유가 모사꾼답게 황급히 동탁을 찾아갔다.

"태사께서 어찌 이런 큰 실수를 범하셨습니까? 여포가 마음이 변하는 날에는 큰일이 나고 맙니다. 천하를 차지하실 수도 없습니다."

"그게 무슨 말이더냐?"

"여포가 초선을 마음에 둔 것 같은데, 지금 상당히 섭섭해하고 있습니다."

동탁도 그제야 옛일을 떠올리며 정신을 가다듬었다. 주인 죽이기를 밥 먹듯 하는 게 여포 아니던가 말이다.

"그래서 어찌하면 좋겠느냐?"

"여포를 어루만져 주십시오. 금은보화를 내리고, 말도 주시고, 위로도 해주셔야 할 것입니다."

이유의 말이 백번 천번 옳았다. 여자 하나 가지고 싸우느라 손안에 다 들어온 천하를 놓칠 수는 없었다. 천하를 차지하면 모든 여자가 자기의 여자였기 때문이다.

다음 날 궁에 불려 간 여포는 동탁에게 금은보화와 위로의 예물을 분에 넘치게 받았다. 하지만 서운한 마음은 그대로였고, 초선에 대한 마음도 조금도 식지 않았다.

동탁은 마음에 드는 여인을 만나 무리해서인지 몸이 급격히 쇠했다. 며칠 뒤 몸이 어느 정도 회복되자 궁으로 들어가 신하들과 국사를 돌보

왔다. 그때를 틈타 여포가 적토마를 타고 궁에서 빠져나와 바람처럼 태사부로 달려갔다. 문 앞에 말을 묶어 두고 방천화극을 든 채 뒷마당으로 들어서자 기다렸다는 듯이 초선이 한걸음에 다가왔다. 초선은 여전히 아름다웠다.

"장군님, 흑흑흑!"

초선이 여포의 품에 안겨 한동안 흐느꼈다. 말을 잇지 못할 정도로 눈물을 흘리는 초선이 가련해 여포의 마음이 찢어지는 듯했다.

숨을 고르고 난 초선이 말했다.

"왕 사도께서는 비록 친딸은 아니지만 저를 사랑으로 키워 주셨습니다. 장군을 뵙고 평생 배필로 모시겠노라 결심했는데 동탁 태사가 저에게 더러운 손을 뻗었습니다. 그게 저의 운명인가 봅니다. 저는 이미 더럽혀진 몸이라 더 살고 싶지 않습니다. 은장도로 목을 찔러 죽지 못한 것은 마지막으로 장군을 뵙고 싶어서입니다. 이제 여한이 없습니다. 장군 앞에서 깨끗이 죽고 말겠습니다."

초선이 그대로 연못으로 뛰어들려 난간으로 몸을 기울였다. 당황한 여포가 붙들고 만류했다.

"내가 어찌 네 마음을 모르겠느냐? 이러지 마라."

"이번 생에는 장군을 모시지 못하지만 다음 생에는 꼭 모시겠습니다. 부디 저를 놔주십시오."

"이번 생에 내가 너를 아내로 맞이하지 못하면 영웅이 아니니라."

"장군의 마음을 소녀가 어찌 알겠습니까? 저는 그저 하루하루가 지옥 같을 뿐이옵니다."

여포와 초선이 엎치락뒤치락 밀고 당기며 죽느니 사느니, 서로 애절한 연인의 사랑을 나누며 시간 가는 줄 몰랐다.

그때 궁중에 있던 동탁은 우연히 여포가 사라진 것을 알았다.

"이놈이 날 따돌리고 무슨 짓을 하느라……."

수상한 생각에 동탁은 하던 일을 팽개치고 수레를 타고 황급히 집으로 돌아왔다. 불길한 예감은 언제나 틀린 적이 없었다. 예상대로 문 앞에 적토마가 묶여 있었다.

"혹시 여포가 이곳에 왔느냐?"

안으로 들어가며 급하게 하인에게 물었다.

"예, 아까 후당으로 들어가셨습니다."

불덩어리를 삼킨 것처럼 속이 타들어 간 동탁이 부리나케 초선을 찾았다.

"초선아, 초선이 지금 어딨느냐?"

시녀가 달려와 말했다.

"지금 후원에서 꽃구경을 하고 계십니다."

동탁이 빠른 걸음으로 정원을 지나 후원으로 들어서자 여포와 초선이 부둥켜안고 다정하게 웃다가 봄꽃을 바라보며 희희덕거리는 모습이 눈에 들어왔다. 동탁은 피가 거꾸로 솟았다.

"이놈, 배은망덕한 여포야!"

깜짝 놀라 고개를 돌리던 여포가 동탁을 발견하고 허둥거렸다. 동탁이 옆에 있던 여포의 방천화극을 집어 들고 죽일 듯이 덤벼들자 여포가 황급히 몸을 피했다. 그 모습을 보고 동탁이 여포를 향해 방천화극을 집어던졌다. 하지만 창은 맥없이 여포의 발치에 떨어졌고, 여포는 땅에 떨어진 창을 집어 들자마자 훌쩍 담장을 넘어 사라졌다.

그때 소식을 듣고 부리나케 달려온 이유가 동탁의 옷소매를 부여잡고 매달렸다.

"태사, 태사! 제발 멈추시오!"

"놔라! 내 오늘 저놈을 죽이고야 말겠다!"

"그건 안 됩니다."

여포가 도망가고 이유가 강하게 말리는 바람에 동탁도 흥분을 가라앉히고 물었다.

"너는 어찌하여 이곳에 왔느냐?"

이유가 가쁜 숨을 몰아쉬며 말했다.

"제가 달려오길 정말 잘했습니다."

"배은망덕한 놈이 내 애첩인 초선을 희롱하는 것을 보고 참을 수가 없어 죽이려고 했는데, 네가 말리는 통에……."

"주공, 잘못 생각하셨습니다. 초나라 장왕†도 사랑하는 애첩을 희롱한 장웅을 살려 주셨습니다. 지금 여포를 죽이는 건 큰 손실입니다. 초선이는 한낱 여자에 불과하지 않습니까? 하지만 여포는 나라를 주어도 바꿀 수 없는 맹장입니다. 화를 누르시고 여포를 너그러이 용

춘추 시대에 초나라 장왕이 문무백관을 모아 성대한 연회를 베풀었어. 그런데 바람이 불어 등불이 일제히 꺼졌지. 그때 왕의 애첩이 비명을 질렀어. 어둠 속에서 누군가 자신을 희롱했다는 거야. 그녀는 그대로 당할 수 없어서 희롱하는 자의 갓끈을 뜯어 표시를 했다고 일러바쳤어. 그 말을 들은 장왕은 등불을 켜기 전에 모든 신하에게 갓끈을 뜯게 했지. 그로써 범인이 누군지 알 수 없게 되었어.

몇 년 뒤 진나라와 초나라가 전쟁을 벌여 장왕이 위기에 빠졌을 때 목숨 걸고 장왕을 구한 장수가 있었어. 그가 바로 장왕의 애첩을 희롱했던 장웅이야. 자신을 관대하게 용서한 장왕의 은혜에 목숨 걸고 보답한 거지. 이 일화를 오늘날 절영지회(絕纓之會: 갓끈을 끊고 즐기는 연회), 또는 절영지연(絕纓之宴)이라 불러. 진정한 충성을 표현하는 경우에 많이 쓰는 말이야.

서하십시오. 아예 초선을 여포에게 주시면 오히려 주공의 은혜에 감동해 반드시 목숨 걸고 보답할 것입니다."

동탁이 차분히 생각하니 그 말도 맞았다. 자신의 욕망의 종착점은 제위에 오르는 것이다. 그러려면 누구보다 여포의 힘이 필요했다.

"음, 알았다. 내가 자초지종을 알아보마."

동탁이 이유를 보내고 나서 초선을 불렀다. 그새 무슨 일이 있었는지 알아보려는 심사였다. 그러나 동탁의 단순 무식함은 애초부터 초선의 상대가 되지 않았다. 동탁이 부른다는 말을 전해 듣고 초선이 눈물을 쏟으면서 들어왔다.

"흑흑흑, 태사 나리!"

"초선아, 이게 대체 어찌 된 영문이냐? 왜 네가 여포와 같이 앉아서 이야기를 나누었느냐?"

말 한마디 잘못하면 당장 목이 날아갈지도 모르는 긴장된 순간이었다. 하지만 초선은 애절하게 흐느끼며 말했다.

"소첩이 잠시 후원에서 봄기운을 즐기고 있었습니다. 그때 여포 장군이 나타나 자기는 태사의 아들이니 피하지 말라는 것이었습니다. 하지만 여 장군의 말과 행동을 보건대 아무래도 딴마음을 먹고 찾아온 것 같아 후원 연못에 몸을 던지려는데 끌어안고 놔주지 않았습니다. 손을 뿌리치고 몸부림치며 어떻게든 달래서 위기를 모면하려는데, 마침 태사께서 들이닥쳐 목숨을 구해 주신 겁니다. 그런데 이렇듯 의심의 눈초리를 거두지 않으시니 저는 어쩝니까? 여포 장군을 만나도 죽을 테고, 이제 태사께도 신망을 잃었으니 너무 억울하옵니다. 제발 소첩의 억울함을 풀어 주소서."

아름다운 초선의 애절한 하소연에 동탁은 마음이 흔들렸다. 그래도 정말 확인해 보고 싶은 마음에 동탁이 다시 한 번 물었다.

"혹시 너희들이 사랑하는 사이라면 너를 여포에게 보내 주겠노라."

그 말에 초선은 목을 놓아 땅을 치며 흐느껴 울었다.

"아흐흐흐, 정말 너무하십니다. 저는 이미 태사의 은총을 받은 몸인데 어찌하여 아랫것에게 줘 버리려 하십니까? 이런 치욕을 당하느니 차라리 죽여 주옵소서!"

동탁의 마음이 흔들리는 것을 눈치챈 초선은 더 강하게 자신의 결백을 드러낼 필요가 있었다. 그것을 깨달은 순간, 초선이 벽에 걸린 칼을 들어 목을 찌르는 시늉을 했다.

"무, 무엇 하는 짓이냐?"

동탁이 황급히 칼을 빼앗았다.

"알았다. 그냥 해본 소리다. 흥분하지 마라."

초선의 미모에 눈이 먼 동탁은 이유의 충언을 들었는데도 불구하고 여전히 상황을 객관적으로 판단하지 못했다. 그러자 초선이 한발 더 나아갔다.

"저를 농락하고 희롱한 것은 어리석은 여포 혼자 저지른 짓이 아닐 것입니다. 누군가 계교를 낸 게 틀림없습니다. 제발 그자를 찾아 벌해 주소서, 흑흑흑!"

"알았다. 알았느니라. 내 어찌 너를 버리겠느냐?"

"이곳에 있으면 태사께서 안 계실 때마다 여포가 저를 겁탈하러 올까 싶어 마음이 놓이지 않습니다."

"오냐, 차라리 나와 함께 미오성으로 가자꾸나. 거기 가서 살면 될 것 아니냐? 거기서는 아무 걱정 없이 지낼 수 있다."

그 말을 듣고서야 초선은 미소를 지었다.

이런 사정을 알 리 없는 이유는 동탁이 자신의 말을 따랐으리라고 철석같이 믿었다. 며칠 뒤 이유가 태사부에 들어가 동탁에게 물었다.

"초선을 언제 보내기로 하셨사옵니까?"

동탁이 퉁명스럽게 내뱉었다.

"그대는 나와 여포의 관계도 모르나? 부자지간 아닌가 말일세. 부자지간에 어찌 여자를 나눈단 말인가? 그것은 인륜과 도덕을 어기는 행동이야. 내가 여포의 죄를 따지지는 않을 테니 그대가 잘 위로해 주도록 하게."

이유가 탄식했다. 일이 크게 어긋나 있었던 것이다.

"이 일은 주공께서 잘못 생각하셨습니다. 여인에게 혹하시면 될 일도 안 되는 법입니다."

"이놈아, 여포에게 그렇게 여자를 주고 싶으면 네 여자나 주어라!"

더 말해 봐야 소용없었다. 이유가 태사부를 나오며 땅을 쳤다.

"아아, 여자 때문에 우리 모두 무사하지 못하겠구나!"

동탁은 쇠뿔도 단김에 빼랬다고 초선을 데리고 미오성으로 가기로 결심했다.

"그동안 국사를 돌보느라 심신이 많이 피폐해졌다. 이제 미오성으로 가서 휴식을 취해야겠다."

문무백관이 줄지어 나와 미오성으로 가는 동탁을 전송했다. 수레를 타고 동탁의 뒤를 따르던 초선은 사람들 사이에서 몸을 숨기고 자기를 바라보는 여포를 발견했다. 그 순간, 초선이 두 손으로 얼굴을 가리고 우는 시늉을 했다. 그 모습을 본 여포는 초선이 의심의 여지 없이 강제로 끌려간다고 확신했다. 멀어지는 초선을 바라보며 여포는 상처 입은 짐승처럼 속으로 울부짖었다.

'아아, 초선아!'

두 사람의 관계가 여기서 끝났으면 여포의 폭발은 없었을 것이다. 이때 분노한 여포의 등 뒤로 기다렸다는 듯 누군가 나타났다. 바로 사도 왕윤이었다.

"여 장군께서 어찌하여 여기 계십니까?"

왕윤을 본 여포의 눈에 실망감이 가득했다.

"동 태사가 미오성으로 떠났습니다."

"아, 그러셨습니까? 이 늙은이가 요즘 병이 나서 며칠 집에만 있었더니 세상이 어찌 돌아가는지 알지 못합니다. 태사께서 미오로 가셨는데 장군께서 왜 그리 깊은 한숨을 쉬십니까?"

"이게 모두 초선이 때문이오."

"아니, 초선이라면 지금 여 장군 댁에 있지 않습니까?"

"그건 무슨 말씀이오?"

"태사께서 분명히 초선을 여 장군에게 예의를 갖춰 보낸다고 하셨습니다."

"쳇, 그 늙은 도적이 초선을 가로채서 난 지금 아무것도 할 수 없단 말이오. 불난 데 부채질 그만하시오.”

왕윤이 어처구니없는 일이라는 듯 허공을 바라보고 땅을 내려다보며 한숨을 들이쉬고 내쉬었다.

“아…… 동 태사께서 그런 파렴치한 일을 하시다니, 이를 어쩌면 좋습니까?”

안타까워하는 왕윤에게 깜빡 속아 넘어간 여포는 다시금 분노가 끓어올라 주체할 수가 없었다.

“나도 분함을 참을 수 없소이다.”

왕윤이 여포에게 조용히 말했다.

“저희 집으로 가시지요.”

여포는 왕윤의 집에 가서 그동안 있었던 일을 자세히 털어놓으며 마음속의 분노를 한껏 쏟아 냈다. 왕윤이 비통한 얼굴로 고개를 끄덕이며 맞장구를 쳤다.

“이 모든 게 내 잘못이오. 세상 사람들은 동 태사나 여 장군이 아닌 나를 비난할 것이오. 이 못난 늙은이가 천하의 영웅에게 이런 모욕을 드리다니, 정말 송구하게 되었소이다.”

여포가 듣고 보니 정말 이렇게 된 상황이 모욕적으로 느껴졌다.

“내 정말 화가 치밀고 부아가 나서 어찌해야 할지 모르겠소. 내 맹세코 그놈을 죽여 이 모욕을 씻고 말겠소!”

왕윤이 눈을 휘둥그레 뜨고 좌우를 살피며 나지막이 말했다.

“장군, 그런 말씀일랑 마십시오. 벽에도 귀가 있습니다. 조심, 또 조심하십시오.”

"사내대장부로서 어찌 이런 모욕을 당하고 가만있겠소? 그자를 죽여버리고 말겠소."

"하지만 장군과 태사는 부자의 인연을 맺지 않으셨습니까?"

"맞소. 나도 부자지간을 맺은 게 마음에 걸리긴 하오."

그러자 왕윤이 웃으며 말했다.

"허허! 하지만 장군은 여씨, 태사는 동씨입니다. 어찌 부자지간이겠습니까? 그리고 방천화극을 장군께 집어던졌다는 건 죽이겠다는 뜻 아니었겠습니까? 그런 사이에 무슨 부자지간의 의리가 남아 있겠습니까? 이미 부자지간의 의리는 끝난 것이나 다름없습니다."

단순 무식한 여포는 왕윤의 말을 듣고 비로소 동탁을 죽일 빌미를 잡은 것만 같았다.

"맞소이다! 사도의 말을 들으니 내가 그 늙은 도적놈을 죽여도 하등의 이상할 일이 없구려!"

왕윤은 이때쯤 확실하게 매듭을 지어야 할 것 같았다.

"만일 장군이 동탁을 죽이신다면 한나라의 충신으로 그 아름다운 이름이 만세에 전해질 것입니다. 하지만 동탁을 돕는다면 어떻게 되겠습니까?"

그 정도는 아무리 단순 무식하다지만 여포도 알 수 있었다.

"동탁을 도우면 만고의 역적이 되겠지요."

"맞습니다. 그렇다면 충신께 제가 큰절을 올리겠습니다."

왕윤이 여포에게 절을 했다.

"하지만 이 일이 실패하면 장군께서도 결코 안전하지 못한 것은 물론 큰 화가 미칠 수도 있습니다."

여포가 분노에 찬 목소리로 말했다.

"그렇다고 내가 변심하지는 않을 것이고, 이로 인해서 내 한 몸 죽어도 좋소이다."

여포의 결심이 확고해지자 왕윤은 그를 돌려보낸 뒤 마지막 계략을 짰다.

왕윤이 심복 부하들과 함께 이 일을 논의했다.

"궁에 군사들과 함께 여포를 매복시킨 뒤 호랑이 아가리로 동탁을 불러들여야 합니다."

"지금 미오성에 가 있으니 돌아올 때 죽이면 될 것입니다."

부하들의 말을 듣고 왕윤이 물었다.

"그러면 누굴 보내면 좋겠느냐?"

"제 생각에 여포와 동향 사람인 이숙이 어떨까 싶습니다. 이숙도 동탁이 은근히 따돌려 원망하는 마음이 크니 적임자일 듯합니다."

왕윤이 고개를 끄덕였다.

"그래, 이숙을 보내 보자."

왕윤이 이숙에 대한 얘기를 꺼내자 여포가 말했다.

"좋은 생각이오. 전에 나에게 정원을 죽이라고 하면서 동탁을 소개한 자도 이숙이었소. 만일 그자가 안 가겠다면 내가 손을 쓰겠소."

일은 막힘없이 일사천리로 진행되었다. 여포가 이숙을 불러 단도직입적으로 물었다.

"자네, 동탁을 입궐하도록 해주게. 그러면 우리가 군사를 매복시켰다가 없애 버릴 생각이네. 우리가 힘을 합치면 한나라를 구하는 충신이 되지 않겠는가?"

이숙 또한 망설임 없이 기다렸다는 듯 말했다.

"나도 오래전부터 그자를 없애고 싶은 마음이 있었다네. 혼자서는 엄두를 못 냈는데 자네가 뜻을 같이한다면 내가 이 좋은 기회를 어찌 마다하겠는가?"

이숙이 맹세하자 왕윤이 한마디 거들었다. 이숙이 바라는 것을 잘 알았기 때문이다.

"공이 이번 일만 성사시키면 벼슬 올라가는 건 확실합니다."

며칠 뒤, 이숙이 사람들을 데리고 미오성을 찾았다. 품에 황제의 조서를 가지고 있었다. 동탁이 이숙을 반갑게 맞았다.

"오랜만일세. 황제께서 조서를 보내셨다고?"

동탁을 현혹해 궁으로 불러들이는 방법은 단 하나였다.

"황제께서 그동안 병중에 계시다 회복되셔서 문무백관을 모아 놓고 장차 태사께 황제 자리를 양위하는 방안을 의논하고자 하십니다."

"무엇이라?"

동탁이 놀라서 물었다.

"문무백관들 의견은 어떻다더냐?"

"모두들 태사께서 돌아오시기만 기다리고 있습니다. 사도 왕윤께서는 벌써 만반의 준비를 마쳤습니다."

동탁은 드디어 천운이 자신에게 왔다며 입궁할 채비를 서둘렀다. 노모에게 하직 인사를 한 뒤 동탁이 초선에게 말했다.

"내가 황제가 되면 너를 귀비로 삼을 테니 조금만 기다려라."

"망극하옵니다!"

초선은 기뻐 어쩔 줄 모르는 얼굴을 했지만 내심으로는 조마조마한 마음을 숨기기 어려웠다. 드디어 왕윤의 계교가 완성되어 가고 있었기 때문이다.

이윽고 동탁의 행렬이 장안으로 출발했다. 그런데 불길한 일에는 항상 조짐이 따르는 법이다. 일행이 출발하자마자 얼마 못 가 동탁이 탄 수레가 덜컥거리더니 바퀴가 무너졌다. 하는 수 없이 말에 올라 가던 길을 재촉하는데 이번에는 말의 고삐가 끊어졌다. 동탁은 부쩍 불길한 예감이 들었다. 이때 옆에 있던 이숙이 재빨리 불길한 징조들을 긍정적으로 바꿔 놓았다.

"수레바퀴가 무너진 것은 옛 수레를 버리고 황제의 수레를 탄다는 의미이고, 말도 새롭게 황금 안장을 얹은 말을 탄다는 의미가 아닐까 생각하옵니다."

"으하하하, 꿈보다 해몽이 좋구나!"

동탁은 욕심에 눈이 멀어 더는 의심하지 않고 길을 재촉했다. 성문 앞에 이르자 만조백관이 나와 영접했다. 태사부에 이르자 여포까지 하례를 했다. 동탁은 마음이 풀린 줄 알고 여포에게 말했다.

"제위에 오르면 천하 병권을 네게 주마."

"참으로 성은이 망극하옵니다!"

여포가 깊이 허리 숙여 인사를 올렸다.

그날 밤 바람을 타고 아이들의 노랫소리[†]가 들려왔다.

천리초가 아무리 푸르고 푸르다 해도

열흘을 넘기지 못하고 죽고 말 거야.

"처음 듣는 노래인데 저 노래가 무슨 뜻이
냐?"

동탁이 미심쩍은 듯 물었다. 이숙은 그 노래
가 동탁의 죽음을 예고한 것임을 알면서도 이
렇게 대답했다.

"유씨가 망하고 동씨가 흥한다는 뜻이옵니
다."

"어허허허, 그렇구나!"

다음 날 동탁의 입궐에 맞춰 신하들이 조복
을 갖춰 입고 좌우에 위엄 있게 늘어섰다. 동
탁 일행이 북액문에 이르자 호위 무사들은 문
밖에 머물렀다. 황제가 드나드는 궁에 무장한
군사들이 함부로 드나들 수 없었기 때문이다.
그런데 안으로 들어선 동탁이 멈칫했다. 자신
을 맞이하는 조정의 원로대신들이 하나같이
손에 칼을 들고 있는 것이 아닌가.

"너희들이 왜 칼을 들고 있느냐?"

맨 앞에 서 있던 왕윤이 큰 소리로 외쳤다.

"오늘 역적 놈을 처단하기 위함이다! 무사

이 동요는 일종의 파자 예언이라고
할 수 있어. 글자를 분해해서 예언
한 거지. 즉 천(千) + 리(里) + 초(艹)를
조합하면 동탁(董卓)의 성씨인 '동
(董)'이 되잖아. 이는 천리초인 동탁
이 곧 죽는다는 것을 암시한 노래
란다.

들은 모두 나와라!"

숨어 있던 무사들이 튀어나와 동탁을 향해 일제히 창칼을 휘둘렀다. 만일을 대비해 조복 안에 갑옷을 입은 동탁이었다. 얼마나 두껍고 견고한 갑옷인지 아무리 찔러도 창칼이 갑옷을 뚫지 못했다. 땅바닥에 쓰러진 동탁이 비명을 지르며 외쳤다.

"으악, 여포야! 어디 있느냐, 여포야!"

그때 어디선가 여포가 득달같이 나타났다. 여포를 본 동탁이 반가워하며 소리쳤다.

"오, 내 아들 여포가 왔구나. 어서 저놈들을 처단해라!"

그 순간 여포가 냉혹한 얼굴로 말했다.

"황제의 명을 받들어 네놈을 참한다!"

벼락같은 소리와 함께 여포의 방천화극이 섬광을 일으켰다. 그와 동시에 동탁의 목이 저만치 날아가 박처럼 굴렀다. 동탁이 죽은 걸 확인하고 나서 여포가 품속에서 조서를 꺼내 읽었다.

"황명을 받들어 역적을 벴으니 나머지 무리들은 죄가 없다. 모두 용서하니 경거망동하지 마라!"

지혜의 눈이 흐린 사람은 애욕을 탐하며 다투기를 좋아하고, 지혜의 눈이 밝은 사람은 노력과 근신을 보배처럼 지킨다고 했다. 여포와 동탁의 갈등으로 한나라의 암적인 존재인 동탁이 죽고 나자 백성들은 만세를 불렀다. 갑자기 세상이 바뀐 것이다. 동탁의 심복이었던 이유 역시 거리로 끌려 나와 죽었고, 동탁의 시신은 백성들이 볼 수 있게 길바닥에 버려두었다. 지나가던 백성들은 침을 뱉거나 오줌을 쌌는데, 시신이 얼마나 비대했던지 어떤 사람이 심지를 배꼽에 박아 놓고 불을 붙이자 기름이 끓으며 붙은 불이 며칠이 지나도 꺼지지 않았다.

사도 왕윤은 동탁의 재산을 나라에 귀속하고 미오성을 접수했다. 미오성을 지키던 이각과 곽사, 장제, 번조 등은 동탁의 죽음 소식을 듣고 군사들을 끌고 양주로 꼬리가 빠지게 도망갔다.

"초선이! 초선이! 어디 있느냐?"

이때 여포는 미오성으로 달려와 초선[†]부터 찾았다. 그리고 가장 먼저 집으로 돌려보냈다.

또 명을 받은 황보숭은 미오성에 갇혀 있던 억울한 양갓집 자녀들을 풀어 주고 동탁의 어미와 동생, 조카는 물론 동씨 성을 가진 자를 모두 처형했다. 성안의 재물은 모두 거두어들인 뒤 장안으로 돌아와 나라에 바쳤다.

왕윤은 술과 음식을 내어 군사들을 위로하고 문무백관을 불러 잔치를 베풀었다. 축하연에 참석한 신하들이 너나없이 기뻐할 때 동탁의 시체 앞에서 눈물 흘리는 자가 있다는 말이 들려왔다.

초선의 이야기는 기본적으로 허구야. 하지만 아주 근거가 없지는 않아. 정사의 〈여포전〉을 보면 여포가 동탁의 호위를 서다가 그의 시녀와 눈이 맞았어. 이로 인해 두려움에 떨던 여포가 왕윤에게 사실을 털어놓고 도움을 청했는데, 왕윤이 이를 역이용해 동탁을 제거한 거야. 이런 역사적 사실과 문학성이 더해져 초선은 《삼국지연의》에서 절세미인이라는 이미지를 얻게 돼.

"어떤 자가 그런 겁 없는 행동을 한단 말이냐? 당장 그자를 잡아오너라!"

끌려온 사람은 동탁에게 발탁되어 중신이 된 채옹이었다. 시중이었던 그가 동탁의 시체 옆에서 슬퍼하며 애도했다는 말을 듣고 왕윤이 물었다.

"역적을 없애 온 나라가 기뻐하는데, 그대는 어찌 신하로서 기뻐하기는커녕 슬퍼하는가?"

채옹이 엎드려 말했다.

"동탁이 나라의 역적임은 저도 잘 알고 있습니다. 그러나 처참한 죽음을 보고 실수로 슬픔을 보이고 말았습니다. 죽을죄인 줄 아오나 죄를 덜어 주시면 지금 집필 중인 한나라의 역사를 계속 써서 완성하도록 하겠습니다."

그러자 몇몇 신하들이 채옹을 살려 주자고 간언했다.

"채옹은 효행이 지극한 사람입니다. 무턱대고 죽이면 인심을 잃을 것입니다."

"재주가 남다른 사람이니 죽이지 말고 한나라 역사를 완성하도록 하시지요."

사도 왕윤이 말했다.

"저렇게 재주 있다는 자들이 어린 임금 옆에서 붓끝으로 장난치면 우리를 비방한다 해도 모를 것이오. 용서할 수 없소."

왕윤은 결국 채옹을 옥에 가두어 죽였다. 백성들은 채옹이 동탁의 죽음을 애도한 것은 옳지 않지만, 왕윤이 채옹을 죽인 것도 지나친 일이라고들 말했다. 전권을 갖고 나라를 휘두르려는 욕망에 눈이 멀어 왕윤의 권세 또한 오래가지 못할 거라는 소문이 백성들 사이에 암암리에 떠돌았다.

주석으로 쉽게 읽는
고정욱 삼국지 1

초판 1쇄 발행 2022년 1월 7일
초판 14쇄 발행 2025년 1월 17일

엮은이 고정욱
펴낸이 이범상
펴낸곳 (주)비전비엔피 · 애플북스

기획 편집 차재호 김승희 김혜경 한윤지 박성아 신은정
디자인 김혜림 이민선
마케팅 이성호 이병준 문세희 이유빈
전자책 김희정 안상희 김낙기
관리 이다정

주소 우) 04034 서울특별시 마포구 잔다리로7길 12 (서교동)
전화 02) 338-2411 | **팩스** 02) 338-2413
홈페이지 www.visionbp.co.kr
인스타그램 www.instagram.com/visionbnp
포스트 post.naver.com/visioncorea
이메일 visioncorea@naver.com
원고투고 editor@visionbp.co.kr

등록번호 제313-2007-000012호

ISBN 979-11-90147-78-1 04820
       979-11-90147-77-4 04820 [SET]